L'INSOMNIAQUE

DU MÊME AUTEUR

L'Homme de Blaye, Flammarion, 1984.
Voie non classée, Flammarion, 1985.
Le Monarque égaré, Flammarion, 1989 ; Seuil, 1996.
Chambre noire, Flammarion, 1990.
Aden, Seuil, 1992.
Photos de familles, Seuil, 1994.
Merle, Seuil, 1996.
Dans la pente du toit, Seuil, 1998.
L'Amour de loin, Actes Sud, 1998.
Istvan arrive par le train du soir, Seuil, 1999.
Les Mal famées, Actes Sud, 2000.

ISBN 978-2-7427-2883-1

Illustration de couverture :
Odilon Redon, *L'Homme*, vers 1915-1916
Rijksmuseum Kröller-Müller, Otterlo, Pays-Bas

ANNE-MARIE GARAT

L'INSOMNIAQUE

roman

BABEL

Genève, vendredi 10 décembre.

La pluie s'était mise à tomber sur le lac. Il l'avait vue commencer à danser, virevolter, légère et scintillante comme un voile de sable blanc dans le halo d'un lampadaire. Puis elle était devenue plus dense, nerveuse, filante. Pourtant, il la sentait à peine sur son visage. Cette sensation d'effleurement, cela ressemblait à une cendre glacée, sans rapport avec l'épure lointaine contenue dans la clarté précieuse et diaphane du réverbère. Car dans l'intervalle d'espace, dans l'obscurité du square, et au-delà, à la surface miroitante des vaguelettes du lac, sur le môle, elle était invisible, inaudible. A croire qu'elle n'existait pas plus qu'un songe sur l'écran pailleté de lumière suspendu contre le ciel nocturne. Mais elle recouvrait lentement les toits, les rues et les ponts, et les arbres, les statues, elle finirait par engorger la ville, ruisseler en silence, tenace, inépuisable.

Simon Fernet se tenait à l'écart, assis sur un banc du square. Il ne bougeait plus depuis longtemps. Son attente avait pris un sens. Il faisait partie des choses immobiles de la ville offertes à la pluie. Il attendait, sachant qu'au bout d'un certain temps ses cheveux, son visage finiraient aussi par ruisseler, et comme il se sentait bien au chaud dans son pardessus, avec son écharpe nouée haut sous le col relevé, à l'abri des regards, il résistait délicieusement à l'invasion de l'eau. Les mains enfouies dans les poches, les pieds ramenés sous le banc, il pouvait tenir longtemps le poste.

Tout à l'heure, il avait eu trop chaud. Il avait passé la soirée dans ce restaurant, au dernier étage d'un immeuble moderne. Quelle idée de dîner dans un endroit pareil! C'était la petite Steiger qui s'était occupée de tout, elle avait retenu pour deux et demandé une table contre les baies, d'où on voyait la nuit tranquille, le clignotement de la ville et du lac. L'ascenseur vous débarquait là, au milieu d'une vaste salle rose et vert bigarrée de bouquets tropicaux, dans une suffocante chaleur d'aquarium. Les dîneurs se servaient eux-mêmes aux tables du centre nappées de rose, ils tournaient lentement autour de l'île empanachée, ils prenaient leur temps, une assiette à la main, discutant entre eux de choses et d'autres, très attentifs, en fait, hésitant devant les plats exposés, examinant et choisissant l'assortiment de leur repas. Les desserts surtout étaient superbes. De gros gâteaux entamés, pavés de biscuits au café, poudrés de chocolat noir, feuilletés aux amandes, mousses de crèmes glacées, coulis onctueux de cassis, éboulements de meringues, cristaux caramélisés sur des nougatines luisantes. La petite Steiger avait garni son assiette de tout un échantillonnage de pâtisserie.

De ces restaurants qu'il déteste, où on vous laisse pour un prix forfaitaire fixer vous-même votre ration, généreusement. Comme un défi. Toujours tentant, évidemment. Les yeux plus gros que le ventre, sous le regard de la mère : tu vas manger tout ça, dis, tu le mangeras ?...

Fernet n'a pas fini son dessert. Il s'est servi en abondance, pour imiter la petite Steiger qui l'invite de la fourchette, lui désigne les curiosités, les délices de la pâtisserie viennoise. Elle sourit d'un air gourmand, alors il cède, lâchement, pour lui faire plaisir, il n'a pas vraiment faim. Il s'est laissé tenter de manière idiote, car elle est bien jolie, menue, et fragile, tout à fait charmante. Son chemisier bleu – bleu Klein, exactement ce bleu-là – dégage le cou qu'elle a long, blanc, piqué de taches rousses, une peau très pâle. Tout son corps, dans l'intime, le secret des linges féminins, doit être pâle et tacheté de douceur, une peau de rousse, duvetée, onctueuse, de la crème de lait. Et la fuite des épaules, dans l'échancrure du chemisier, les salières tendres, à la base du cou, de petits seins bien ronds sous l'étoffe molle, soyeuse, si peu de taille, de hanches, un corps d'adolescente, ces formes inachevées...

« Si vous saviez comme votre conférence est attendue ! Il y aura les gens de l'Institut, forcément, mais aussi des étudiants. On a fait circuler l'information à l'Université... »

« Oh ! dit Fernet, je ne savais pas que ça prendrait ce tour. Mais dites-moi, c'est un guet-apens que vous m'avez tendu ! »

Elle déguste un peu de chaque échantillon de dessert, de la pointe des dents, comme on suce un éclat de bonbon, avec le bout de la langue.

« J'ai même rédigé un papier pour la presse. Je voulais vous le soumettre, bien entendu. C'est un brouillon, vous verrez. »

Et très vite, parce qu'il a haussé les sourcils :

« M. Fusch tient beaucoup à ce qu'on fasse connaître les activités de l'Institut. Il a le sens des relations publiques. »

« Je vois. A l'américaine, en quelque sorte. Il a toujours eu le cœur de ce côté. Il était à Yale, cet été, non ? »

Elle rit, confuse.

« J'y suis allée aussi. Il est très efficace, vous savez. Je crois que je finirai par décrocher un poste là-bas. »

« C'est très bien, très bien. Vous avez raison. »

Fernet remplit les verres de vin blanc sec, un peu piquant.

« C'est très bon, n'est-ce pas ? »

Elle penche la tête sur le côté, câline, ce regard de caresse amusée pour contempler les desserts, et cette petite moue.

« Vous n'avez fait que goûter... »

« Oui, dit-elle, j'aime bien. C'est délicieux de goûter, d'essayer. »

« Ah ! ah ! plaisante-t-il, faussement menaçant. Si vous envisagez les États-Unis, il ne faudra pas vous contenter de peu. Ils ont l'appétit solide, là-bas, il me semble. »

Elle a laissé son assiette presque pleine, et Fernet s'est contraint à en faire autant, à goûter seulement. Ce mépris d'esthète pour l'excès de nourriture, cette élégance distraite du gaspillage. De la pointe de la fourchette, négligemment, une miette par-ci, une miette par-là. On se contente de grignoter, n'est-ce pas, pour le plaisir du peu, entre gens de bonne compagnie... Tout repartira aux cuisines. Pas de cuisine, ici, pas d'office. Seulement un garçon qui dessert les tables, discret, il efface les traces. La coulisse reste théorique, la poubelle une abstraction. On peut manger comme un chancre ou faire la souris, chacun ses rites. Et d'une table à l'autre observer comment chacun se comporte, règle ses comptes avec la nourriture.

Par exemple, la petite Steiger, à la voir couver des yeux les desserts, considérer la chair suave des sucreries, à son geste amoureux pour découper une part, et une part encore, et admirer son assiette si jolie de toutes les couleurs en éventail, on aurait bien juré une scène de séduction, très suggestive. Son sourire de promesse invitait Fernet à l'imiter en tout, à essayer, lui aussi, ce qu'elle lui indiquait. Et puis, au dernier moment, ce grignotage chichiteux... Elle doit être de celles qui aiment les prémisses, les échanges de regards, le jeu excitant des frôlements de doigts, de genoux, comme par hasard, effluves de parfums et de peaux, et qui se rétractent frileusement au premier attouchement sérieux. A la première audace, bas les pattes, mon cher, restons convenables! Elle a déjà eu son plaisir solitaire, même pas épidermique, cérébral. Elle est si délicate, on s'en voudrait de lui infliger le spectacle du gros appétit, de l'emportement des sens.

Donc il a cédé. Il est tombé dans ce piège, puisque maintenant il n'ose plus. Il fait comme elle, il abandonne son dessert. Par galanterie, par égards, comme on se soumet en amour aux exigences de l'autre, jusqu'à la frustration. Pour lui plaire. Sans savoir même si ça lui plaît vraiment. Peut-être aurait-elle préféré le voir manger, ça l'aurait peut-être excitée s'il avait dévoré tous les gâteaux, sans s'occuper d'elle. Une jouissance brutale, sans façon, manière de l'effaroucher un peu. Mais il n'a pas osé. Ils en resteront là du petit jeu des sucreries.

Au café, elle a allumé une cigarette, et elle continue

de parler, elle commente les projets du groupe de recherche, le laboratoire d'informatique que le Canton a doté des meilleurs computers, les locaux, tout neufs, plafonds et murs insonorisés, moquettes et lampes halogènes, et même, une machine à expresso.

« Quand je pense, quand je pense, dit-elle, que j'ai travaillé deux ans à Paris sur ce petit Amstrad, et toute seule, et sans matériel sérieux... »

Si elle s'est trouvée rattachée il y a quelque temps à l'équipe de Genève, c'est grâce à Fernet, à son appui, à ses recommandations. Pendant tout le dîner, manière de remercier, sans doute, d'exprimer sa gratitude, elle n'a cessé de commenter les nombreux avantages de sa nouvelle situation.

Cet enthousiasme pour détailler l'équipement, les moquettes et les disquettes, cette exaltation juvénile... elle a l'air tellement contente de se trouver intégrée à un groupe de travail. Sous l'impulsion de Fernet les contacts se multiplient depuis quelque temps, les équipes fonctionnent à Berlin, à Paris, à Londres, à Genève. C'est bien, les idées s'échangent. Quelquefois, quelque chose de neuf, qui fait tout d'un coup avancer, une idée qui éclaire... Le temps de circuler, d'être reprise ailleurs, déclinée. La naïveté qui vous quitte, pourquoi l'expliquer à ces jeunes gens impatients ? Ils noircissent des pages, publient beaucoup... Cest dans l'ordre des choses, leur jeunesse, épuisante, mais ils y croient tellement...

Fernet eut un sentiment soudain du vide, du silence nocturne, loin de cet endroit aseptisé, insonorisé, un sentiment de tristesse déchirante et sans objet. Une sorte de vertige de nostalgie pour un temps enfui de combats. Maintenant, plus que des chapelles, des groupuscules, dissidences ultraminoritaires..., l'infime éparpillement de l'espèce et des idées, crissement d'insectes connectés, déconnectés, grinçant des pattes, sélectionnant sur les écrans des terminaux les signaux atomisés, le savoir en miettes. La solitude, chacun pour soi, dans la terreur fanatique des organes nécrosés, globules dévorés. Les gens ne pensent plus qu'à ça, maintenant, chacun pour soi à couver ses hypothétiques bubons séropositifs, sueur et nausée des chambres confinées et des files d'attente, dans les laboratoires d'analyses. Ils ne pensent plus qu'à leurs cellules. Ce retrait individualiste, c'est la fin des épopées. On va, terrain déblayé, vers un vingt et unième siècle de salubre clarté, tous les savoirs stockés par ordre alphabétique, toutes les questions sériées en colonnes sur les microfilms et dans les cerveaux électroniques, les neurones enfin libérés pour la seule, majeure, préoccupation métaphysique valable : le grouillement organique, la chimie des échanges privés, j'ai trop bu, pensa-t-il, je déraille, j'ai trop bu. Ce vin blanc sec, sournois, qui pétille sur la langue, et le café là-dessus. Peut-être qu'en été ils ouvrent les baies, largement, d'un côté sur le Léman, le jet d'eau et les toits de la ville, et de l'autre, peut-être, le mont Blanc, les cimes enneigées, le bleu et le blanc des montagnes suisses, jamais un pays n'a autant ressemblé à ses cartes postales, et la petite Steiger expliquait le séminaire du lendemain, elle a des doigts tellement fins, des doigts de demoiselle, très élégants, c'est cette délicatesse de peau, on n'oserait pas y toucher. Allons donc! Bien sûr que si! Dans les bras, elle doit tenir bien peu de place, menue, et tiède, parfumée, ses cheveux mousseux, une sacrée toison, blond vénitien, on dirait, roux très pâle, presque cendré, et menue à un point! Mais ronde, charnelle, malgré tout. Il n'avait pas remarqué, quand elle était étudiante, dans son bureau, elle venait de temps en temps, une maigre fille, ingrate, avec des lunettes, si je me souviens bien. Elle doit porter des lentilles, à présent. Ça lui va bien. Elle s'est transformée, épanouie, métamorphose classique. Des lentilles souples, qui donnent au regard quelque chose de tendu, inquiet, tout à fait troublant, ce regard, les cils blonds, plus foncés que les cheveux, et ces paupières pâles, la minuscule cicatrice sous l'œil gauche, là où la peau devient plus fine, meurtrie d'un cerne tendre en demi-lune, c'est très joli. Ce bizarre désir, une émotion vague, mêlée de méfiance. Qu'est-ce qui ne va pas?... Ce grignotage? Provocant... Comme l'audace du bleu vif, avec cette rousseur. C'est culotté. Mais ça passe très bien, elle doit le savoir. Elle a du tempérament, elle sait où elle va, mine de rien. Les gens se retournent vers nous, ils jettent des coups d'œil curieux, égrillards, par ici. Cet homme de cinquante ans avec cette petite jeune femme pimpante, si mignonne et volubile! Elle insiste pour régler la note.

« Je vous en prie, dit-elle. Je suis chargée... Nous vous invitons, si vous le permettez. C'est la moindre des choses. Je vous en prie. »

« Vous êtes fâché? », demande-t-elle dans l'ascenseur.

« Il semble que non, dit-il en s'efforçant de sourire. J'aurais mauvaise grâce. »

Comme c'est emprunté, il aurait pu trouver quelque chose de spirituel, de badin. Au lieu de quoi : il semble que non... certes... mauvaise grâce! A quoi ça ressemble? Il a laissé flotter les pans de son écharpe de chaque côté aux épaules, il a l'impression de jouer au jeune homme, il est furieux.

Dans le hall, elle propose de faire appeler un taxi. Il

refuse. Il dit qu'il veut marcher un peu, il aime bien marcher dans les villes, la nuit. Elle dit qu'elle habite à deux pas. Ils se quittent sur le trottoir. Elle semble encore plus petite dans la rue, enfouie dans sa veste fourrée. Ils se serrent la main.

« Alors je n'insiste pas davantage, puisque vous rentrez à pied. Je passerai vous prendre à neuf heures. Neuf heures et demie, ça suffit. On ne commence qu'à dix heures. Neuf heures et demie à votre hôtel. Bonsoir ! »

Fernet traverse la rue, se retourne. Du bord du trottoir, elle fait un signe de la main, s'éloigne.

Une fois tourné le coin de la rue, il a noué son écharpe sous le menton, relevé le col et boutonné haut son pardessus. Il a traîné un peu devant les vitrines violemment éclairées. Rendu à la solitude, il goûtait l'air vif des rues qui le soulageait de l'atmosphère surchauffée du restaurant, mais rien ne l'intéressait des objets exposés sous les spots dans la débauche des décorations chamarrées de Noël, tous ces coûteux bibelots, le mobilier italien, les vêtements de luxe, fourrures, lainages, livres d'art, vaisselle. Il se sentait un mécontentement qui devait être de l'amertume, quand on a manqué quelque chose qu'on ne savait pas, qu'on ne voulait pas vraiment, mais qui est passé si près, inutilement, et il entrevoyait sa haute silhouette empaquetée, sans grâce, dans le reflet des vitrines illuminées.

Il a été soulagé quand il a atteint les bords du lac, l'obscurité du square qui longe la promenade. Il a trouvé un banc à l'écart. Il s'est assis, en dépit du froid et du vent, et il est resté là, longtemps, à regarder la nuit d'hiver, à écouter le discret clapotis des vagues contre le môle. Puis il s'est mis à pleuvoir.

Il aurait aimé se sentir loin, loin de tout et proche de lui-même. Se sentir par exemple « à l'étranger ». Mais Genève n'est pas une ville propice au dépaysement. Rien de semblable à ce qu'il espérait n'advenait. Le lieu ne se prêtait pas à la sensation d'étrangeté qu'il attendait et qui pourrait conjurer l'invasion du souvenir obsédant. Car la brève impression d'ébriété qui l'avait saisi là-haut, devant la table du restaurant encombrée d'assiettes inachevées, dans l'éblouissement pénible des lumières, s'était dissipée aussitôt et rien ne le séparait plus de lui-même à présent. Le passage de la circulation sur l'avenue proche, l'alignement des allées et des pelouses du square, la jetée des ponts, la géométrie de l'architecture perceptible en silhouette sur l'autre rive où tremblotaient les lumières constituaient un réseau de formes trop rassurantes et familières. Jusqu'à l'odeur des rues que le froid tempérait, gaz d'échappement, asphalte mouillé, eaux proches du lac brassées mollement, rien que de banalement urbain.

Il attendait d'avoir froid, d'être trempé. Il aurait voulu un frisson, une sensation d'inconfort contre laquelle lutter. Il pensait clairement qu'il cherchait à se procurer un état d'exception par une action déraisonnable. Je vais m'enrhumer, je vais prendre mal. Quoique, il y pensa avec ironie, il était bien navrant, en la circonstance, que le risque consistât à rester un peu trop longtemps assis sur un banc dans un square suisse! La vie continuait de s'ordonner d'une manière tellement normale, à l'image de cette ville paisible et policée dans laquelle il était arrivé vers cinq heures du soir par le TGV, et où l'attendait comme prévu la petite Steiger, sa chambre d'hôtel et un programme de travail arrêté de longue date.

Il s'était mis à pleuvoir, mais cela n'avait apporté qu'une faible variante à la situation, un risque bien bénin. Il ne tarderait pas à être trempé, voilà tout, et il ne s'enrhumerait même pas, il avait un corps de paysan, une santé décourageante.

Rien d'étrange, donc, rien de bizarre, malgré ses tentatives, ses ruses pour crever la chape du réel, défigurer la scène. Le monde autour va son train. C'est devenu insupportable de faire comme si de rien n'était, de déambuler parmi les gens. Il faudrait qu'éclate bientôt au grand jour l'anomalie que constitue sa vie quotidienne. Devenir malade pour de bon. Laisser triompher la déraison, la débâcle intérieure qui menacent, car il ne supporte plus l'écart entre l'apparence ordinaire des choses et l'idée abominable qui le hante depuis cet été, depuis ce voyage à Ravenne.

C'est un point mort, au centre de l'été. Une étoile noire où s'engloutit sa raison, sans que quiconque autour s'avise du dommage. D'une extrême résistance. Il faudrait une opération à vif, telle que la pratiquaient les docteurs dans le front de l'aliéné, au trépan, au burin, l'extraction de la pierre de folie. Pour arracher de sa chair l'idée de la *disparition* de Clémence.

Il continue d'aller et venir, de voyager, d'écrire. Et partout l'accompagne cette idée de malade, ce bulbe de peste, de venin, cet œil crevé qui s'est ouvert à Ravenne un jour d'été, en plein midi.

Ce matin-là, ils sont arrivés dans la ville, venant de Ferrare par la route. Clémence ne connaît pas Ravenne, elle ne connaît pas les mosaïques byzantines des églises, et le tombeau blanc de Dante dans les murs rouges. Fernet a eu l'idée de faire le détour avant de gagner Bologne où des amis les attendent le soir même.

Dès le matin il fait une chaleur accablante. Un air de cendre monte des rues, décolore les pavés, la brique des murs, épuise le ciel de pâleur. Cet air est vénéneux, il prend à la gorge, comme si l'antique Ravenne, érigée en pilotis parmi marais et dunes, expirait encore de ses profondeurs rousses ce souffle de glaise, de sable surchauffé vers le soleil arrêté au zénith.

A midi ils sont à San Vitale, l'ancienne basilique. La chaleur réverbérée par les murailles a atteint une telle intensité que l'air tremble maintenant dans le clos, noyant les feuillages d'une trémulation de soufre, jusqu'aux faîtes écartelés sur le ciel blanc. La plupart des visiteurs, chassés du jardin, découragés à cette heure de toute flânerie touristique, ont reflué dans la pénombre et la fraîcheur de l'église dans laquelle ils s'attardent plus longtemps que ne le nécessite leur contemplation distraite des fresques, reculant le moment de franchir le seuil, d'affronter la canicule de la ville désertée en quête d'un hypothétique restaurant climatisé. Ceux qui sont encore dehors restent assis sur la pelouse grillée dans la frange d'ombre étroite qui se retire au pied des murs. Ils bougent le moins possible, économisant mots et gestes. Il a fait plus de quarante degrés à l'ombre, ce jour-là. Ils étaient seuls, Fernet et sa femme, à s'avancer en plein soleil dans l'allée qui conduit au Mausolée de Galla Placidia qu'on voit entre les branches, au fond du jardin.

Les grilles du musée sont déjà fermées, la fermeture de l'église ne tardera pas non plus. Clémence marche sur la pointe des pieds, à cause des petits talons de ses sandales d'été, non pour les épargner, mais parce qu'ils s'enfoncent dans les gravillons et qu'elle se tord les chevilles à chaque instant. Ils avancent côte à côte, leur couple solitaire affrontant la fournaise, elle en robe blanche dont le décolleté rehausse le hâle des épaules et du cou que découvrent ses cheveux relevés en torsades. Elle s'est peignée ce jour-là d'une coiffure désuète, partagée par une raie qui prolonge le sillon de sa nuque comme poudrée de frisons rebelles, torsades maintenues en coquillages haut derrière les oreilles par deux gros peignes anciens, et qui lui font une tête plus petite, plus fine sur la colonne du cou nu. Une tête de jeune fille d'autrefois qui aurait traversé le temps sans vieillir. Indifférente à la chaleur, rose frais de sa bouche entrouverte sur les dents, fraîche clarté de ses yeux à l'ombre de sa frange, comme une incarnation de ses rêves d'enfant. Lui-même en chemise et pantalon clairs, tous deux éclatants de blancheur, ils étaient seuls à avoir le courage de pousser jusqu'au fond du jardin, vers la bâtisse trapue du Mausolée dont le toit de tuiles s'arrondit en festons roses et blonds sous les arbres.

Chaque fois qu'il repense à cet instant, il se souvient du détail de ce toit de tuiles, de son grain grossier, de la fissure du petit pan de mur éclaboussé de soleil. Et en même temps il se voit. Il les voit approcher, ce couple, l'homme et la jeune femme. Lui plein d'amour et d'orgueil pour le privilège d'être aimé, crédule et songeur – ne songeant à rien, sinon au bonheur simple d'aller aux côtés de la femme aimée sous ce soleil de peste. Il les voit approcher, lui et la jeune femme à la tête de poupée ancienne que sa marche instable sur le gravier déhanche gracieusement, comme si à chaque pas elle esquissait une figure de danse dans la vibration de l'air calciné. Il ne les voit pas avancer, c'est étrange. Dans son souvenir, ils sont suspendus dans le mouvement, saisis dans un temps immuable et dansant lentement sur place, de même qu'au cinéma l'écrasement de la profondeur retarde indéfiniment l'approche du marcheur. Nulle ombre au sol. Le soleil est accroché au zénith, nulle trace projetée de leurs corps sur le sol. Leurs silhouettes sont proches, épaule contre épaule, rassemblées par la marche et dépouillées ensemble de ce double d'ombre qu'étirent ou résument les modifications du jour et qui confère aux formes leur relief, confirme leur épaisseur de réalité. Nulle ombre d'eux à Ravenne. Ils sont nus et condamnés, une épure blanche dans la lumière blanche de midi.

Le grésillement sans fin des cigales s'est tu. Mais s'ils sont comme immobilisés sur place dans son souvenir, il ne cesse d'entendre le bruit persistant du gravier foulé, le brassage cruel qui dévaste cette paix de cloître désert, car après les cloches de midi, loin vers le centre de la ville – un carillon aigu s'égrenant par-dessus les toits sans durable résonance, comme si la chaleur en avait épuisé les échos –, plus rien, plus un bruit, sinon celui du gravier, une pulsation de ressac minéral, régulier, autonome, dont le rythme se poursuit en dehors de la scène, en dehors de sa cause naturelle, et qui s'avance, seul, vers le Mausolée.

Ils ont hésité sur le seuil, ils ont reculé. Au-delà des premiers carreaux du dallage, leurs yeux aveuglés ne distinguent qu'une gueule d'ombre dense, trouée à peine, tout au fond, d'une lueur opalescente. Ils sont entrés cependant, et dans l'obscurité il cherche – pour ce faire, il se retourne vers l'éblouissement du jour, battant des paupières, il cherche... Mais comment cela s'est-il passé ? Il est entré, lui après elle. De cela il est plus que certain, car il suivait, il frôlait en entrant la tache blanche de sa robe d'été. Il a cherché la minuterie, de la monnaie dans sa poche, la fente où glisser la pièce.. que s'est-il passé? Depuis, l'anodine apparence de ces gestes est devenue la preuve que rien dans la coulée incolore, indolore, des actes quotidiens ne saurait être inoffensif, qu'à tout moment n'importe quel geste de la vie – ou bien la raison pour laquelle vous l'exécutez – peut prendre, a déjà pris, tandis que vous l'accomplissez, son sens fatal, définitif, et vous a condamné. Et quand Fernet s'est retourné, il était seul, absolument seul dans le Mausolée, face au tombeau de Galla Placidia. Rien ne peut rendre compte de cet instant de plénitude, de fulgurant silence.

Non pas un désordre des sens, de l'intelligence... Comme il aurait voulu, alors, le désordre, le délire, l'hébétude. Être malade. Au contraire, ce furent une paix, un calme inédits, participant d'un ordre sauvage, d'une perfection ignorée et sans appel, cet instant où il a eu l'idée sans ombre, indestructible et simple, de la *disparition* de Clémence. Ce n'est pas l'idée de sa mort. La mort de Clémence constitue une pensée raisonnable, comme celle de sa propre mort, qui s'inscrit dans la limite des conceptions ordinaires, et plus supportable, malgré la révolte du cœur, le deuil, plus admissible à tout prendre que l'évidence nue de l'absence, soudaine, sans raison, sans cause naturelle. A moins d'envisager n'importe quoi, que la chair, les cailloux, la lumière puissent d'un coup se désagréger, ou subir dans l'instant d'extravagantes métamorphoses. Il aurait voulu se croire fou. Se croire perdu. Il aurait voulu périr, tant cette idée qu'elle ne fût plus là – ni morte ni absente –, qu'elle fût non pas ailleurs mais *disparue*, nulle part, excédait toute pensée.

Car plus tard il eut beau s'efforcer de reconstituer calmement, dans tous les sens possibles, l'enchaînement des mouvements, leur durée, renversant leur ordre et s'appliquant à trouver l'explication raisonnable pour comprendre ce bref intervalle de temps et d'espace à la faveur duquel elle aurait pu quitter logiquement la place, sortir physiquement du Mausolée, échapper à sa vue, à sa vigilance amoureuse, il ne trouva pas de solution intimement convaincante. Ou plutôt, il en trouvait chaque fois une meilleure qui, au lieu d'apaiser son angoisse, l'aveuglait davantage. Plus il s'appliquait à reconstituer de mémoire ce délai minuscule où elle s'était comme volatilisée, proprement désincarnée, distraite non pas seulement de sa vue, mais de sa vie, plus il divaguait, plus il compromettait l'exactitude du souvenir, le condamnant à la perte. De même qu'à trop piétiner le lieu des fouilles l'enquêteur entêté disperse maladroitement les traces et détruit, par le parasitage de ses propres empreintes, toute chance de saisir l'objet de sa recherche, de même les mots, inaptes à dire certaines émotions, en altèrent peu à peu l'exacte sensation, jusqu'à la polluer, la détruire définitivement, en la réduisant à de désolantes formules. Il s'exaspérait pourtant, dans le désespoir de ne rien savoir de cet instant, pressentant que chaque effort l'en éloignait sans remède. Et grandissait, s'affermissait en lui la certitude d'avoir été non pas le jouet d'une illusion, mais le témoin ébloui d'une vérité inconcevable qui les concernait, eux seuls, elle et lui.

Que Clémence ait surgi alors, qu'elle ait soudain reparu, noire, à contre-jour, dans l'entrée blanche du Mausolée, auréolée divinement de lumière dont les flèches en rayons transperçaient la voûte comme le sol, ne lui rendit pas compte, n'annula jamais cet instant de la révélation.

Il l'empoigna comme un malheureux, avec une brutalité d'animal, ce qu'elle prit, feignit de prendre, pour une étreinte impulsive, s'abandonnant à l'étreinte, ou luttant, parce que aussitôt la douleur – mais il la maintint encore quelques instants à bras-le-corps. D'une criminelle fureur, il pétrissait sa chair, y enfonçait ses ongles – il en allait de sa vie.

« Oh!... Simon! » gémit-elle, moitié riant, moitié protestant, et devinant enfin quelque chose sans doute, sur son visage collé au sien, dans ses yeux, sur sa bouche, quelque chose d'alarmant, d'inconnu, ce masque d'enfant terrifié, reculant, haletant, elle dit :

« Qu'est-ce qui... Simon, qu'est-ce que tu... Mais, voyons... »

« Non, dit-il, chuchota-t-il, sans voix. Tais-toi. J'ai cru. »

« Elle est dehors, dit-elle, la minuterie. Dehors. La minuterie est cassée. Il n'y a qu'à attendre un peu. Attendons que nos yeux s'habituent. Viens... »

Dans l'obscurité ils se sont tenus l'un contre l'autre, attendant que s'apaise leur respiration, et le sang leur battait aux lèvres, aux tempes, et jusqu'à la pulpe des doigts. La pulsation affolée de leurs cœurs, ils pouvaient l'entendre dans le silence de caveau où ils se tenaient. Clémence a glissé sa main dans la sienne, et elle a tenu bon jusqu'à ce qu'ils voient enfin transparaître, sourdre de la nuit le bleu souverain de la coupole et sa fabuleuse constellation, ce bleu de mer profonde, vitrifiée dans le morcellement des tesselles, un et multiple, un bleu toujours futur, promis au regard dans chaque éclat de mosaïque.

Et tandis que se révèlent blancs bassins d'eau pure, sources de Vie où songent colombes, cerfs et brebis, tandis que ruissellent les frises, miroitent prairies et fontaines des jardins de bonté, tresses des corbeilles, anses des bras dans l'accueil des Apôtres, Fernet sait que toute cette beauté ne tient qu'au miraculeux et précaire assemblage des morceaux de pierre, miettes matérielles accolées qu'un frisson de ténèbre peut dans l'instant réduire en poussière, désintégrer et rendre au chaos. Nulle miséricorde, nul rachat. Ce somptueux mirage poudré d'or, aussi mensonger que la femme qui se tient contre lui, dont les formes aimées épousent si bien les siennes, unies, solidaires. Imposture! Le cou cassé, renversé, il offre sa face éperdue à ce ciel de nuit minérale qui exige, en plein midi, la préalable cécité pour le voir. Il accepte que son malheur commence. Il ne sera pas dit un mot de plus à ce sujet, pas un mot sur Ravenne. Il ne confie ni à Clémence ni à personne ce qu'il vient de découvrir. Il garde ce secret d'épouvante pour lui seul. L'insomnie commence.

Dans le square de Genève, Fernet était seul, assis sur ce banc. Autour de lui, perdu dans la nuit des bosquets, il entendait le petit crépitement d'averse, non la pluie elle-même mais l'eau fuyante des branches en train de s'égoutter sur la terre saturée d'humidité, mille chocs ténus et distincts qui l'environnaient maintenant de toutes parts.

Il tenta encore deux ou trois mises en scène tardives. Lui malade, soudain, paralysé. Les membres défaits. La paralysie, on le dit, c'est cette sensation, d'abord, de faiblesse intense, d'épuisement, qui rend impossible un quelconque mouvement, ne laissant de vivace et mobile que l'esprit. Les pensées d'autant plus agiles que le corps est devenu infiniment lourd, sans repère ni contour, solidaire de la matière où il se coule et se fond comme l'eau se répand dans la terre, un corps aboli de lourdeur. Alors l'esprit peut parcourir à loisir l'espace affranchi dans toutes les directions à la fois. Plus de frontière désormais, de suture, plus d'obstacle d'organe, de chair, d'épiderme, insensibles. Il n'y a plus de forme, plus de corps, ni haut ni bas, sinon cette sensation de faiblesse extrême, insurmontable.

Ou bien encore, lui mort, foudroyé par une crise cardiaque, une embolie, et trouvé au petit matin tombé comme un dormeur, un fêtard ivre mort, roulé au bas du banc dans une posture grotesque. On ne comprendrait pas tout de suite. Il les imagine, les éboueurs en cabans, se penchant, circonspects et narquois, sur ce corps d'endormi que déjà gagne la rigidité du cadavre. Fernet tenta de feindre un raidissement, cette rigidité glacée, mais n'obtint de ses muscles qu'une onde de chaleur vivante l'envahissant tout entier. A quoi il opposait encore, sans conviction, l'image de son corps disloqué dans un terrain vague, une décharge publique, jeté avec les chiens, comme le consul de Malcom Lowry au fond de la barranca, une balle dans la nuque. Quand son imagination s'épuise, la littérature sert de dernier recours. Mais ce soir il n'accédait à rien de bon, de crédible. Rien que de honteux et d'indigent. Mensonge, débile simulacre : il était assis sur ce banc de ciment inconfortable, Simon Fernet, professeur de quelque notoriété, invité ici et là pour ses travaux et publications. Il s'autorisa encore quelques grimaces d'enfant qui cherche dans le miroir à se défigurer, à se faire peur – comme petit il enfonçait ses dents dans la paume, là où elles s'enfoncent mal, sans faire réellement mal. Il aurait voulu perdre pied, atteindre quelque chose de vrai, de brutal. Mais l'assise reste ferme, l'ensemble du système est d'une stabilité redoutable. Jamais aussi peu dupe de ses ruses. Il consentit à croire que ses yeux picotaient, que des larmes viendraient – il le crut. Ou bien la pluie suffit à donner le change.

Fernet regarda l'heure à son poignet. Minuit cinquante sept, cinquante à l'horloge municipale, au centre du square. L'heure suisse est sans défaut et sa montre volontairement déréglée. Sa marge de sécurité : sept minutes! Marge étroite, sans efficacité réelle pour conjurer le retard. Il avait pris cette habitude au début, quand il avait commencé à vivre avec Clémence, à cause de sa maniaque ponctualité. Tout écart la met dans des états d'affolement et de colère qui sont de la peur enfantine. La seule obsession qu'il lui connût. Il avait avancé sa montre sur l'heure par jeu, par tendresse. Aucune sécurité. Il a pris un retard définitif sur l'horaire de Clémence.

Fernet s'ébroua. Il était trempé mais il n'avait même pas froid, comme prévu. Il rentra à l'hôtel d'un bon pas. Les rues étaient à nouveau éclairées généreusement de néons blancs, offrant à chaque carrefour des enfilades lumineuses ponctuées de signalisations et de panneaux de direction. Pas moyen de se perdre dans cette ville. Les rares voitures roulaient à grande vitesse, soulevant des gerbes d'eau perlée sur leur passage, et, au moment où elles le dépassaient, il avait le sentiment de l'anachronisme de son pas de marcheur solitaire dans la ville électrique et mécanique.

Dès qu'il fut dans sa chambre, avant même d'enlever son pardessus, il fit le numéro de l'appartement à Paris. Clémence ne répondit pas tout de suite, seulement à la cinquième sonnerie. Elle venait de s'endormir. Fernet s'attacha à contrôler sa voix, à lui donner une intonation convenable pour paraître désolé de la tirer ainsi du sommeil, mais il n'en était rien. Il lui importait au plus haut point qu'elle répondît à son appel, il importait qu'elle fût là, dans l'instant. La voix de Clémence semblait rauque, basse, étonnamment proche. Fernet tenait les deux écouteurs excessivement pressés contre ses oreilles. Elle ne se plaignit pas d'être réveillée. Elle expliqua qu'elle avait appelé l'hôtel vers huit heures, qu'on lui avait appris qu'il était ressorti. Elle s'inquiéta vaguement de Genève et du temps qu'il faisait, il neigeait à Paris, mais la neige ne tiendrait pas. Paris en noir et blanc, c'est tellement reposant, disait-elle. A cause de toutes les couleurs agressives du film qu'elle montait en ce moment. Surtout du bleu et du jaune mal étalonnés, quelques plans approximatifs à la prise de vue, qui posaient des problèmes de raccord et qu'il fallait sauver. Elle en avait les yeux brûlés, de vérifier l'ajustement des valeurs, pour en tirer parti. Aussi avait-elle marché un peu dans les rues avant de prendre un taxi près du parc Monceau, rien que pour se laver les yeux avec la nuit et la neige. « Bibi est arrivée », enchaîna-t-elle, sans transition.

Il avait oublié, vraiment oublié, toute la soirée, que sa fille arrivait et serait à Paris pendant son absence. Béatrice rentrait après trois mois de stage au Niger avec une équipe qui expérimentait des techniques nouvelles de lutte contre la désertification galopante.

« Elle est arrivée cet après-midi, elle repart demain soir pour La Haye. »

« Je sais, coupa-t-il, agacé. Comment va-t-elle? Passe-la-moi. »

« Simon, il est une heure et demie. Elle dort. »

Les gens normaux dorment à cette heure-ci, acheva-t-il pour lui-même.

« Elle va bien, poursuivait Clémence. Bronzée, un peu fatiguée. Mais pas abattue, tu la connais. Elle a des tas de projets. Et demain elle veut faire les magasins, aller au cinéma. Elle dit que tu es un père entre parenthèses. Qu'elle aimerait te trouver dans la parenthèse, de temps en temps. Elle t'embrasse quand même. »

« Je n'y suis pour rien! protesta-t-il. C'est formidable, ce n'est quand même pas ma faute si... »

« Je n'y suis pour rien non plus. »

« Je l'appellerai demain matin. Dis-lui que je l'appellerai demain, avant qu'elle parte... Clémence, est-ce que la lampe est allumée ? »

« Tu sais, dans une dizaine de jours, Béatrice sera de retour. Elle s'est mis en tête de passer la fin de l'année avec nous. Elle propose qu'on aille tous à Landareyre. Qu'est-ce que tu en dis ? »

Il laisse un silence parce qu'il pense à autre chose. A la veilleuse de la chambre, allumée ou non. Il ne sait s'il doit imaginer Clémence accoudée, sculptée de lumière blonde, ou bien si elle lui parle perdue dans l'obscurité de la chambre. Sa voix, bien que proche, est tellement sombre, sans couleur, comme assourdie de noir.

« Lieutard a téléphoné ce soir, dit-elle encore. Il a retenu l'hôtel, à Rimini. Il s'inquiète de ta réponse définitive. Est-ce que tu maintiens ton exposé, le premier jour du congrès ? »

« Évidemment!... Quel formaliste! Qu'est-ce qu'il attend ? Un engagement sur papier à en-tête ? »

Puis, après avoir marqué un temps :

« Tu as décidé ? Tu viendras à Rimini ? »

Un suspens, déprimé, opaque.

« Oui, finit-elle par répondre. Oui, je viendrai. »

Et il demande encore :

« Est-ce que tu as allumé la lampe ? »

Elle dit que non, qu'il fait tout à fait noir. Elle dit qu'elle l'aime. Il lui souhaita des rêves en noir et blanc, il baisa ses paupières endormies, et quelques places de son corps qu'il nomma lentement à voix basse. Elle disait : oui... oui... Il reposa le combiné, interrompit la communication. Puis le resouleva pour entendre la sonnerie continue de la ligne libre. Il gardait l'écouteur pressé contre son oreille, si fort qu'il se faisait mal. Il raccrocha.

Maintenant elle allait se rendormir. Elle n'avait pas allumé la lampe, il le savait, seulement trouvé le téléphone à tâtons. Elle se retournait, s'étendait à plat ventre et enfouissait son visage dans l'oreiller. Elle dormait déjà. Clémence a une faculté incroyable de sommeil. Fernet avait eu tellement de mal à l'admettre au début. D'un instant à l'autre, sans prévenir d'une quelconque manière, presque au milieu d'une phrase, elle sombre, littéralement. Dans l'obscurité complète, il avait appris à déceler la minuscule différence entre sa veille et son sommeil. A peine une vibration du corps qui s'affaisse, le souffle se suspend. Elle cesse soudain de respirer, s'immobilise dans une attente éperdue pour accueillir la surprise de l'endormissement. Alors son souffle reprend. Il vient de beaucoup plus loin cette fois, dans le silence nocturne, puisant sa force dans une réserve inconnue, fléchissant et grandissant jusqu'à trouver sa ligne d'ondulation régulière. Il sent contre sa hanche sa cuisse chaude, ouverte, qui pèse davantage. Il penche son corps d'homme inutile et encombrant au-dessus d'elle, cherchant à percer l'obscurité qui les enveloppe, écarquillant les yeux, ne la touchant pas encore, écoutant sa respiration satisfaite. Pourtant il devine quelque chose d'insolite et de menaçant dans son sommeil. On la dirait retranchée dans un lieu de péril et de méchanceté, ruminant une vase malade, aux prises avec d'étranges remous nomades.

Fernet avait peur de ce sommeil comme d'une traîtrise, ne parvenait à le nommer que de manière injurieuse pour l'injustice qui lui était faite. Sa colère montait. Dormir comme une bûche, comme une souche, de la même façon qu'on dit boire comme un trou! Et son corps bien-aimé, livré à l'indécence du somme, son visage aux lèvres boudeuses, vidé par une terrible distraction intérieure, il les détestait. Il les recomposait dans son imagination, telle une figure d'offense faite à son amour. Venaient s'y buter sa déception, la révolte, l'effroi de son cœur refusant d'admettre la métamorphose de cette femme qui le condamnait à veiller, car quelques instants auparavant elle était encore un être vivant, elle avait cambré ses reins, participé à l'embrassement et la fièvre amoureuse. Il ne la reconnaissait pas.

Il souffrait de ce sommeil, non qu'il ne lui parût pas naturel de dormir, son dépit ne venait pas d'une exigence romantique qui veut qu'on veille pour vivre, pour s'exalter de vivre plus, et qui conduit parfois la jeunesse à mépriser ce temps perdu volé à la « vraie vie ». Mais il se sentait ulcéré que cela se passât ainsi. Jaloux, oui, qu'elle pût s'absenter aussi insolemment, dans cette guerre solitaire. Quelle inélégance, quel manque d'égard pour son amour, que ce sommeil de refus! Il ne la reconnaissait pas, la découvrait autre, rebelle et d'autant plus cruelle que libre, le rejetant à sa propre solitude. Alors, il ne ressentait plus que l'indignité de son propre corps, livré à de pénibles méditations, et dans sa détresse rien ne le soutenait plus contre lui-même.

Appuyé sur le coude jusqu'à la crampe, il tentait pourtant de se raisonner, d'apaiser sa blessure, il résistait à la tentation du geste qu'il ferait, immanquablement. Il s'agitait, se levait, allumait les lampes. Il finissait toujours par la réveiller.

Inesthétique de dormir! s'effarait-elle en battant des paupières, encore étourdie de sommeil, mais déjà indignée du reproche, et lui, honteux de la débilité de ses arguments, s'enfermait dans la mauvaise foi. Elle le dévisage avec une attention éberluée, pas encore combative, fait effort pour comprendre, défend pied à pied son droit au sommeil. Alors il se trouvait, en vrai coupable, les meilleures raisons de la harceler, la tourmenter. Irrité et malheureux à la fois, gagné par l'idée du ridicule, il luttait, retardait ce moment où, vaincu, il formulerait l'aveu, la pauvre revendication de son amour, abdiquant. Car elle fuit, l'oreiller, la couette sous le bras, cherche une couche solitaire, et il la poursuit dans l'appartement, l'accable d'injonctions lamentables, la presse de lui concéder... Mais quel cirque, quelle mise en scène sinistre, pour en venir finalement à ce qu'il veut! Elle est assise au bord du lit dévasté, désarmée mais en réalité triomphante, elle est forte de l'avantage imprescriptible des victimes, elle frissonne, au bord des larmes, au bord du rire. Il ne s'apaise que si elle se laisse prendre, tenir dans les bras, encore effrayé du danger où ils se sont mis, elle de dormir, lui de lui disputer son sommeil. Ce qu'il obtenait au dénouement lui suffisait. Alors ils étaient de nouveau enlacés, réconciliés, puisque blottie contre lui elle signifiait ainsi son pardon au tyran. Ce qu'il voulait, c'était l'endormissement lent, la reddition progressive disputée au sommeil de leurs corps recrus, livrés ensemble à l'enlisement des vases.

Il pensa à ces corps de paysans vautrés dans le tableau de Breughel qui les avait opposés une fois. A ces pantins dont les membres déjetés, écartelés de fatigue ivre, les vêtements débraillés, étalés dans les chaumes jaunes de la campagne au moment de la sieste, figurent le harassement du travail de la terre. Qu'ils fussent terrassés par leur épuisement d'esclaves sous l'abrutissant soleil d'été ne légitimait en rien à ses yeux les postures grotesques comme le prétendait Clémence. Lui s'obstinait à y voir, parmi le miroitement des jachères et des champs moissonnés, l'expression de la plus basse rémission corporelle. Pauvre viande humaine, infirme et triviale, qu'aucune étincelle d'esprit ne tient en éveil, condamnée à la léthargie digestive qui distribue çà et là, de même que sur un champ de bataille, le désordre des corps vaincus, préfiguration de leur mort à tous, enfants, femmes et chiens, veillés par le ruminement de bovins à l'ombre maigre des arbres. Il en rajoutait à plaisir, cet après-midi d'hiver où ils avaient débattu, soudain arrêtés devant le tableau, dans la salle du musée. Ils chuchotaient pour épargner à leurs voisins la discussion. Il ne se souvenait pas d'où était venue leur division, sans doute d'une remarque de Clémence au sujet de la « beauté humble de l'animalité », ou bien de la « glorieuse loi de nature », quelque chose comme ça. Elle se lançait souvent à corps perdu dans ce genre de philosophie sommaire et commode et il avait dû ironiser sur ce jugement, donnant à sa voix l'intolérable ton de badinerie et de condescendance qui la mettait hors d'elle. Il entend sa propre voix chuchotée, apparemment tranquille, mais offensive, pleine de menaces, puisqu'ils ne parlaient pas du tableau, mais d'eux-mêmes, de leur amour qui se jouait sous forme de simulacre.

« Comme c'est puéril! s'exclamait-elle. Est-ce qu'on refuse de digérer, de respirer? Il faut bien faire avec son corps! »

Elle inversait les rôles. Se prétendait soudain très vieille dame, dans sa sagesse, puisque prête à composer, oui, à ruser avec elle-même pour accepter, s'aimer assez pour accepter les petites bassesses organiques. Y compris le sommeil! Ce discours l'exaspérait, car il devinait bien dans cette objection la tortueuse stratégie par laquelle elle lui rendait sa jeunesse, lui faisait le cadeau royal de l'injure : idéaliste! Dans ce débat, elle réitérait l'injonction tacite : aime-toi assez pour m'aimer, aime assez ton corps, ton sommeil et le mien pour ne plus avoir peur de m'aimer.

Mais ces vieilles gens, ses grands-parents, qui s'assoupissaient à la veillée d'hiver, comment accepter l'endormissement qui courbe leurs épaules? Lui se tasse, enfouit sa tête grise embroussaillée dans ses coudes croisés sur le dossier de la chaise. Il est assis à califourchon, face au feu qu'il contemple, les yeux brûlés bientôt, la carcasse vaincue de fatigue *naturelle*. Elle, égrenant des panouilles de maïs dans son tablier, dodeline, pique du nez, le cou cassé. Ils ploient tous deux vers l'invincible sommeil, retardant le moment du coucher. Une force de mort délie leurs attaches, ils s'amollissent, alanguis par le feu couvant et le silence de la cuisine, ils vivent ce prélude du moment où tout se désassemble. Ils l'auront tellement répété que, lorsque la mort viendra, ils ne reconnaîtront pas sa figure de sommeil.

Ou bien à la sieste d'août, quand le vieil homme s'avachit sur la table. Il a repoussé du coude les assiettes et les reliefs du repas que les mouches vives pillent parmi les miettes et les taches de la nappe cirée, zébrant de métal l'ombre moite de la cuisine. On a tiré la porte et les volets. Midi blanc cascade sur la campagne et les jardins.

La grand-mère s'est retirée dans sa chambre. Tous les jours à cette heure, elle somnole dans les coussins d'un fauteuil. Elle fera la vaisselle plus tard, au milieu de l'après-midi. Alors le choc des assiettes et des bassines, l'eau versée du broc sonnent le réveil de la maison, on pousse du balai sable, miettes et brindilles de sarment sur le carreau, jusqu'au grand soleil de la cour.

Pour l'instant le grand-père dort dans l'odeur d'étuve. On oublie l'enfant, qui aiguise sa narine, s'enivre jusqu'au malaise des senteurs de vinaigre, de cendre et de fromage aigre perlant sous le tamis, d'ail fermenté et de fumée de bois. Il regarde l'homme dormir, longtemps, ce corps usé abattu sur la table, marmonnant dans son demi-sommeil des invectives rudes. Quel lieu habite-t-il où il proteste, s'affronte ? Le temps passe. Son front s'écrase sur une main nue, veinée d'un roncier bleu, aux ongles épais comme une corne, arasés par le travail de la terre. Son front pèse tant qu'il peut soudain se gercer, se fendre et crever telle une outre desséchée, se répandre sur la table, sa bouche entrouverte déverser quoi d'immonde ? Ce sommeil emplit l'enfant d'effroi peu à peu. Si personne ne veille plus sinon lui, que peut-il advenir brusquement ? N'importe quoi, n'importe quelle modification, métamorphose monstrueuse. L'ordre du monde ne dépend plus que de sa petite vigilance inquiète, alarmée au moindre signal, au moindre tressaillement. Cette mission est au-dessus de ses forces. Si terrible qu'il se glisse furtivement dehors. Il fuit la compassion et la peur qui se sont emparées de lui pour cet être inconnu que le sommeil défigure, lui rend étranger jusqu'à l'épouvante. Seul, il tremble au soleil, tendu sur ses jambes grêles, hébété, la face levée vers l'œil énorme de midi, et il s'évanouit délicieusement dans la terre cendreuse du jardin.

De sa fenêtre d'hôtel, à Genève, Fernet regardait la nuit sans lune, sans étoiles. La pluie cessa vers trois heures du matin. Puis le vent se leva, sécha les rues et les trottoirs. Il venait du lac, poussait sans les disperser des nuages nombreux qui couraient bas sur la ville, cotonneux et filants, d'une transparence nacrée qui pâlissait le ciel nocturne.

C'était, à Genève ou à Berlin, la même insomnie. La nuit de Londres, la même qu'à Paris. Il a perdu le sommeil. Il ne le cherche plus. Il s'étend sur le lit, s'installe dans un fauteuil. Il ne se sent pas malade, ne souffre pas. Nul signal pour alerter son attention, l'ancrer en quelque endroit de son corps, en des lieux d'accident. Il suit quelquefois avec curiosité des événements épidermiques, démangeaisons furtives, irritations ou frissons, frottement d'orteil, hérissement du cuir chevelu. Mais d'expérience, il sait que ces divertissements seront brefs et de peu d'intérêt. En profondeur non plus, nulle crampe ni tiraillement d'organe significatif. Seulement, de loin en loin, la lassitude d'une position qu'il soulage aussitôt. Son corps le laisse tranquille. Seul l'esprit reste agile, en éveil. Au milieu de la nuit, les yeux ronds comme ceux de la chouette en plein jour, dans un écarquillement d'aveugle, il oublie de ciller, il ne dort ni ne veille.

Cet état est tout à fait singulier, il en a fait l'apprentissage depuis qu'il a admis d'être privé de sommeil. Car il s'y est soumis, résigné dès la première nuit de Ravenne, cet été. Quand approche le moment du coucher, toute fatigue s'absente, qui l'instant d'avant brouillait ses pensées, apesantissait ses paupières irritées. Le jour, il n'observe aucun amoindrissement physique ou intellectuel, car son insomnie s'accompagne toujours d'une sensation de détente. Quelques instants de débâcle suffisent, sans doute, brèves syncopes étourdissantes pendant lesquelles il se repose comme s'il avait dormi une nuit entière.

Cette insomnie, c'est comme s'il dormait. Il entre insensiblement dans une durée blanche. Si noire que soit la chambre, il se sent enveloppé de douceur laiteuse. Sans pesanteur il flotte, entre deux eaux d'attente, balancé mollement. A ce niveau d'oubli, son corps délié s'abolit, délivré des sensations. Il veille, et, libéré de toute sollicitation contingente, son esprit s'affine, s'effile en transparentes plumes de verre, ciselant une à une les idées, gravant à la pointe fine leur cruelle ligne d'aiguille, découpant à l'arête vive de sa singularité chaque idée, comme si chacune devenait matérielle, prenait masse et durée, composant la mosaïque solide de son insomnie, chacune autonome de forme, mais solidaire, poursuivant la fresque nocturne toujours inachevée d'un vaste texte d'illisibilité, d'infini morcellement.

Il ne sait plus s'il veille ou dort, hésitant loin des marges. Mais il se sait veillant dans un sommeil d'hypnose, comme dans certains rêves on se sait dormant, croyant qu'on peut à tout instant arrêter ou modifier le scénario, y renonçant encore, et suivant le fil provisoire d'une histoire à dormir debout, malgré la menace latente, l'imminence d'un seuil au-delà duquel le rêve ne sera plus contrôlable et débordera dans les affres. Alors il ne sera plus temps. De même il se sait veillant sans pouvoir y mettre fin : je veux dormir, pense-t-il de temps en temps, comme le dormeur pense : je veux me réveiller, revendiquant auprès d'une instance intraitable cette liberté perdue.

Peut-être rêve-t-il qu'il veille, car Hypnos et Thanatos, les jumeaux des fresques anciennes, parfaites répliques ailées et imberbes, tiennent l'un la tête, et l'autre les pieds du dormeur, sommeil et mort s'emparant chaque nuit d'une extrémité, mais laquelle ? et tirant, tenant l'homme de la naissance au trépas suspendu dans l'indécision des limbes, chaque somme préludant au dernier, chaque endormissement si semblable au dernier.

C'est contre la mort qu'il aime et possède le corps de Clémence, en plein midi, dans la forêt des Landes. Contre la mort, le tison de son sexe enfoncé au fourreau. Il plante sa vie triomphante, réveillé d'un formidable coup à la nuque, cri de vivant dans la touffeur de l'air décoloré répondant à l'appel assourdissant des cigales. Il ne sait plus ce qu'il accomplit alors sur ce corps ruisselant d'acides odeurs végétales, chair marbrée incrustée de croisillons d'aiguilles de pin, de sable fauve, de brindilles vives. Mais contre la mort, cet acharnement de bûcheron, primitive exaltation des essences, sang, salive, sueur et sperme et sève solaires, dans la pluie frissonnante, zébrée de milliers de piqûres, d'étincelles colorées éclatant au faîte des pins et tombant en cendre d'or sur leurs corps nouveau-nés.

Clémence est arrivée à Landareyre un soir d'été, il y a cinq ans. C'est là que Fernet la rencontre. Il y a toujours une première fois qu'on ne sait pas, qui ne dit son nom que bien plus tard. Alors, dans un accès de nostalgie inutile, on cherche, on rappelle à soi cette scène ancienne vécue dans la désinvolture, que la distraction confisque. On veut la voir encore, la croire décisive, et le regret de lui avoir accordé si peu d'attention la rend plus précieuse, d'autant plus que, perdue à jamais, l'imagination lui confère ce charme, cette émotion de l'inconnu.

Il se souvient mal de ce soir, à la fin du mois d'août. A cette époque, la maison est pleine de monde. L'été, il y a de la place, beaucoup de chambres dans les dépendances aménagées sommairement pour la belle saison. En hiver, on se cantonne dans la maison principale qui est seule équipée du chauffage. Fernet l'a achetée pour une bouchée de pain à la naissance de Bibi. Elle appartenait à une vieille grand-tante qui avait tout laissé à l'abandon pendant de nombreuses années. Dès le début, son frère Régis a aidé Fernet à restaurer la propriété, parce qu'il est architecte et que, vivant à Bordeaux, il pouvait surveiller les premiers gros travaux. Ensuite, chaque été, ils se sont retrouvés là, ils ont fait pas mal de choses ensemble, les peintures, la menuiserie, le débroussaillage. Régis est chez lui à Landareyre. Il s'y est installé quelquefois, même en hiver, avec sa petite amie du moment, ou pour la chasse à la palombe, pour travailler au calme. Après son mariage avec Luce, et la naissance des enfants, c'était un endroit tout trouvé pour les vacances familiales.

Entre estuaire et océan, bâtie en pleine forêt, la maison de Landareyre dresse sa belle façade de pierre dans les arbres de ce qui a voulu autrefois ressembler à un parc. Il en reste des tilleuls, des cèdres de cent ans ou plus et un magnolia somptueux, entre lesquels serpente l'allée centrale jusqu'au mur d'enceinte, couvert de lierre, et à la grille, du côté de la route. Toutes sortes d'arbustes, lauriers, noisetiers et sureaux complètent dans un joli fouillis le rempart de verdure qui protège des passants, et les plantations de Millie, devant la maison, ressemblent à ces jardins de curé que bénit la main du Bon Dieu, car, malgré l'absence de soins, tous les ans plus vivaces, les lupins, les pivoines et les roses trémières, les géraniums prolifèrent dans le désordre des massifs abandonnés. Derrière, la maison encadrée par les dépendances s'ouvre sur le grand pré d'herbe grise au fond duquel commence la forêt de pins, la haute futaie rousse et verte, rutilante sous le ciel bleu, jusqu'à l'océan.

Cet été-là, la maison accueille tous les amis de passage. C'est la période qui succède à l'après-divorce. Un ou deux ans de désarroi, de vague désordre, ont suivi la séparation avec Millie. Fernet bouge beaucoup, il voyage dans tous les sens, sous n'importe quel prétexte, déménage plusieurs fois, s'installe chez des amis entre-temps, réinventant difficilement les gestes de sa solitude et de sa liberté. Cette année-là, il redécouvre les vacances à Landareyre, la maison laissée un temps à Luce et Régis, les y retrouve, comme autrefois. Fernet, depuis quelques mois, a invité à la cantonade, il oublie les invitations à séjourner dans sa maison du Sud-Ouest, lancées au petit bonheur, et tout l'été les gens défilent, débarquent à l'improviste, comme autrefois, du temps de Millie, pour une halte d'un jour ou deux, sur un itinéraire de vacances, ou pour plus longtemps.

Il se souvient mal de cette soirée. Il fait très chaud, pas un souffle de vent. Luce vient de rentrer de la plage avec les enfants. On entend par les fenêtres ouvertes leurs cris sous la douche. Régis laisse sa femme vaquer à ce genre de corvée. Il est assis avec les autres, à l'ombre du grand tilleul sous lequel on a installé la table et les sièges de jardin. Il sont sept ou huit en train de prendre l'apéritif, affalés dans les fauteuils et les chaises longues, poursuivant paresseusement une conversation décousue. Fernet ne se rappelle plus bien qui est là. Si, les Lieutard, bien sûr. Eux resteront plusieurs jours encore avant de repartir pour Rome. Ce sont des amis proches. Il y a aussi Legrand, venu en voisin de Vendée pour le week-end. Martin aussi devait être là, rentrant de vacances à Boston chez sa mère. Régis est assis un peu à l'écart. La présence des gens autour de lui et les voix ne semblent pas déranger son silence. Le même, comme toujours. Fernet reconnaît son frère, ce silence d'enfant à la fois soumis et définitivement rebelle. Et pourtant, à cet instant, surprenant. Justement parce que tellement semblable à lui-même, inattendu, inchangé. Il porte son corps comme on drape un manteau de voyage, avec l'arrogance de la résignation, l'orgueil du condamné au voyage et à sa vêture. Je n'ai qu'un frère. C'est celui-là, grands dieux!

Tel qu'en lui-même, depuis quarante ans. La lumière déclinante du soir se teinte de rose, dore son visage incliné sur le livre. Il a une beauté troublante, les traits incertains de la mère, la bouche surtout, blessée de ce sourire de fièvre aiguisé dans la joue longue où se creuse une fossette ironique. Il a, comme l'enfant d'autrefois, le front haut, lisse, architecturé par la dépression brusque des tempes, et ces quelques cheveux blancs récents dans les boucles noires de l'épaisse toison ne changent rien de son visage ancien. Il lève la tête, cela ne me surprend pas, rencontre mon regard. S'il me voit, s'il comprend mes pensées, il ne le manifeste pas. Je salue ce regard pour ce qu'il est, de songerie distante, protection contre la peur qui l'habite, son insatiable besoin d'amour.

Régis était à Landareyre, cet été-là, assis sous le tilleul, à cette place écartée. Je me le suis attaché il y a longtemps par le pire des liens, et il fallait qu'il fût là, sans doute, qu'il présidât à ma rencontre avec Clémence, car peut-être sans lui n'aurais-je jamais aimé cette femme.

Une voiture a corné soudain sur la route.

« Voilà de la visite! » a déclaré Régis en souriant, sans bouger de sa chaise longue. Les yeux mi-clos, il a regardé Fernet. Il se souvient du regard interrogateur entre les cils, de défi muet. Eh bien, tu es le maître de maison, n'est-ce pas? A toi la dépense de l'accueil, porte-toi au-devant de tes hôtes, traverse dans la majesté du soir le parc de ta demeure, ouvre les bras, lave les pieds du voyageur. Il se souvient de ce sourire qui donne à la voix de Régis son timbre pâle d'avertissement. Au deuxième appel, Luce est apparue à la fenêtre de l'étage.

« Il y a quelqu'un à la grille! » crie-t-elle à travers le feuillage.

« J'y vais, dit Régis. Tu veux que j'y aille? »

Il a fait mine de se redresser. Fernet s'est levé. Au passage, il a laissé traîner sa main sur l'épaule de Régis, en signe d'apaisement, ou de pouvoir, brève pression fraternelle, et l'épaule de Régis a fléchi.

« Ne te dérange pas. Je vais voir. »

Il remonte l'allée, il se souvient de cela. De l'odeur des géraniums rencontrée au passage, des effluves de résine et d'écorces brûlées par le jour, et du crissement de son pas sur le sable de l'allée.

Derrière les grilles, il y a une voiture arrêtée au

soleil. Une femme debout à côté klaxonne avec énergie, un bras passé par la vitre ouverte. Elle fait signe de sa main libre. C'est Lina.

« Simon! Je me demandais si on ne s'était pas trompées de route! Ton ranch est en pleine pampa! »

Lina enseigne l'économie à Lille. Le genre de post-soixante-huitarde libérée qui vous soupèse les parties au bout de cinq minutes. Elle couche beaucoup, sans conséquence, pratique le coït-conversation avec le premier venu pourvu qu'il soit de gauche. D'une gentillesse extrême, foncièrement sentimentale, d'une générosité et d'une patience sans limites pour les affaires de cœur compliquées. Ils ont couché ensemble, une ou deux fois, plus amis qu'amants. Elle prétendait le consoler, le réconforter, elle parlait tout le temps, l'accablait de conseils en se déshabillant, en le caressant, en agitant ses fesses. Il n'a pas pu achever. Ils ont renoncé dans un fou rire qui compromettait toute suite.

Elle se penche par la portière, interpelle la voyageuse qui l'accompagne :

« Clémence, je te présente le dernier des romantiques! »

Il se penche aussi, amorce un geste de bienvenue, avec une mimique d'excuse pour les excès de langage de Lina. Il ne se souvient pas du premier visage de Clémence, de cette jeune femme qui occupe la place du voyageur et qui a dû répondre d'un sourire, d'un signe de tête. Lina claironne :

« Est-ce que tu as encore de la place pour nous dans ta ferme? »

« Ma ferme, tu exagères. D'où arrivez-vous? »

« De Bilbao. On a des duvets, s'il faut on couchera dans la grange. On a fait dix heures de voiture. On est fourbues. »

« Dix heures, mais c'est pas possible! »

« On a fait des tas de détours, je te raconterai. »

Clémence s'est mise au volant, c'est elle qui rentre la voiture dans le clos qui sert de parking le long du mur d'enceinte, tandis que Fernet repousse les battants de la grille avec Lina. Ensuite ils ont dû vider le coffre, transporter les sacs de voyages, revenir vers la maison. Et les présentations, les autres devaient s'être levés, sous le tilleul, Luce a dû descendre, porter des verres, du vin, et les conversations bruyantes ensuite, les rires, il ne se souvient pas. Seulement du dîner qui dure tard dans la nuit, pour fêter leur arrivée. Ils sont autour de la table nombreuse, sous les lampes de la salle de séjour ouverte de tous côtés sur la nuit tiède, vers le jardin et vers le pré. Les enfants se sont endormis dans les coussins. Des insectes grésillants tombent quelquefois sur la table, battent frénétiquement des ailes entre les verres.

Comment expliquer cette amnésie qui le frappe alors, qui dure une soirée entière? Remarquable cécité, incroyable distraction du premier soir, à l'instant où Clémence apparaît dans sa vie, qui n'a pour égale que l'obsession dans laquelle il bascule dès le lendemain.

C'est dans la même salle du rez-de-chaussée, le lendemain, à midi. Cette fois, elle est plongée dans l'obscurité car tout le jour on tire portes et volets contre la chaleur. Par les interstices, les rayons poudrés du soleil filtrent droit, de belle rectitude jaune que nimbe un gaz tremblant, et viennent écraser sur la longue table cirée une flaque de lumière centrale. Dehors, la chaleur de l'air suffoque, une des dernières chaleurs de grand été. Quelle bizarre circonstance... Il ne sait plus bien sous quel prétexte, le lendemain de l'arrivée, Clémence est restée à Landareyre tandis que tous les autres sont partis en caravane pour l'océan. Comment ils se sont retrouvés alors tous les trois, Régis, et elle, et lui, Fernet, au centre de la maison silencieuse refermée sur sa pénombre, pour jouer cet acte étrange qui inaugure leur amour. C'est là, à cause de Régis, qu'il voit vraiment Clémence, pour la première fois. Le premier visage de Clémence, c'est cet ovale pâle dans l'ombre, éclaboussé par la réverbération de soleil sur la table, ce petit museau pointu effilé sous la frange, et le regard intense, de clarté grise, et cette manière qu'elle a de porter loin le menton, comme pour provoquer la caresse ou le coup, dans l'attente de plier sous une main de désir.

Comme ce visage qu'il lui voit une fois, dans le miroir de la salle de bains, dans leur appartement de Paris. Elle tend le menton à la rencontre de son image, tandis qu'enfle, avec une précision de métronome, le bruit du robinet qui fuit, le choc clair des gouttes sur la faïence. Son front est moite de la buée du bain, ses cheveux mouillés plaqués aux tempes. Elle tend l'oreille, dirait-on, pour entendre une voix, un appel lointain et en même temps se surveille du coin de l'œil au fond du miroir, sévère, distante d'elle-même et cherchant à se rejoindre. Elle écoute. Elle épie son visage devenu inexpressif à l'excès, scrute cette figure figée à présent, la forme longue, ovale, que dépouille le casque des cheveux tirés, luisants d'eau, observant son image, ce à quoi elle s'efforce de ressembler depuis l'enfance, depuis qu'une première fois oubliée elle l'a rencontrée, ce avec quoi d'elle-même, inachevé, elle cherche à coïncider. Tellement occupée à traquer cette image que sons et objets ont reflué, relégués dans une zone de confins sourds, tandis que grandit sa fervente étude du visage de Clémence. Tacheté de couleurs confuses, comme délavé, le monde s'abîme en arrière-plan, car Fernet la regarde. Il l'a découverte ainsi, par hasard, dans l'entrebâillement de la porte, otage de sa double immobilité. Troublé par le spectacle de cette femme inconnue, la stupeur de sa figure vidée d'absence, il retient son souffle, tandis qu'à l'arrondi du lobe de l'oreille une perle d'eau s'élonge, gonflée au seuil d'étirement qui précède la chute, sans cesse retenue, et toujours imminente.

Ce visage de Clémence est un souvenir récent. Il n'a pas de commencement. Comme celui de Ravenne, sa petite tête précieuse et surannée qu'elle portait haut sous le soleil. Clémence ressemble à ces jeunes filles d'autrefois qu'enfant il imaginait quand il déroulait avec émotion entre ses doigts la tresse de cheveux morts conservée par sa mère dans du papier de soie au fond d'un tiroir, souvenir d'une sœur aînée disparue jeune et dont il avait fallu sacrifier la chevelure pendant sa maladie. Jeunes filles évanescentes qui dans ses rêves empruntaient leurs traits de porcelaine à la poupée cassée, rangée dans le même tiroir, avec ses membres désarticulés, jaunis et vergetés, poupée dont la décollation et les yeux perdus semblaient liés à un drame ancien, trahison ou désobéissance, et dont la tristesse, par intime voisinage avec la chevelure du tiroir, par secrète contamination de reliques, avait déteint dans le regard absent des jeunes filles de ses rêves. La poupée, c'est aussi ce bruit des yeux de verre roulant dans la tête de porcelaine, faible tintement malade qui rendait sacrilège tout attouchement, de même que lorsqu'il baise les paupières closes de Clémence, tenant entre ses mains son visage tendu, sa ferveur amoureuse se mue en crainte superstitieuse de n'avoir plus sous les lèvres que ce regard mort de poupée.

Il a oublié le premier visage, il cherche en vain le regard, le sourire, un sourire sans la bouche, sans les dents, l'essence du sourire. Si du moins il pouvait trouver, en suspension dans la carafe d'eau, dans les fleurs du bouquet, parmi les dessins de la tapisserie, dans la pierre moussue, le sourire de Clémence. Quelquefois il lui semble le rencontrer, fugace, instable, à force d'écarquiller les yeux, flottant dans l'espace du souvenir, mais s'il accommode, il bute à l'endroit précis qui l'a vu apparaître, sur un support mort, dôme d'ardoise, ventre de théière, poudreux papier bleu de la chambre, lointain nuage. Il n'avait pas l'habitude de la chercher partout désormais, dans cet état d'ébriété insomniaque qui projette des éclats de vie sur des écrans morts.

Où est-elle, alors, sinon dans ces souvenirs fuyants? Elle descend en courant l'escalier du café de Cluny. Il l'a attendue en bas alors qu'elle était à l'étage. Elle est blême, tellement emportée dans sa course qu'elle frôle sa table sans le voir, gagnant la sortie où il la rattrape. Elle ferme les yeux d'émotion, vacille contre lui, la bouche tremblant de colère, de peur. Ou bien elle est assise au coin fenêtre du dernier compartiment, gare de Lyon, à dix heures du soir. Elle lève la tête quand Fernet surgit sur le quai, dans le cadre de la vitre, juste au moment où le train se met à glisser, qu'il accompagne un peu. Son visage vite emporté, l'expression figée, définitive, presque douloureuse de son étonnement de le voir là.

Clémence est partout. Surtout derrière lui, le suivant à distance et tournant sur ses pas le coin des couloirs, de la rue. Elle est là. Ne pas se retourner, attention. Au bureau de poste, au cinéma, elle vient d'arriver, la dernière de la file d'attente, au dernier rang dans la salle. Entre deux voitures stationnées près desquelles un taxi le dépose, carrefour de l'Odéon, un soir de pluie. Elle vient de monter à l'autre bout de la rame de métro, juste avant la fermeture des portes. Il pressent sa silhouette, à la limite de son champ de vision, une nébuleuse derrière lui à hauteur de l'épaule. Il éprouve sa présence, Dieu quel bonheur, quelle allégresse secrète, rayonnante! Point de concentration, brûlot d'incandescence de sa présence, une onde de chaleur subtile qui l'atteint de dos, une respiration de plus dans les parages, au milieu de la foule, qu'il accueille et reconnaît, c'est elle.

Mais bientôt son impondérable présence fluctue, s'étiole, frémit au point de fonte comme un flocon de neige, trace d'éphémère buée, d'aile passante, trouble d'eau dormante à l'envol d'un insecte. S'il se retourne, s'il fait signe, elle disparaît, repart dans ses limbes. Interdit de se retourner, sous peine de sanction. Il le sait, il a voulu voir, vérifier, mais où ses yeux se posent reste une place éblouie d'aveugle soleil.

Quelquefois elle s'attarde davantage, ose approcher, s'apprivoise. Elle persiste, petite vapeur suspendue à son épaule, elle le suit, il le sent. S'il ralentit le pas, elle devient proche, pèse à sa nuque, comme un souvenir de main. Mais le tourment dure trop, il ne supporte plus, fait volte-face. Il la tue. L'enfilade foudroyée de la rue est déserte sous l'éclairage de nuit.

« J'ai fait un rêve détestable », dit-il à voix haute en se redressant sur le coude. Les draps étaient fripés autour de ses hanches, roulés en bouchon sous ses reins. Il ne faisait pas encore jour, mais le ciel derrière les rideaux de sa chambre d'hôtel avait déjà une transparence de vitrail qui donnait aux murs une faible teinte opaline. J'ai dû finir par dormir, pensa-t-il, mais il ne se souvenait pas de ce sommeil.

Fernet se leva et alla jusqu'à la fenêtre. Il écarta du revers de la main un pan de rideau et regarda dans la rue, tout en bas.

Des gens passaient, seuls, pressés, dans un sens, et dans l'autre. Ils se dépêchaient d'aller où ils savaient. Il vit quelqu'un traverser brusquement la chaussée sans regarder, poursuivant obstinément son chemin, et quand il eut atteint l'autre trottoir, Fernet se sentit soulagé pour lui comme s'il avait assisté à une acrobatie périlleuse – bien que les voitures fussent encore rares, elles passaient sans ralentir, phares allumés, lampes de position rouges filant dans l'avenue. De si haut, les silhouettes écrasées avaient comme chaque fois quelque chose de pitoyable et de réconfortant, à cause de leur entêtement solitaire à mettre un petit pas devant l'autre, malgré l'obscurité de cette aube frileuse, malgré la démesure de la ville, de ses rues, des avenues et des ponts. Il pensa aux minuscules cuisines que ces gens avaient éclairées dans la nuit des immeubles, aux salles de bains inondées de la mauvaise lumière des néons, aux lits défaits, à tous ces gestes répétés de la vie quotidienne, à cette mécanique nécessaire qui ordonne et rythme le temps ordinaire. Il pensa aux trains qui se croisent à grande vitesse, à l'approche des villes, aux trains de banlieue cahotants, et le panoramique nocturne des toits se déployait loin devant lui, piqué de lumières hésitantes dans la brume. Aucun bruit. Le double vitrage hermétique annulait tout accompagnement sonore du spectacle. La benne à ordures qui roulait maintenant en bas, le long du trottoir, lentement, les employés qui malmenaient les poubelles, la bande de chiens agités rassemblés à l'angle de l'avenue, tournant en rond autour du derrière d'un plus petit, furieux, soudain débandés par l'approche des éboueurs, la scène se déroulait dans un silence total et le monde semblait tellement plus vaste ainsi, privé d'échos, abandonné au hasard et à la nudité.

« Quel rêve détestable! » répéta-t-il à voix haute pour se défaire de cette image lancinante, mais le mot ne le délivrait en rien de l'impression pénible de rêver encore les yeux ouverts, d'être entravé aux genoux de lourds lambeaux de draps froissés, ralenti dans ses gestes tout empaquetés d'immobilité. Il chercha des interrupteurs, fit gicler la lumière, alluma toutes les lampes, celles de la chambre et de la salle de bains. Il pissa, tira la chasse, n'obtint qu'un soyeux, discret chuintement. L'installation sanitaire aussi était insonorisée. Le luxe du silence, constata-t-il, un monde déréalisé, inoffensif et technique, conçu pour épargner les sens, ni odeur, ni bruit, ni voix.

Fernet prit une longue douche, laissa cuire ses épaules et sa nuque sous le jet d'eau brûlante, à la limite du supportable, sous lequel il se déplaçait pour multiplier le crépitement d'averse. Il ne se chercha pas dans la glace recouverte de buée, repassa dans la chambre, enveloppé dans le drap de bain, et alluma une cigarette.

Dehors on en était au même point de nuit, et dedans au même silence feutré par la moquette et le revêtement moelleux des murs. Il décrocha le combiné, obtint la communication intérieure avec une voix féminine d'aérogare. Il demanda un café et les journaux du matin.

« Pas avant six heures, susurra la voix. Mais nous enregistrons votre demande. »

Fernet mit la télévision en marche et considéra un moment la neige de l'écran, balayée par intermittence d'un bandeau plus dense, scintillant. Cela lui rappelait un voyage de cinéma américain, des paysages nocturnes dans une plaine interminable où il traversait des villages-rue bordés de motels à néons clignotants, de coffee shops, de postes à essence abandonnés, bordés d'épaves de voitures rongées par la rouille, de carcasses calcinées, de parcs immenses de mobil-homes alignés sous la lune. Mais l'écran pailleté produisait plutôt cette image ancienne d'une tempête de neige d'où finissait par émerger, en ombre précaire, confuse et tressautante, la silhouette de Charlot gesticulant et luttant contre la neige et le vent, contre l'ensevelissement du grain de la pellicule, des rayures et de la poussière du film, contre l'effacement de la mémoire, grandissant sur l'écran et toujours menacée de dispersion.

Il éteignit le poste, chercha dans le réfrigérateur, trouva un assortiment de boissons qu'il passa en revue, se résigna au jus d'orange auquel il renonça aussitôt, trop sirupeux, écœurant, ce sucre, et ce parfum de chimie. Il posa la boîte sur la table au milieu du désordre, les Gauloises, les clefs, les dossiers, les journaux, sa montre.

Il ne comprenait pas dans le silence total que l'image du rêve qui l'avait réveillé persistât si longtemps. Il restait assis au bord du lit, les mains molles, la tête bourdonnante du silence artificiel, empli d'une rumeur ancienne, froissement d'herbe foulée, paille écrasée, brassage large de vent dans le faîte des arbres, petit crépitement sec des aiguilles de pin tombant en pluie.

C'était Landareyre, ce rêve, à cause de Bibi, sans doute, cette idée de s'y retrouver tous pour Noël, et l'envie impérieuse le prit de retourner là-bas, en plein été.

Son rêve était absurde, comme n'importe quel rêve. Il avait vu le visage de Régis, tellement rapproché du sien, à la fin. Ils étaient tous là, en fait, une foule de gens, la famille entière réunie : Millie, sa première femme, et les enfants, Bibi, Martin. Il y avait aussi Clémence et Luce, et Marion, qui cherchaient quelque chose dans le pré derrière la maison, pliées en deux, dans la position des glaneurs, fouillant des doigts l'herbe cassante, brûlée par le soleil, parmi les brindilles. C'était surtout Régis, dont le visage s'était collé littéralement au sien, si rapproché qu'il paraissait comme à travers la paroi d'une bulle de verre, déformé par l'expansion de la sphère, concave ou convexe, il ne saurait le dire. Peut-être les deux à la fois, plaqué à l'intérieur et à l'extérieur de la bulle, semblable à la vision monstrueuse que donne la loupe du judas.

Mais cela ne suffit pas à rendre compte de la forme de ce visage, l'extension effrayante de la face, parce que dans son rêve il n'y a aucun obstacle. Le visage de Régis contre le sien, et non seulement contre mais autour, adhérant à son propre visage tel un masque, il en avait senti l'haleine, l'odeur, une odeur corporelle suffocante. Ce n'était pas lui qui respirait, mais Régis qui insufflait bouche dans sa bouche, nez à nez, une odeur répugnante d'intimité, tandis que les autres, dispersés dans le pré, s'appelaient. Leurs voix joyeuses se répondaient quand ils trouvaient un à un les éclats qui, il le savait comme on le sait dans les rêves, étaient des lambeaux de son propre corps, éparpillé en mille parcelles, ce qu'il tentait en vain d'expliquer contre le bâillon qui l'étouffait.

Et cette physionomie ne correspondait à aucun âge précis de Régis, à aucune des photographies ou souvenirs. Elle présentait aussi bien l'enfantine indécision des traits que les marques de la maturité, inscrites par le temps et sculptant les sillons, stylisant les volumes du modèle initial, anticipant celui de la vieillesse. Il ne pouvait décider si ce cerne sous l'œil exorbité est la trace d'un profond sommeil de nourrisson ou le relâchement des tissus que veilles et alcool, attentes et renoncements impriment dans la chair. Il n'aurait su le dire, ce visage n'avait pas d'âge, ou bien tous les âges à la fois, une somme et aussi bien la soustraction de tous, un substrat de toutes leurs absences. Tel, il n'avait aucune ressemblance avec Régis, mais tel, Fernet l'avait toujours connu à son frère, ce visage.

Le jour perlait peu à peu à travers les rideaux de la chambre, une lueur languide et cependant puissante qui rosissait l'écran de la fenêtre, contre laquelle semblait résister l'éclairage électrique. Le décorateur avait cru bon de singulariser chaque étage de l'hôtel d'une couleur différente. La dernière fois, on lui avait retenu une chambre à l'étage vert. Cette fois, c'était la même en jaune, même disposition, même ameublement fonctionnel d'un jaune paille très doux que les lampes exaltaient. Mais le rose de l'aube forcissait, envahissait la pièce, et le jaune en était comme sali, peu à peu dénaturé.

Fernet se sentait disponible et impuissant. Trop tôt encore pour appeler Bibi à Paris comme promis, ou Martin à Lyon, pour confirmer qu'il arrivait bien ce soir par le train à la Part-Dieu.

Cette dispersion de la famille est dans l'ordre des choses. Millie vit à Boston, remariée à un libraire. Jason est un type très bien, du genre raffiné, humour glacé, le sens des réalités, pratique et rassurant. Rien ne l'entame. Bibi l'aime beaucoup. Elle est restée avec sa mère après le divorce, elle a fini ses études à Boston, tout à fait bilingue maintenant, et astucieuse, pleine de vitalité, fatigante d'énergie. Au moins, elle sait ce qu'elle veut. Si son frère avait la même détermination... Il s'est toujours laissé porter, son charme, sa gentillesse. Mais il va où le vent le pousse, au gré des occasions, des rencontres. Pour le moment il a l'air fixé. Grâce à Marion. Elle le tient, le stabilise, on dirait, depuis deux ans, trois ans? Ils vivent à Lyon. Fernet a promis de faire le détour, cette fois, de leur rendre visite, une promesse ancienne de passer la soirée avec eux, puisque l'occasion se présente, avant de rentrer à Paris demain matin.

Tout est arrêté, organisé. Comme l'emploi de sa journée : dix heures à l'Institut, le déjeuner avec les gens du séminaire, une visite des laboratoires, puisque la petite Steiger tient absolument à lui montrer les installations. Le déroulement de la journée lui paraissait irréel, ou du moins d'une réalité extérieure, comme si au lieu d'être future elle était déjà vécue, s'apparentant à d'autres journées, dans d'autres villes, les variations de décor se ramenant à des modulations mineures du même thème, de même les personnes, les visages, variations d'aspect, mais fonctions, opérations identiques.

De même, l'histoire de la famille lui apparaissait maintenant se déroulant sur des années d'un écoulement de fleuve patient, crises, émotions, événements fondus ensemble, tensions et ruptures raccordées en dépit des turbulences de la vie, une coulée immuable, étirée sur des années. Toutes ces années, une telle unité pour finir, il pouvait les rassembler dans un résumé de mémoire propre à réordonner le désordre... Cette prodigieuse faculté de digestion, d'assimilation. A moins que sous l'apparente unité de sa vie, comme au centre d'une mosaïque, soit logée une maladie inconnue, dans cette inoffensive tesselle dont le pigment à peine ternit, se décompose et menace de contaminer la fresque tout entière... Comme au centre de l'organe, un grain d'acide mortel, à effet retard, ayant défié l'examen, les analyses... peut-être, dans sa vie, dans son histoire, y a-t-il un ferment ancien, quelque part un oubli, une donnée insoupçonnée... Il doit y avoir une raison à cet aveuglant instant de Ravenne où se révèle l'idée de la *disparition* de Clémence.

Qu'elle puisse disparaître, non pas s'en aller, le quitter, ou mourir, mais soudain ne plus être nulle part qui soit concevable. Par une qualité propre à son être, qu'elle ignore ou qu'elle cache, une aptitude singulière à se défaire, se confisquer... Et maintenant encore, il sent, dans l'artificielle lumière électrique de sa chambre d'hôtel, la lente venue du jour, les lentes pulsations de la ville, la lente avancée des minutes, des heures se succédant, les lentes journées passant toujours, digérant figures, paysages, spectacles et gestes, et contre cette lenteur, sans commune force, les battements précipités de son cœur. Il se trouvait réduit à l'impuissance, écrasé par son inintelligence, son obscure obstination à progresser sans savoir, attaché à la seule réalité tangible du présent, le reste aussi improbable qu'un rêve. Acculé à parier, oui c'est bien de l'ordre du pari, que la journée à venir est possible. Avec ce courage quotidien, sans gloire ni mérite, qui constitue finalement sa force de survie. De faire comme si le prochain jour, demain, plus tard, retourner à Landareyre pour Noël, y retourner encore une fois, était possible.

Il est à Landareyre. Il ne les attendait pas. Il n'attend personne. Il regarde seulement, debout derrière le rideau de sa chambre, l'étendue du pré gris, la ligne sablonneuse du chemin qui hésite à l'orée, et le ciel d'un violet rare, d'une parfaite unité. C'est un paysage de terre rase, d'accidents épars, à peine un monticule, quelque taupinière, et barré à l'horizon proche par la houle des pins.

C'est à Landareyre que Régis et Clémence sortent ensemble de la forêt, soudains comme une apparition. Leurs silhouettes s'étirent sur l'allée, formes vagues que le rideau distord. On les dirait en apesanteur, on dirait qu'ils marchent sur de l'eau. Leurs corps clairs concentrent la lumière, se détachent sur le pré qu'assombrit le crépuscule. Ils n'en finissent pas de quitter la frontière trouble que protègent les branches des premiers grands pins. Ils sont sortis de la forêt, ils reviennent vers la maison.

Fernet a contemplé ce paysage tant de fois qu'il est pour toujours posté à cette fenêtre de l'étage, d'où il voit pour toujours venir ce couple sortant de la forêt. Il les regarde ensemble, Clémence et Régis. Ils ont cherché, ou perdu quelque chose. Il n'y a qu'à les voir marcher de conserve, à quelques pas du groupe qui les précède, de la manière dont suivent les chiens, à distance, préservant leur insolente et silencieuse connivence de chiens. Car ils ne parlent pas ensemble, ils se taisent. Ils marchent seulement l'un près de l'autre. D'un même front ils abordent le pré. Leurs jambes jumelles s'épousent, qu'elle allonge le pas ou qu'il retienne le sien. Elles frappent du même rythme long du talon le sable de l'allée, comme s'ils étaient maîtres de l'aire, battue pour leur usage, et projetant au-devant d'eux une onde unie, presque palpable, aussi visible que leur ombre accouplée.

Fernet les contemple, yeux clos, dans une fausse mémoire, jusqu'à ce que le paysage faiblisse, s'obscurcisse. Il y a un moment où l'image devient douteuse. Pas d'ébranlement spectaculaire, de fissure catastrophique. En douceur le paysage se dénature, le grain s'estompe, pâlit, à un souffle près se désagrège en poudre grise, comme une image morte de cinéma.

Car cette scène n'existe pas, sinon à la manière dont se réinventent les souvenirs.

Ce soir-là, comme souvent, ils avaient fait tous ensemble une promenade dans la forêt de pins, le long d'un chemin bordé de ces fougères plus hautes qu'un homme, qui conduit, si on le suit loin vers l'est, jusqu'aux coteaux de vignobles qui dominent le fleuve, et l'estuaire ouvert sur le large. En fin d'après-midi, quand la chaleur tombe, il y a toujours quelqu'un pour proposer cette promenade. Ce soir-là, c'est le lendemain de l'arrivée de Clémence. Ils sont tous rentrés de la plage et, tandis qu'ils prenaient un verre sous le tilleul, Luce a dit :

« Si on allait faire un tour dans la forêt ? »

Leur groupe nonchalant s'étire sur le chemin sablonneux couvert d'une épaisse couche d'aiguilles de pin qui assourdit leurs pas. Ils sont une dizaine à déambuler en petits groupes provisoires, défaits et réassemblés au gré d'une halte, d'une conversation paresseuse. Il y a eu un moment où Fernet s'est trouvé marchant sur le chemin aux côtés de Clémence, cette femme que la scène de l'après-midi lui a révélée dans la pénombre de la maison. Ils sont maintenant dans la lumière oblique du soir dont les fuseaux des troncs filtrent d'immenses rubans bleutés, et il peut la voir, l'approcher, de si près qu'il découvre le grain de sa peau nue à l'épaule, le hâle de sa nuque ombrée de frisons fauves, et la colonne de son cou incliné, et aussi elle parle, l'éclat humide de sa lèvre, elle dit :

« Je suis... C'est délicat. Je voudrais vous demander un service. »

Comme elle baisse la tête, remuant à peine les lèvres, il se penche, craignant de ne pas entendre, et son cœur emballé à cause de cette supplique inattendue, l'altération de sa voix quand il demande ce qu'il faut faire.

« Oh! rien. Ne rien faire vous-même. Seulement me prêter votre voiture, demain. Est-ce que vous pouvez faire cela ? »

Elle parle si bas, mais il sent la tension de sa voix. Pas d'hésitation cependant, ferme dans le chuchotement, pressante.

« C'est, dit-elle, que je dois aller seule à Bordeaux. Sans que personne sache. Je souhaite que personne ne sache. »

Il ne sait s'il s'agit d'un ordre ou d'une prière tant le timbre a fléchi. Ils font encore quelques pas ensemble.

« Vous ne poserez pas de question, n'est-ce pas? »

« Je ne pose pas de question », dit-il aussi bas, parce qu'accorder sa voix à la sienne le remplit de bonheur.

« C'est bien, murmure-t-elle. Merci. »

Et ce frôlement soudain à son coude, une pression furtive, brûlante. Elle a renversé son visage vers le faîte des pins, dans un double mouvement qui s'offre à la lumière et à lui, tourné vers elle. Elle a fermé les paupières, lourdes d'un secret assentiment, et il a recueilli son premier sourire, un sourire d'ange primitif qui libère à la fente le fil nacré des dents. Cela n'a pas duré. Ils ont été séparés ensuite, jusqu'au moment où ils sont arrivés au pied de la palombière.

L'échelle est dressée à la verticale contre le tronc, à l'assaut du poste de chasse qu'on entrevoit, calé entre les plus hautes branches avec son camouflage sommaire de fougères sèches.

« Venez! a soudain proposé Régis. De là-haut il y a une vue formidable! »

Il monte le premier, sans attendre.

« Attention, ce n'est peut-être pas très solide... », proteste Luce en riant.

« Penses-tu! Qui m'aime me suive! »

Clémence seule s'est élancée. A mi-hauteur, elle se retourne, jette un regard à ceux qui sont restés en bas et lèvent la tête vers elle. Elle fait un signe joyeux de la main.

« C'est magnifique! » crie Régis à tue-tête par-dessus les arbres.

« J'y vais? demande Lieutard. Tu viens? »

Sa femme hausse les épaules, fait la moue, vague sourire crispé. Elle a le vertige, ne supporte pas, rien que l'idée du vide la rend malade. Clémence a croisé le regard véhément de Fernet, un bref instant d'épreuve. Il baisse la tête.

« Bon, crie Luce, les mains en porte-voix, nous on avance. Vous nous rejoindrez! »

En haut, Fernet le sait, la lumière du ciel devient douloureuse confrontée à la toison de la forêt que la houle balance, vagues amplement brassées de vent jusqu'à l'horizon, déployant son infini moutonnement d'océan, libérant le parfum acidulé de résine chaude, le crissement sauvage des aiguilles, des écorces fendues éclatées de soleil, et la multitude d'insectes vibrants module un chant végétal qu'on n'entend nulle part ailleurs. Fernet sait que tout cela constitue un lieu d'exaltation, propice à la fusion amoureuse. Il connaît cette sensation de vertige ivre quand on se croit emporté par le balancement allègre de l'arbre, à l'unisson de la forêt, devant le somptueux spectacle des landes. Car là-haut, on se croirait en bateau, une nacelle qui oscille et tangue, prête au départ. De là-haut, on découvre la ligne pâlie de brume des coteaux du Blayais, sur l'autre rive de l'estuaire, et peut-être, par une échancrure, l'étincellement du fleuve, sa trouée triomphale. Ce qui s'est passé entre eux, en haut dans la palombière, il ne le saura pas. Cela n'a pas duré. Ensuite ils ont avancé d'un bon pas, ils ont rejoint le groupe en coupant à travers les fougères. Mais à partir de ce moment ils restent graves. Ils marchent en silence, ensemble ils se taisent. Cette traîne de silence, Fernet la sent derrière lui comme une preuve terrible.

S'il ouvre les yeux, c'est pour les voir. Mais il ne les voit pas, il s'interdit de se retourner. Il marche en avant avec Luce et Lina, et les Lieutard. Martin a grimpé un des enfants sur ses épaules, Legrand a pris l'autre. Ils sortent tous de la forêt, reviennent vers la maison qui dresse au bout du pré sa façade énigmatique, indifférente, avec ses persiennes tirées contre la chaleur, couverte du séculaire ombrage, immobile fond de verdure dans la clarté rousse du soir qui allonge leurs ombres sur le pré et nimbe la maison comme si elle émanait des pierres mêmes, du scintillement des petites feuilles et des aiguilles de pin hérissées par l'été.

Ils devisent gaiement, s'interpellent, feignant tous d'ignorer que ce couple qui marche en arrière, à quelques pas de distance, affiche effrontément son entente érotique. Ils refusent de voir ce qui crève les yeux, cette évidente intimité des êtres qui se cherchent, apprivoisent leur désir. Et la voix de Luce poursuit un inepte récit, sa voix de tête porte loin, elle ne sait que claironner. On doit l'entendre jusqu'à la maison, c'est impressionnant le volume sonore qu'elle occupe, une voix de catéchiste, pleine de bonté, confiante dans la nature, la vérité, confiante en elle-même, niaise de tant de confiance au point de ne pas se retourner, jeter un coup d'œil en arrière et voir, voir!

Fernet marche parmi eux, et c'est comme s'il était posté dans la maison, derrière une des fenêtres de l'étage, et qu'il les voyait venir traversant le pré. Oui, il les voit sortir de la forêt ce soir-là, Clémence et Régis.

Brusquement on frappa à la porte de la chambre. Fernet alla ouvrir. C'était le plateau du petit déjeuner et les journaux. La fille d'étage avait l'air mal réveillé. Elle récita, par routine, d'un ton traînant :

« Si vous souhaitez cirage, repassage, brossage... »

Il la poussa dehors avec une pièce et s'installa au bout du lit avec le grand plateau. Il y avait du café, des toasts, de la confiture, un œuf mollet, du jus de fruits et toutes sortes de petites brioches. Son habitude était de prendre un café, seulement un café noir, et d'allumer la première cigarette. Mais ce matin il avait déjà fumé, et bu un jus d'orange. Il commença à beurrer un toast, puis un autre, il entama la confiture, une demi-brioche. Très vite il sut qu'il allait tout avaler, jusqu'aux miettes, tout finir. Ne pas laisser de restes.

Il aime manger, pas tellement par appétit ou gourmandise. Par voracité, disait Millie. Simon est un vorace. Impossible de lui faire comprendre ce qui le pousse à finir les assiettes. Elle juge grossière cette manie. Aucun débat possible, il transgresse un code imprescriptible, nulle excuse à ses yeux. Cette obstination qu'il met à ne rien laisser, c'est plus fort que lui. Hier soir, au restaurant avec la petite Steiger, il était malade de contrariété devant le déballage de nourriture, l'excès de richesse des mets exposés. Ce gaspillage éhonté le hérisse de colère. Il ne supportait pas, autrefois, les grimaces de Martin, ses dégoûts d'enfant. Fernet menait des luttes serrées pour qu'il finisse sa part, les négociations, les chantages, les menaces, dans un climat de tension, pour faire avaler à l'enfant trois cuillerées de plus. Millie se taisait, elle n'intervenait pas, le laissait inventer les stratégies et les représailles. Il préférait, en cas d'échec, achever lui-même les fonds de purée. Et le dernier fruit mâché. Affichant son amère satisfaction de manger le moins bon, le déjà froid, le gâté, le rebut, la satisfaction du sacrifice. Il se cantonnait dans ce qu'elle nommait sa voracité, exaspérée de le voir enfourner jusqu'à la dernière bouchée. Lui avait le sentiment d'accomplir une mission domestique, sans faim réelle, par morale de cul-terreux entraîné à torcher les plats.

Son atavisme de radinerie, d'avidité, il le tenait de sa mère évidemment, qui condamnait ses chipoteries quand la pénurie de l'Occupation affamait son enfance. Et à travers elle, il le tient du grand-père, de la souche paysanne. Ça devait remonter loin dans le temps, la mémoire obscure des générations de crève-la-faim, la fringale au ventre, la sacralisation de tout ce qui est comestible, la peur de manquer. Tout fait ventre. Tout est bon pour le ventre, tout sauver, ce qui est en passe de s'abîmer, d'être jeté. Ne rien perdre, ou la vie même est perdue. Une économie de pauvres, et tous les gestes de superstition, la croix sur le pain, ne pas le poser à l'envers, le laisser tomber, ne pas jeter un quignon... C'était un spectacle, tout de même, quand le grand-père mangeait, en face de l'enfant, à la table des grandes vacances. Une véritable occupation, empreinte de sérieux, de gravité, un recueillement passionné pour ce qui passait dans sa bouche, le mastiquage appliqué de ses mâchoires sonores. Évidemment, ça faisait du bruit, un bruit rassurant de broyeuse organique en plein labeur; on voyait qu'il ne pensait qu'à ça, il y consacrait toute son attention, presque de la piété, lentement, méthodiquement, la même que pour travailler sa terre, attacher la vigne, réparer un panier, colmater un mur ou soutirer du vin.

Soudain Fernet refait le voyage d'autrefois. Il prend l'autobus à la gare routière. On sort de la ville par les boulevards, la barrière, on traverse des banlieues peuplées de pavillons et de jardins bricolés, puis les plaines maraîchères du nord de la ville, puis c'est la campagne. Il part le samedi, le plus souvent. Il a douze ans, quinze ans, un peu après la guerre.

Une fois, il y a deux filles devant lui dans l'autobus, qui se racontent des histoires d'embauche, de caisse-enregistreuse. Il ne voit que le haut de leurs têtes qui dépasse du dossier. L'une a de gros cheveux noirs, plantés dru, hostiles; l'autre a une chevelure claire, presque blonde, coiffée en chignon flou, piqué d'épingles multiples qu'elle ne cesse de retirer et repiquer en ponctuations de sa conversation animée. Elle tapote, rectifie sa coiffure instable à l'aide des épingles. Ses doigts pénètrent dans la chevelure, et comme ses ongles sont rongés, dentelés, il y a une sorte d'obscénité dans leur contact avec cette coiffure féminine, sans cesse compromise, et un trouble inconnu l'étrangle brusquement de désir.

Dès les premiers villages, le paysage change. L'allure des boutiques, des devantures, appartient à un temps ancien, comme les garages avec leurs pompes manuelles. Ce voyage ressemble toujours à un retour vers le passé, même à cette époque de sa jeunesse. Il en connaît le parcours, le chapelet des noms de lieux qui ponctuent l'itinéraire, le déroulement monotone des lignes droites, l'accès des virages. Il sait d'avance où le conducteur rétrograde les vitesses, et les repères, pans de peintures murales, la Singer effacée, le bouillon Liebig dans le contrevent de l'épicerie qui rouille et s'écaille, et les terres gonflées d'eau dans les marais, les fossés engorgés. La route remonte entre les poteaux électriques, et c'est l'étendue foisonnante des vignes, le déploiement en éventail des règes sous le haut ciel moutonnant jusqu'à l'horizon bas, jusqu'à la ligne verte des coteaux du Blayais, de l'autre côté de l'estuaire. La colonne du clocher apparaît au loin.

A midi le village est désert. L'autobus a redémarré, il a corné au coin de la rue. On l'entend reprendre de la vitesse et le ronflement du moteur s'affaiblit, disparaît, laissant place au silence, à ce qui ressemble au silence, car malgré sa tête encore bourdonnante du voyage, il perçoit le cri d'un coq lointain, un aboiement qui en réveille d'autres... Il s'en va par le chemin de contour qui longe les dernières maisons, un champ de maïs. Il reste des panouilles oubliées dans le sable gris, avec leur toison rouge frisottée, mortes chevelures de poupées, puis ce sont des vignes, des boqueteaux d'acacias.

Le vélo est rangé contre le mur couvert de lierre, il sait où trouver le grand-père. Il se tient sous le hangar, au fond du jardin. Il ne se lève pas du billot sur lequel il est assis, occupé à recoudre un sac de jute pour le sulfate, ou à rapetasser un arrosoir. Il retient un rire bref dans sa moustache. Ah! te voilà, toi! Il finit son bricolage, parce qu'on n'abandonne pas un ouvrage au beau milieu. Il mange de la même manière, rien ne le distrait, on se demande ce qui le sortirait de table. Il essuie son couteau sur le pain pour ne rien perdre, mange le dernier morceau d'essuyure. Mais il n'a pas fini tant qu'il n'a pas coupillé encore en petits bouts les croûtes de fromage, les nerfs et cartilages de viande, les pelures de pomme de terre, la peau des melons ou des bananes, les têtes de crevettes. Il écrase les coquilles d'escargots, de moules, les coquilles d'œufs, c'est bon pour les poules, mêlé au maïs. Tout est utilisé, récupéré, consommé. Le reste ira pourrir sur le compost pour fumer le jardin.

Voilà, au fond, ce qu'il a trouvé chez le grand-père. Cette patience d'économie, les menus objets récupérés, entassés dans un coin du cuvier, du hangar. Il ne jette rien, tout peut servir encore, l'arrosoir percé, la bague du tuyau d'arrosage, les vieux bouchons, la chambre à air crevée, des clous usagés, ça se redresse d'un coup de marteau, les vieilles bondes rongées de tanin, et la sangle de cuir du chariot, les bouts de ficelle brûlés, il ne jette rien du tout. Il ne sait pas à quoi ça servira, mais un jour il en aura l'usage. C'était un homme pauvre, il décollait les enveloppes pour les retourner en vue d'un deuxième emploi, il entassait les sacs de papier craft de l'épicerie, conservait vieux boutons, épingles, stylos Bic vides.

C'est cette confiance dans le temps, les choses, ce respect des choses dérisoires. Le monde, jusque dans les avatars de ses rebuts, ne peut pas être inutile, il y a une fonction secrète à tout, on ne peut savoir à l'avance. Mais un jour, elle se révèle, et quel bonheur quand l'enfant l'accompagne sous la grange, et que sa vieille main délicate tâtonne, soupèse, cherche dans les caisses, les tiroirs, voilà, il choisit, il retient ce morceau de caoutchouc dans lequel il découpe la lanière souple, juste celle qui convient pour renforcer la gaine usée du guidon du vélo. L'enfant reste au soleil, accroupi aux pieds du grand-père, il le regarde faire, inventer et renouveler la vie. Les doigts sont gourds, malhabiles en apparence, et pourtant il accomplit ce miracle ordinaire de restituer le sens et la fonction, et la valeur. Le temps ne compte pas, il n'est pas marchand, on est dans un monde d'avant la ville. Le vieil homme garde tout, il restaure les objets non pour embaumer la vie dans un dépotoir fétiche, mais pour qu'elle continue, dans le réassemblement, la fusion, pour que tout soit possible encore. C'est avec le grand-père qu'il prend cette leçon de choses, la sévère leçon du temps laissé aux choses pour leur devenir, ce pari humble et fervent.

Fernet fait des rêves de pénurie, quelquefois, des rêves de danger où il lui faut sauver ses enfants, se sauver avec rien, dans une nuit de guerre, de boue et de froid, dans les ruines il cherche les restes, les épaves de survie, une épingle à nourrice, un éclat de vitre, une valve, et quelle sombre joie quand il invente dans son rêve un sens à l'indéterminable déchet, en fait la pièce maîtresse de ses fortifications de survie! Il le tient dans ses mains, il peut vaincre la mort. Cette rage de sauvegarde, cette fureur résument sa vie.

C'est l'héritage du grand-père, et aussi sa dévotion de manant pour la nourriture. Il en a eu honte. Il colle à ses semelles, indécrottable morale de pauvre. Il ne s'en est pas défait en quittant le carreau paysan pour le plancher des villes. Il en a même fait un point de résistance contre Millie. Il a exhumé ce vieux fonds refoulé, ravalé dans l'oubli par les années d'école, les études. Quand il s'est frotté, sur les bancs de l'École normale, aux jeunes gens prétentieux et lourdauds de sa promotion qui affectaient la fronde et le mépris, la génération d'après-guerre qui se croyait, comme on le lui rabâchait, l'élite de la nation, l'espoir de l'école républicaine. Ils se prenaient pour des intellectuels. Quoique, dans le trousseau, obligatoires, un tablier de jardinier, en coutil bleu, une paire de sabots, un sécateur. Ils ont appris à tailler les rosiers, bouturer et greffer dans le verger du directeur. A dix, ils subissent le cours d'agriculture inscrit au programme, en uniforme donc, en tablier et sabots, ricanant sous cape, mais dociles, soumis, comme ils subissent les cours d'économie familiale et domestique, d'hygiène alimentaire, de premiers soins, de psychologie sommaire à usage des campagnes où ils allaient tous être en poste, du moins pour débuter. Car l'instituteur doit, pour insuffler le savoir élémentaire dans ces têtes rétives de petits paysans qui sarclent, binent et sulfatent avant de lire et compter, s'assurer un terrain d'entente cordiale, ne pas ignorer quelques aspects essentiels de la vie rustique. Terrain d'entente, certes, mais sans renoncer à l'avantage de la culture, le raffinement des mœurs normaliennes, la supériorité indisputable du maître en blouse grise.

Mais bien plus qu'à l'École normale, c'est plus tard, à la Faculté, grâce à cette bourse miraculeuse qui lui permet d'échapper au bagne, à l'abrutissement, qu'il liquide ses origines. Il s'enivre à Paris, il se sent enfin au milieu de la véritable élite. Il s'aligne vite sur le modèle, vite, si vite, avec application, jouant de sa réserve, de cette apparente froideur de caractère qui est de la timidité et qui passe pour de la fierté. D'instinct il évite les amitiés envahissantes, les complicités viriles et les occasions de confidences qui révéleraient sa basse extrace. De toute façon, il n'a pas d'argent à dépenser. Il apprend, il travaille d'arrache-pied, gorgé d'orgueil, d'ambition juvénile. Tu as toujours eu de la facilité, répète la mère, qui ignore, ne peut pas comprendre. Comment se douterait-elle dans sa salle de classe où elle reprend tous les ans, pour des enfants qui ont toujours le même âge, les mêmes leçons élémentaires, de ce que signifie pour lui la réussite.

La mère noire, affublée de maux divers, gardienne du malheur, désormais inoffensive dans son deuil après des années de délire, s'occupe au recensement litanique de ses soucis, dont elle tient la comptabilité opiniâtre entre les photos du père encadrées de crêpe et les cahiers d'écoliers qu'elle corrige de rouge le soir sur le coin de la table. Fernet s'est éloigné d'elle il y a longtemps, dès qu'il a compris qu'elle n'avait su que lui donner naissance et croupir ensuite dans la résignation de vivre.

A toute force il se sauve, il ne pense qu'à réussir. Il réussit en effet, les épreuves se succèdent, il a pour seule passion de passer examens et concours, de s'arracher à sa gangue de malheur. Il se sauve et du même mouvement il entraîne Régis à sa suite. Elle lui a tout de suite abandonné ce petit frère maladif et plastique, il s'en est emparé. Il y a si longtemps qu'il ne se souvient pas du moment où il a fait de Régis son enfant, sa chose. Il le porte, l'habille, vole à son secours. Il prévient ses peines et ses désirs, conjure le mal, les échecs. En contrepartie, il exige, ordonne, il dirige ses études. Il l'adore, tyrannise d'affection ce petit être indolent. Avec lui, Fernet commence à justifier sa vie, à avoir raison, contre la mort.

Et quand il rencontre cette jeune étudiante, jolie, brillante, si sûre d'elle-même, de son esprit, moqueuse, un peu provocante, la tête lui tourne pour de bon. Il s'est cru de taille. C'est Millie, en réalité, qui a fait les frais, l'air de rien. C'est elle qui lui tournait autour, une saison de siège, toutes apparences gardées, elle est bien venue le chercher, piquée sans doute par sa résistance passive, son air lointain et farouche, qu'il cultive, flatté d'être conquis, qu'elle mette le prix pour l'amener à se rendre. Le père de Millie, agrégé, dicte les conditions, il exige l'agrégation du futur gendre. Qu'à cela ne tienne. L'agrégation de philo en poche, les gants, la cravate, ce n'est pas possible, il est ce jeune homme cambré d'audace, satisfait de lui-même, corseté, verni des pieds à la tête, embrillantiné, qui sacrifie au rite, avec un rien d'ironie bon enfant pour sauver la face, mais au fond rallié, déserteur. Il fait sa demande en mariage, cette scène impayable, dans la salle à manger modern style, à Orléans. Il est vierge, il ne sait rien et croit tout tenir de la vie.

Millie a mis les pieds deux fois chez le grand-père, en tout et pour tout. Deux fois dans sa vie elle est entrée dans cette maison. Une première fois l'été du mariage, au retour de leur voyage de noces sur la Côte d'Azur, la deuxième fois pour l'enterrement, alors ils en étaient au divorce.

Tout le temps de la visite, elle reste assise à la même place, sur la seule chaise offrable, une qui ne soit ni percée ni rafistolée, modestement assise, elle ne croise pas ses jambes, seulement ses chevilles sous la chaise, très convenable. Elle ne change pas une fois de position. Elle devait avoir mal aux reins, mal au dos, de tenir cette position sans broncher, les mains posées sur ses cuisses, ses mains où brillent toutes neuves l'alliance et la bague de fiançailles, étincellement du petit diamant, dur et vif, accroché à ses mains comme un emblème victorieux de son droit, de sa légitimité. Elle lisse discrètement sa robe de soie, bleue à pois blancs, il se souvient. Fraîche, malgré le voyage, deux crans parfaits à la tempe, poudrée.

Elle accepte sans sourciller, sans y mettre de manières, avec une simplicité polie, de prendre un doigt de vin blanc de l'année dans le gros verre, et un biscuit Petit LU dans la boîte de fer que lui tend la grand-mère. Cette boîte de fer écaillée où des marquises en robe rose rient derrière des éventails et dont la charnière est cassée, Fernet la connaît depuis toujours. Elle est un de ces objets familiers qui peuplent une enfance et dont la valeur ne prend son prix que plus tard, comme emblème chéri, émouvant et misérable, de la perte, d'un temps révolu. Elle aurait pu être, en cet instant où deux êtres amoureux se découvrent et s'échangent le secret de leur enfance, un gage ou une offrande pour Millie. Mais elle semble soudain si lamentable, et la grand-mère ne la tend pas à Millie, elle n'oserait pas. Debout, tout le temps de la visite, de l'autre côté de la table de la cuisine, elle fait glisser la boîte de fer sur la nappe cirée en la poussant furtivement, du bout des doigts craintifs, vers l'invitée. Pas l'invitée, ils n'ont pas été invités, ces vieilles gens n'invitent personne, ça ne fait pas partie de leur monde. Ils prennent celui qui vient, ils l'accueillent, ceux qui passent, ceux qui débarquent sans prévenir, leur font la grâce de s'arrêter chez eux et de s'installer à leur table.

Ils sont venus en voiture, celle du père de Millie, prêtée pour le voyage. Ils l'ont laissée garée au bout du chemin. Millie est assise, Fernet reste debout. Ils sont un jeune couple brillant, prometteur, ils ont des corps jeunes, vigoureux, une aisance de citadins. Ils sont à mille années-lumière sur l'autre bord, de l'autre côté de la table, en face de ces géniteurs séniles, survivants d'une époque périmée, qui ont accompli il y a très longtemps leur œuvre obscure, perpétué la famille, l'espèce. Une fille, morte à douze ans, on ne sait pas de quoi, de quoi mourait-on, alors ? Un fils, mort au front en 1917, et plus tard encore, il n'est presque plus temps, une autre fille, la mère de Simon.

Millie s'est penchée pour prendre le biscuit, son bracelet a heurté le verre, le choc a produit un son incongru, cristallin, un ding de clochette printanière évoquant la joliesse d'agneaux courant dans la prairie au matin des Pâques, qui se trouve être la quintessence de cette jeune femme odorante et blanche, la jeune épousée qui porte encore sur son visage la virginale empreinte, la surprise et l'orgueil de l'épreuve conjugale. Il aurait voulu faire un tel bruit pour assourdir la scène. Il est debout, il parle beaucoup, et fort, sa voix monte, emplit l'espace, on doit l'entendre jusque dans le jardin. Il voulait installer entre elle et eux le parasitage de sa voix, qu'elle couvre toute pensée, qu'elle l'empêche de comprendre, de voir. Comme si le bruit empêchait de voir ! Qu'elle les étourdisse, surtout elle, et lui, pour ne pas penser à la brûlure de son front, à sa honte, la blessure qui s'est ouverte, la plaie définitive du spectacle de cette cuisine noire soumise au regard de Millie, qu'il découvre en même temps qu'elle. Pour la première fois de sa vie, il la voit, par ses yeux – cette fois il l'épouse vraiment, il consomme ses noces. Voilà quand il est devenu son mari, quand il a vu avec les yeux de Millie les murs noircis par la fumée de bois, le désordre de la cheminée et ses casseroles culottées, le mobilier misérable, l'entassement des vestes rapetassées, les nippes sans couleur sur le dossier de la chaise, l'encombrement des sabots dans le passage, le banc sur lequel s'amoncellent cageots et cantines, la traînée bleue de sulfate sur le sol, et les carreaux déchaussés. Et l'image consacrée de la Vierge, commémorant une mission évangélique, avec sa photo à lui, en communiant, raccornie, tachée de chiures de mouches, et celle de Régis, sous le buis béni des Rameaux. La voix monte, devenue voix de fausset, de trop de jovialité, d'entrain forcé. Alors, grand-père, l'année sera bonne ? C'est bon pour les vignes, ce soleil, cette chaleur, hein ? Jamais content du temps, grand-père! Il leur parle comme à des enfants, des idiots, des malades – et plus sa voix monte, plus le décor familier se décape, se révèle à lui dans une réalité neuve.

Millie n'écoute visiblement pas. Il n'a rien empêché, le ravage opère, irrépressible, comme si ses yeux avaient le pouvoir d'un acide dévorant, implacable.

Souriante, muette, elle fait le tour, de son regard froid, le tour d'inspection, d'intérêt documentaire, clinique, sans indulgence ni passion aucune, suivant ensuite le vol des moucherons dans la lumière tamisée que filtre une fente du volet où danse une pluie dorée, dérisoire féerie de poussière joyeuse. Elle observe avec un intérêt rêveur, sourire de sphinge, accroché à sa bouche. Elle y porte le verre, y trempe ses lèvres, remercie de la main pour refuser un second biscuit LU. A la fin il réussissait même à rire, surexcité, saoulé de paroles, ou bien il a bu trop de vin. Et ce vieux couple d'analphabètes médusés, à l'énigmatique regard pensif – ce qu'il prit pour de l'inquiétude ou de la réprobation secrète, qui n'était sans doute que leur étonnement craintif devant ce jeune homme étranger, bruyant, vêtu comme un homme, parlant comme un homme –, plus rien de l'enfant des vacances, du petit fils familier et chéri, le garçonnet dépenaillé, poussiéreux qui courait les chemins à bicyclette.

Il se rappelle cela, aussi : le geste qu'elle a eu en partant, elle a tendu sa main, gardant le coude au corps, dans le creux de la taille, un geste si frileux d'étroitesse, de rétention – quelle science de savoir trouver ça ! Tout ce que l'éducation bourgeoise, le maintien, la contenance commandent de compromis entre l'apparence correcte du comportement et le quant-à-soi, impitoyable de clarté, sans appel, qui la contredit. Les vieilles gens restent sur le seuil, ils les regardent s'éloigner sur le chemin, ils font même au revoir de la main quand ils démarrent dans un nuage de poussière.

Dans la voiture, elle se tait. Après le tumulte des paroles, le bourdonnement du moteur et leur silence, il s'en souvient. Il se sent soulagé, épuisé. Voilà, c'est fait, c'est fini. Cette visite, il la redoutait depuis des mois. Il fallait bien en passer par là, mais c'est fait, maintenant. Un mal irréparable, un gâchis dont il ne connaît pas encore le nom. Mais ce qu'il laisse derrière lui, qui s'éloigne, tandis que défilent les kilomètres de paysages, commence son travail souterrain. Millie a seulement dit, à un moment : « Ils sont charmants. » L'adjectif est tellement bizarre à leur sujet qu'il en a un hoquet d'hilarité – sans joie, un rire glacé –, elle aurait pu dire n'importe quoi d'autre, personne ne lui demandait rien, mais n'importe quel adjectif dans sa bouche les disqualifiait, alors, « charmants » !...

Et le soir même, comment se fait-il que si longtemps après, les scènes chaotiques, qu'il a crues distinctes, sans rapport aucun entre elles, s'enchaînent à présent ? Se réajustent, révélant leur lien profond, si insondablement reléguées qu'elles étaient, dans des chambres de mauvaise mémoire, cloisonnées, séparées par des remparts étanches. Il tire à peine et l'écheveau vient, se dévide entre ses doigts. Chaque pièce prend sa place. Comme un puzzle, une mosaïque dispersée qui se réassemble.

Car, le soir même, dans la chambre d'hôtel, à La Rochelle – entêtement mauvais, froide rancune –, il a continué à rouler. Contre chacune de ses propositions de prendre un hôtel, il fait le sourd. Ils s'arrêtent trop tard, il impose le premier hôtel qu'ils trouvent alors, sous prétexte qu'il est bon marché et qu'ils ont assez dépensé pendant leur voyage. Par caprice d'économie soudaine, il lui impose cette chambre sordide, qui est une injure à sa délicatesse de goût. Dès qu'elle est entrée, elle a un mouvement de recul, un bref haut-le-cœur qu'elle n'a pu réprimer, vite dompté. Pas vraiment sordide, d'ailleurs, une chambre très ordinaire, sans papier peint aux murs, ni rideaux, recouverte de peinture ocre jusqu'à mi-mur, puis de bleu délavé qui s'écaille, un peu, au plafond, le lavabo de faïence nu, sans paravent, les canalisations apparentes, l'unique lampe au-dessus du lit, protégée d'une tulipe de verre, elle a tout embrassé, d'un seul coup d'œil. Elle se tient debout, d'abord, sans rien oser toucher, comme si tout contact allait provoquer en elle un sursaut nerveux, mais elle résiste encore, elle ne proteste pas, semble s'accommoder, à la guerre comme à la guerre, de ce décor piteux qui achève leur voyage de noces. Demain ils seront rentrés à Paris, installés dans l'appartement qu'ont loué les parents – elle feint d'affronter bravement l'épreuve de sa répulsion, sans préjugé, elle dit : « C'est tout à fait pittoresque. » Et tandis qu'il pose les valises à même le sol, elle se lave les mains longuement dans le lavabo, cherche un linge – « Il faudra demander... » Il descend, il demande du linge. Tout le temps qu'il s'absente, elle reste les coudes écartés, mains dégouttant sur le linoléum, car il la retrouve dans la même posture de l'attente et du blâme. Elle le considère désormais de très loin, comme si elle prenait de plus en plus de recul pour examiner l'homme qui occupe avec elle cette chambre d'hôtel, à qui elle doit de supporter que lui soit infligé...

Mais plus tard, l'un à côté de l'autre étendus, tels des gisants de cathédrale, ils évitent de bouger, car les ressorts fatigués grincent épouvantablement au moindre mouvement. Ils ont repoussé les draps, la chaleur persiste, enfermée entre les murs de la ruelle, et dans la chambre confinée. Ils ont éteint l'affreuse lampe mais la clarté du réverbère, juste en face de leur fenêtre, découpe à travers les persiennes des bandes bleues, faiblement phosphorescentes, pourtant assez lumineuses pour éclairer la chambre, n'atténuant en rien son aspect miteux. Plus tard, derrière les cloisons, ils ont entendu, compris avant d'entendre, les souffles mêlés et rauques, la voix pleurarde, chantante, ce râle rond de gorge – l'offense odieuse de cette voix d'amour qui vient parachever le fiasco, elle monte, passe les murs, peut-être plus proche qu'il n'y paraît, une voix qu'ils n'avaient jamais entendue avant ce jour, du moins ils leur fallait le croire dans leur nécessaire ignorance du plaisir. Cette voix ne semble avoir d'autre raison d'être qu'eux, leur présence dans ce lieu où il n'aurait jamais dû la contraindre d'entrer – n'avoir pour unique destination que punir leurs oreilles, une voix roucoulante, ravie, si drôle, qui se suspend, ahane, et poursuit, plus sonore, fait effort pour les atteindre.

Alors, Millie fait semblant de dormir, comme si fermer les yeux, avoir l'air enfoncée dans le sommeil salvateur la mettait à l'abri de l'outrage. Ce qu'elle fait si souvent par la suite, elle prétexte un mauvais nez, par exemple, pour ignorer les odeurs indécentes, son air faussement surpris, incrédule, quand on s'avise de les lui signaler, quand on la consulte, elle qui peut identifier à distance le parfum d'une tarte ou d'une sauce, qui distingue sans erreur l'anis vert de la menthe, de la cannelle citronnée, qui détecte la première une fuite de gaz et choisit les melons à leur parfum, infaillible pourvoyeuse du meilleur, la voilà soudain prise d'une infirmité de circonstance, elle ne sent plus rien, non, elle ne remarque rien si l'odeur choque son sens des convenances. Et elle ne s'avoue pas vaincue par ses contradictions, elle allègue une sinusite chronique aux récidives capricieuses, bien pratique en ces circonstances, pour lui permettre de nier ce qu'elle ne veut pas, ne doit pas sentir. Son code personnel des convenances. Et se prétendre sourde, aveugle, amnésique, plutôt que d'admettre une réalité dérangeante, de l'affronter, en fait pour la plier à sa règle, la soumettre à son exigence. Le mal n'existe pas pour Millie tant qu'on ne le voit pas, ne le nomme pas. Aucune adversité ne vous entame si vous lui refusez l'existence, la maladie non plus, si on en nie les symptômes – cravache la guenille, sauve la face, et trotte, petit cheval! Une force supérieure, remarquable. Il ne le savait pas encore, lisse, effrayante de détermination.

A ses côtés, elle feint de dormir, pour ne pas avoir à

entendre, ne bouge plus du tout, yeux clos. Alors, sans très bien savoir pourquoi, à cause de ce mensonge de sommeil qu'il pressent, peut-être touché par le courage, finalement, qu'elle met à garder sauves les apparences, en dépit de tout, pour la consoler aussi de l'affront, dans un élan de tendresse navrée, de solidarité, mélangé de remords vagues, confusément pour faire la paix – quelle paix, grands dieux ? –, il tend son bras, franchit l'espace qui les sépare sur leur couche, enserre sa taille. Elle a gardé sa combinaison de soie, elle a seulement enlevé sa robe, par un refus pudique de se dénuder davantage à la lumière crue de l'ampoule, dans ce triste décor, impatiente de faire l'obscurité, elle n'a pas ouvert la valise pour prendre l'étonnante chemise de nuit à plis « religieuse » qui lui tombe jusqu'aux pieds et dont elle s'habille tous les soirs de leur voyage, malgré la chaleur. Le glissement doux de la soie, elle n'y a pas songé, est tellement plus excitant, délicieusement frais, et mouvant sur sa peau, qu'il l'attire à lui, doucement mais fermement.

Car il sait déjà qu'il lui faut, pour obtenir le succès, sembler vaincre d'autorité sa première réticence, ils ont déjà hérité de leurs premières nuits ce rituel tacite, qu'ils ne quittent plus ensuite, comme si le couple se construisait définitivement sur un schéma initial, élaboré grossièrement dans les débuts, si vite établi, dont tous les écarts ne feront ensuite que confirmer la règle. Ainsi lui faut-il manifester une demande expresse quoique délicate, pour qu'elle soit autorisée à paraître céder, car elle a le devoir de répondre à son désir d'homme, naturel, du moins de s'y soumettre, mais non de le devancer ou même l'accueillir de bonne grâce, car son désir est interdit. Millie n'a pas de désir sexuel, jamais elle ne prendra d'initiative, ne tentera une approche, un geste qui puisse faire penser qu'elle a un sexe – un geste pareil serait la basse, dégradante irruption de ce qu'elle refuse de tout son esprit.

Elle résiste en effet, lèvres closes, yeux clos. Il se redresse sur un coude, se penche au-dessus d'elle – « Pas maintenant », tranche-t-elle, distinctement, et elle tourne son visage vers le mur. Mais sa voix nerveuse, nette, ne laisse plus de doute sur la feinte du sommeil et les condamne, l'un comme l'autre, à entendre ensemble, faible ou puissante, l'intarissable modulation de la bête derrière les murs. Elle refuse sa main, des deux mains le repousse. Il fait trop chaud, il fait si chaud, se plaint-elle, ne me touche pas, puis, comme il pose ses lèvres, quand même, sur son épaule nue... Il n'aurait pas insisté davantage, sans doute. Par ce baiser il allait renoncer. Peut-être l'a-t-elle su, mais elle avait amassé trop de rage pour laisser passer l'occasion qu'il lui donnait encore, car elle s'est assise brusquement, le heurtant rudement de l'épaule au visage, raidie sur ses deux bras tendus, et tandis qu'il tâte son nez meurtri, elle laisse aller sa vindicte. « Pas ici, articule-t-elle durement, pas ici. Ne me touche pas. » Et comme il s'est redressé aussi, sa voix continue, siffle, proche et basse, étranglée, elle détache les mots, les syllabes : jamais, jamais, pas ici, pas dans cette... ce... c'est ta faute... tu l'as fait exprès, tu m'as emmenée ici, exprès... Alors il n'a pas renoncé. Il a resserré son étreinte, l'a prise au corps à corps. Il tord ses poignets, plein d'une colère froide, sauvage, il n'a plus qu'une idée, obtenir d'elle ce qu'elle lui doit, c'est l'échange légitime, même et surtout s'il se réduit au commerce. Il se voit encore, penché au-dessus d'elle, pesant de tout son poids d'homme, écrasant ses épaules, elle lutte, se tord en silence, le souffle court, et pour l'humiliation qu'il lui inflige – plus qu'il n'imagine –, elle proclame une fois encore : je ne veux pas, pas ici, sa protestation furieuse aussitôt finissant dans ce qui ressemble à un gémissement ou un sanglot sous la bouche qui l'étouffe. Elle ne se plaint pas, ne supplie pas, tandis qu'il porte la main où il n'osait pas encore, entre ses cuisses dont il force l'écartement, et tout le temps, accompagnant l'agitation frénétique de ses reins, la saccade de ses hanches mécaniques jetées contre celles de la femme, le grincement des ressorts, le sommier jouant l'ironique et obscène rengaine de leur accouplement – ce qu'il lui faisait payer aussi, avec tout le reste, à chaque coup de reins qui la secoue comme un pantin –, elle ne résiste plus – il se branle sur elle, solitaire. Chaque heurt aggrave la honte et l'abjection d'il ne sait quelle faute – non il ne sait laquelle. Solitaire, il accomplit ce qu'il a commencé bien avant, ce crime d'imposture qu'elle a parachevé chez le grand-père, en montrant du doigt, en désignant du regard l'origine, il s'enfonce dans plus étroit et plus vierge que son sexe féminin, pour finir de souiller ce qui pouvait être encore sauvé. Non, il le jure, il ne savait pas alors ce qu'il sait aujourd'hui.

Combien de temps faut-il pour que se décantent, s'éclairent, les quelques vérités élémentaires de nos vies ? Pour qu'émergent ces évidences banales – et c'est si simple, alors, on reste stupide, incrédule de tant d'aveuglement, d'ignorance obtuse, pour avoir fréquenté sans les reconnaître, sans même les soupçonner, ces évidences simples, qui prennent sens, alors. On les a apprises, on ne les sait pas. Dans les livres, les conversations, on les rencontre, ces phrases nues, ordinaires, ces lieux communs de l'existence qui flottent dans le courant, sans un clignotement d'appel : il faut du courage pour vivre, il faut s'aimer pour être aimé, donner l'exemple, chacun est seul, on ne peut compter que sur soi... Tout ce qu'il a appris, ingurgité et ruminé, le lent ressassement de ce qu'on apprend sans savoir, ce qu'il a tant de fois soutenu de théoriques certitudes, enseigné – tant de tranquille et ferme conviction d'être au fait, de comprendre et conduire mieux sa vie.

Nu, ignare, pas plus avancé aujourd'hui pour comprendre avec quelque intelligence. Encore aujourd'hui capable de prendre sa revanche, de se venger sur un plateau de petit déjeuner d'une iniquité tellement ancienne, irréparable. Qui plus est sans une once d'humour, pas plus alors que maintenant, car il a rejoué souvent la scène de la chambre d'hôtel, pour lui seul. Tout devient un jeu : la mélodramatique indigence des lieux, pittoresque incident de parcours; la pénurie de linge, le sommier chantant et la mélopée amoureuse des voisins, prétextes à fous rires complices. Si Millie voulait bien un jour en rire avec lui! Se pardonner à elle-même, comme à lui, leur sauvage sens du sérieux, leur inepte gravité d'enfants – mais rire, ironiser de quoi? De ce qu'ils engageaient d'eux-mêmes, si passionnément, qu'il ne nomme aujourd'hui qu'imparfaitement – et quelle paix obtenir de l'indulgence d'aujourd'hui pour ce qu'on ne peut changer qu'en le déguisant, en le maquillant. Il faudrait la tendresse, cette force supérieure, toute-puissante, bien au-delà des convulsions de l'amour et de ses guerres, pour admettre qu'on ne peut changer rien du passé, joué une fois pour toutes, quelle que soit la forme qu'on lui invente ensuite.

Je ne suis pas assez fort pour la tendresse.

Et la figure du grand-père, mythifiée, grandie par

l'offense – il n'en finit pas de démêler ce qu'il y a de commode dans l'image d'Épinal des deux vieux réunis sur le seuil de leur porte que le jeune homme, imbécile ingrat, a sacrifiés un soir d'été à son amour et à son ambition. Ce thème du départ crépusculaire, il l'a tellement travaillé dans le sens d'un acte solennel et tragique, et tellement remanié, que les figurants dociles de sa mémoire ont oublié ce que fut la première geste, son sens initial. L'image qu'il s'en est faite, fabriquée et ajustée savamment, le conforte, le justifie, pendant des années face à Millie, pour nourrir le ressentiment à base duquel s'est construit leur couple. Vingt ans pour la réduire dans cette mise en scène au rôle de coupable – faire d'elle la figure incarnée de cette sanction qui le frappe pour avoir trahi, déserté. Comment dépassionner l'image chérie des deux vieux, faire la part de ce que ces êtres furent en réalité hors de lui, et de ce qu'il était lui-même ?

Amour et ambition ! Mais il n'avait aucune idée alors de l'avenir, ni de celui qui maintenant cherche à savoir, cherche le rendez-vous avec le jeune homme inhabile et brouillon qui bégayait sa vie et préparait étourdiment l'assassinat de l'homme d'aujourd'hui. Ce partenaire insaisissable, ce fantôme de jeunesse, il s'acharne à vouloir le rencontrer, pour en apprendre quoi ?... Rien ne peut être rejoué. Il s'en est éloigné, sans y prendre garde, il a brouillé les pistes, s'est lentement fui, déserté, et se retrouve dépouillé de cette ombre de lui-même. Voilà l'assassinat, la perte de l'amour de lui-même, de ce qui le fonde jusqu'aux fibres. Du ciment même de sa vie, ce qui en ordonne et en rend cohérents les actes, il ne reste qu'une bouillie de souvenirs falsifiés, haines et amours, peines et joies, odeurs, bruits... Pourtant, ce couple qu'il forme avec lui-même, ne pas y renoncer encore, ne rien renier. Peut-être est-ce tout ce qui surgit à la fois, l'addition violente de ce qu'on sait et de ce qu'on imagine, de ce qui a eu lieu et de ce qu'on invente, ce mélange inextricable, qui rend compte au plus près de la vérité, mais chaque fois différemment, aussi vraie et différente chaque fois.

Fernet alluma une autre cigarette et souffla fortement la fumée devant lui, plein de colère soudain pour ces pensées éprouvantes qui ne faisaient pas passer plus vite le temps, qui ne le faisaient pas accéder à une plus grande précision. Maintenant il aurait voulu être capable simplement d'expédier les affaires courantes, de tenir compte de chaque instant présent, sévèrement. Que rien n'échappe de l'absurde et rassurante insignifiance des gestes quotidiens. Régler son compte à chaque instant et interdire l'accès, refuser l'invasion de l'épuisant, sénile besoin de révision du passé.

Il eut brusquement envie de dégringoler en courant dans la rue, de descendre vers la ville qu'il avait contemplée ce matin du haut de son poste de vigie insomniaque comme le spectacle inoffensif de l'*ordre* des choses. Il eut envie d'aller dans ces rues figées, de sillonner cette carrière urbaine, hissant sur ses fondations les hauts murs de béton, les façades aveugles derrière lesquelles se trament sans bruit les lentes désunions, s'engendrent les machinations de la ruine à venir, pour brailler contre le naufrage, au secours au secours, crier les noms de ceux que la lumière et le silence aveuglent, car ces couples d'amants, ces vieux mariés s'accouplent dans la lumière et le silence, accomplissant la lente œuvre d'autodestruction naturelle, dans les squares et dans les gares, face à face, à la table fatale du petit déjeuner, dans tous les recoins de la ville, jour et nuit, attelés à s'aimer, à poursuivre sans méfiance la lente œuvre de séparation et de saccage qu'est l'assouvissement de leur instinct de mort, sous figure d'amour, dans les baisers, les étreintes.

Voilà que commence la vie de Simon Fernet, dans les faubourgs d'une ville du Nord, paraît-il, dévastée par la guerre, où le père avait un emploi dans les Postes. Mais non, rien ne commence ici, car il s'agit déjà d'une autre histoire, d'autres êtres humains. L'inénarrable histoire des parents, ces gens qui se sont rencontrés, aimés. De leur histoire il ne détient que des bribes, infimes extraits de récits rapportés, auxquels contribuent des images en voie d'effacement, photographies familiales d'albums, perdues, ou rêvées, inventées, donnant au souvenir un semblant de réalité, mêlées aux ombres, aux songes lacunaires, aux emprunts extravagants, se combinant ensemble dans les limbes d'une mémoire préhistorique, d'une conscience qui s'ébauche. De ses parents, il sait si peu de chose, de ce qui fonde sa propre histoire, dans cette ville où on le trouve une fois juché sur les ruines branlantes d'une maison bombardée où nul ne pouvait venir le chercher sans risquer de faire s'écrouler son perchoir. Là où il s'était aventuré, seul son poids d'oiseau lui valait d'être en sécurité. On l'appelait du bord du chantier ensoleillé, on l'incitait du geste et de la voix à revenir vers les vivants, sous un ciel d'été bleu vif dont la pureté n'a d'égale que son ignorance, ce vide insondable d'un cerveau d'enfant. Ni pitié pour les hommes qui l'appellent, ni terreur, il n'a qu'indifférence pour ces naufragés gesticulants qui lancent des appels sous le ciel bleu. Une autre fois, il renverse un bol de bouillie d'orge brûlante sur le ventre gros de sa mère, qui crie. Il n'entend pas les cris, il les voit dans sa bouche, comment entendre les cris des gens qu'on ne connaît pas ? Et le soldat allemand, couché en travers de la rue, dont le globe oculaire blanc se retourne vers le front soucieux, dont les lèvres se retirent autour des dents blanches comme s'il mordait de la craie, comme s'il riait, à jamais figure ricanante, comment entrer dans les plaies des gens qu'on ne connaît pas ? L'enfant jouait entre ses jambes, paraît-il. On l'arrache de là, on l'emporte vers un refuge, une cave. Il a longtemps cru qu'il jouait entre les jambes de son père, de ce blessé qui gît au fond d'une chambre pendant de longues semaines. Il faut faire silence autour de ses plaintes, et de cette place de jeu, on l'emporte encore avec des cris étouffés, qu'il n'entend pas car la maison d'alors, c'est surtout le grincement profond d'une porte de bahut où sont rangés les pansements et les médicaments du mourant, entrebâillement d'effluves glacés que la mère referme comme un déposoir, c'est l'éther, cette odeur dans ses jupes, et dans ces mains qu'elle porte au visage de l'enfant dans un geste d'embaumeuse terrible, l'éther qu'il reconnaît plus tard à la clinique où on lui enlève de la gorge des amygdales. Dans le masque de l'anesthésie qui bâillonne sa face, il y a l'odeur du père couché et de la mère noire, il se débat avec une énergie de forcené pour échapper à la béance du bahut de mort. Mais alors le père a disparu de la chambre, et la chambre n'est plus la même. La veuve et les deux enfants sont retournés vivre dans le Sud-Ouest.

Il se souvient qu'il transportait des sacs de charbon, les cabas, il faisait les commissions, épluchait les légumes, parce que la mère est malade. Mais il dormait toutes les nuits dans un train, couché sur la banquette de bois, et ballotté, interminablement, toutes les nuits, il refait sans fin le voyage de retour vers une ville, une gare qu'il n'atteint jamais avant le réveil. Les journées sont des haltes provisoires qui retardent la suite du voyage nocturne. La maison est provisoire, comme tout ce qu'il touche, dont la réalité ne le concerne pas tant qu'il n'est pas arrivé dans un lieu où puisse commencer sa vie. Car pour l'instant le petit frère dort dans le lit de la mère et les vitres des fenêtres sont encore aveuglées de peinture, et la mère attend quelque chose ou quelqu'un dans de longues stations, assise au coin de la table, livrée à l'intarissable dénombrement de ses douleurs. Elle soliloque, adresse de larmoyantes supplications aux Vierges campées sur le buffet au milieu des photographies encadrées d'une horde de pères définitivement absents. Elle mitonne sous les couvercles des casseroles des potions d'amour et de deuil dont elle les gave, lui et son frère, avec des exhortations, des prophéties alarmantes tant que l'assiette n'est pas vidée. Elle les serre contre elle dans de brusques et convulsives effusions, les étouffe dans ses linges noirs avec une inébranlable énergie de mort qui les met hors d'haleine. Elle les meurtrit de cruels baisers, les tient enchaînés à elle, dans une zone de haute surveillance hors de laquelle tout peut arriver, un mal pire que de respirer son air, que de pleurer ses larmes. Ils ne sont pas arrivés. Nul répit, nul refuge.

C'est nuit noire. La houle d'une mélopée morne, hululante et rauque, bat les murs de la chambre, martelée de coups sourds. Le corridor est noyé de nuit. Seul filtre le rai de lumière sous sa porte. Ouvrez-la et voyez : le lit défait, les draps arrachés traînant sur le sol. On s'est battu là-dedans. Elle a vidé l'armoire et empilé tout ce qu'elle a pu trouver de manteaux, de costumes du défunt, déplié ses chemises et des robes, le linge s'amoncelle sur le plancher, sur le lit, elle a traîné des malles et commencé les bagages de départ, elle n'a pas achevé l'ouvrage, dépassée par la tâche, et elle est tombée à genoux sur la descente de lit. Elle s'affaisse, frappe du front contre le pied du lit, comme on heurte une porte close, d'un air stupide. Pleine d'étonnement, elle lève les yeux sur vous en aboyant doucement, exténuée par son inventaire, ou son rangement, ou sa hâte d'en finir, pour attraper un train qui est déjà parti, rejoindre quelqu'un qui n'a pas attendu, et elle se laisse recoucher. Elle vous laisse longuement replier et ranger tout ce foutoir de merde. Elle marmotte des prières, mains jointes sous le cou, sagement bordée, recroquevillée dans les draps. Seule sa figure dépasse, sa tête de méduse, provisoirement soumise, littéralement inondée de pleurs. C'est incroyable de pleurer comme ça, à ruisseaux. Mais tandis que vous vous agitez autour du lit, elle glisse vers vous un regard en dessous, oblique, un regard glacé de lézard à travers l'eau de ses yeux et le ronronnement de ses prières enfle. Elle s'endort avant que vous ayez fini et vous pouvez voir alors sur son visage ce sourire pâmé de niaise mélancolie.

Fernet se sentait excité et de mauvaise humeur, honteux de la razzia spectaculaire du plateau de petit déjeuner et du fouillis de la chambre, signes évidents de confusion mentale. Il entreprit de remettre de l'ordre, prit le plus de temps possible pour s'habiller, rassembler ses affaires éparses, les plier dans le sac de voyage et trier les objets éparpillés sur la table. Il jeta les journaux de la veille, redistribua dans ses poches clefs, stylos, cigarettes, lunettes. Paré pour le départ.

Mais tout en accomplissant ce petit ménage célibataire, bien loin d'y trouver un apaisement, il eut le sentiment d'une détresse infinie. Que faire dans l'instant de tant de force physique, de ce fardeau de force virile ? Ce rangement, une exécution domestique, à la mesure de sa vie étriquée. Seuls les grands départs engagent la force bandée du héros. Au centre de la place, les grands voyageurs de l'Histoire ont sur la face le vent du large et nouée au ventre la détermination. Que peut-il faire, lui, de ce trop d'énergie quand il s'agit seulement de nouer le petit baluchon et d'aller comploter d'un bout à l'autre du village ?

Ce qu'il laisse sur place n'est qu'un ouvrage de mort, comme quand on rangeait la maison autrefois, le dernier jour des vacances à Landareyre, avant de la fermer pour plusieurs mois. Toute la journée passait au grand ménage de départ, la maison retentissait de cris et d'appels plus joyeux, plus fiévreux qu'à l'ordinaire. Il fallait enlever les draps, aérer les literies, garnir les armoires de naphtaline, lessiver, cirer, déployer les housses et rentrer les meubles de jardin, les jouets, les outils, trier les réserves périssables pour le dernier repas, vidanger la citerne. Le soir, après l'effervescence du jour, dans le grand silence des chambres, on entendait craquer un plancher quelque part, dans de lointains greniers, grincer un volet mal ajusté, et ces bruits devenaient menaçants, gagnés par une étrangeté, une gravité nouvelles qui sonnaient comme un signal funeste. Effaçant sur le seuil la dernière trace de pas, ceux qui se retirent font le silence sur l'ordre figé des choses pour gagner le large, investir le monde. Dérisoires petits départs qui configurent l'idée qu'on se fait du grand départ. Comme si on avait loisir de mettre de l'ordre avant de mourir et que l'ordre ait un sens.

Il retrouvait ce sentiment à présent, son effroi devant tout départ, qu'il lui faut conjurer en « mettant de l'ordre ». Il lui fallait se faire violence pour quitter les êtres et les choses. Quitter Clémence... Il était assez épris pour souffrir, même s'il s'y résignait, de la moindre séparation, mais depuis quelque temps c'était devenu un tourment véritable. Ici ou ailleurs, se rejouait sur un mode mineur le sentiment d'une fin imminente, jusque dans ces gestes bénins du rangement de sa chambre d'hôtel, ce matin. Depuis Ravenne, pensa-t-il, brusquement, depuis cet instant où il a cru Clémence perdue, ravie à lui sans raison et qui a produit un irrémédiable désordre général.

Ce moment de Ravenne, il y revient encore. Il tente encore d'en réduire l'absurdité à une banale distraction, de ces instants où l'assise branle. Ce qu'on appelle, dans la vie quotidienne, des *moments d'absence*, l'impression de se réveiller brusquement, de sortir d'un bref sommeil les yeux ouverts. On était ailleurs en quelque sorte, le corps n'a rien enregistré, l'arrêt au feu rouge, redémarrage, on le postule, on se réveille deux cents mètres plus loin, intact, hors d'une ellipse de temps et d'espace. Tout peut s'engouffrer dans ce temps mort, comme dans l'angle mort du rétroviseur, n'importe quoi peut prendre place. Quelque part le débile organisme fait défaut, un éboulis minuscule, erreur de réglage, infinitésimale lacune de discernement, et le monde bascule dans l'idiotie, la stupeur, livré à la seule sensation.

Cette explication ne le guérissait pas. Quelque chose a eu lieu à Ravenne, qui n'a pas de nom. Quelles qu'en soient les causes, qui ne se réduit pas à une défaillance privée, à un accident organique. Quelque chose a soudainement cessé d'exister, dans une déflagration inouïe de blancheur, de silence. Il s'est trouvé au centre d'une zone irradiée, au cœur de la centrale, en fusion. Haute tension, danger majeur. Tous les signaux clignotent. Hypothèse d'alarme : impossible de localiser la cause du mal. Dans quel piteux état tu te trouves! Tout bêtement, le déclin, la crainte de vieillir, la lassitude. Et pourtant une telle force en réserve, inemployée. Pas encore, pas le baveux bilan apitoyé. Marcheur obstiné, solide, la rage au ventre, pourvu qu'il y ait un partenaire de combat, l'empoignade franche. Ne vous dérobez pas, vous autres.

Voilà qu'il quitte de plus en plus souvent sa place pour éteindre avec irritation le poste de télévision où traînent des acteurs mous, il ne supporte plus toujours ces mêmes gros plans des dramatiques, ils ne savent plus filmer autrement, leurs grosses faces écrasées de la joue sur l'écran, s'y attardent, masquant la profondeur d'espace ouverte en vain derrière eux. Clémence proteste, se lève pour rallumer après lui. Il quitte la pièce.

Comme ceux qui encombrent paresseusement le passage à la sortie du cinéma, ils bloquent les issues avec leurs corps mous de poissons lymphatiques et froids. De quel droit cette obstruction criminelle, cette exaspérante lenteur de mouvements? Et son impatience, maintenant, dans les pompeux débats universitaires, les rituels pour émettre de fumeuses objections qu'il a anticipées depuis belle lurette, de même qu'on achève pour soi les paroles du bègue. Phrases venteuses en regard de quoi lui paraissent mille fois plus profondes certaines paroles de chansons populaires dont la justesse le frappe soudain. Il se lève, fait un tour dans le couloir, irrité de tous ces atermoiements, venons-en au fait, au centre de la question.

Et cet après-midi récent, dans la galerie de peinture déserte, sa colère mauvaise, il ne supporte plus le ressassement, les indigentes impostures des faiseurs d'art. Ah! la planchette d'arte povera, clouée seulette à son mur blanc! Vingt ans après, encore la planchette, comme si plus de blanc autour compensait l'absence de souffle, d'imagination. A présent il aspirait à la puissance, au tumulte, à l'affrontement. Il ne rencontrait que l'inclinaison navrante des pensées communes. Il souhaitait un adversaire, une raison. Encaisser des coups de poing. Pas cette gelée où il titube, tangue, ivre de fatigue et de mécontentement.

Tout près quelque chose bouge, à l'affût... Ce que Clémence aima en lui, ce qu'elle lui révèle de lui-même quand ils se heurtent du front, à Landareyre. Quelle rencontre solaire, ce choc frontal, collision éblouie et barbare! Sa belle force de lutteuse pugnace le réveille d'un long sommeil d'hébétude, le rend au combat. Mais l'histoire d'amour à Landareyre qui commence comme un bonheur s'est transformée en permanente inquiétude, cette insatisfaction profonde qui ne quitte plus son âme, absorbe sa vie entière. Ma vie est une monumentale, définitive erreur, de bout en bout. Il ne supporta pas de rester davantage enfermé dans la chambre confinée. Il empoigna son sac et sortit.

Il descendit dans le hall de l'hôtel. Les couloirs étaient déserts. Personne à la réception pour l'instant, et le téléphone sonnait, sonnait. Il était à peine huit heures. Trop tôt encore pour appeler Bibi ou Martin. La fille du standard surgit en sautillant sur ses hauts talons, décrocha le combiné, et, tandis qu'elle répondait, malgré sa précipitation, d'une voix suave, elle faisait à Fernet de petits signes équivoques en se contorsionnant, qui voulaient aussi bien dire : mais qu'est-ce que tu fais là ? attends-moi, ou bien pourquoi il me regarde, ce type ? Elle lui adressa un sourire engageant, les sourcils levés, avec un haussement d'épaules parce que sa conversation se poursuivait, et pour finir désigna du menton l'entrée du bar.

Fernet poussa la porte qui se rabattit sans bruit derrière lui. Deux hommes jeunes en costume étaient installés à l'entrée de la salle dans des fauteuils profonds qui ramenaient haut leurs genoux croisés. Ils feuilletaient des magazines et interrompirent leur lecture pour examiner l'intrus. Malgré leur position basse, ils semblaient investis d'une grande autorité. Fernet se crut obligé de les saluer d'un signe de tête, auquel ils répondirent de la même manière, sans désarmer.

Il commanda un café noir au garçon désœuvré qui se mit aussitôt à brutaliser joyeusement le percolateur et malmener la vaisselle, comme si tout lui était permis à présent qu'il avait quelque chose à faire.

Fernet alla s'installer près de la baie dont la vitre fumée filtrait la lumière du jour, car le reste de la salle était plongé dans une demi-obscurité et il n'osait pas réclamer qu'on allumât les lampes. Son fauteuil était également bas et profond. Étrange infantilisation que ce prétendu confort qui vous plie en deux et vous prive de force, dans une posture d'abandon obligatoire. Les deux jeunes gens le suivirent du regard jusqu'à ce qu'il ne bougeât plus du tout, incrusté dans son berceau de cuir, puis ils reprirent leur occupation, comme satisfaits que chacun fût à sa place. Mais longtemps après ils se retournaient encore, s'assurant d'un coup d'œil incisif qu'il demeurait bien là, le temps d'une inspection sans aménité, lourde de circonspection.

Le garçon avait repris son poste, désormais immobile, et Fernet se sentait très seul dans un mauvais recoin d'intimité, sans partenaire, sans adversaire, livré à l'attente la plus mortifiante : que le temps passât, que l'aiguille tournât sur le cadran de la montre à son poignet. Seul, et cependant il avait cela en commun avec eux, qu'il attendait. Et c'était une idée répugnante qu'il pût avoir pour quiconque en ce lieu une pensée de fraternité. Tandis qu'il résistait, une partie de lui-même s'abandonnait à l'insidieuse séduction de l'altruisme. Gagné par la compassion, il pensa : ces jeunes gens se sont rasés ce matin, habillés de pied en cap, ils ont peigné leurs cheveux et nettoyé leurs ongles, ils ont inspecté avec crainte leur image dans le miroir, car ils partent pour le combat quotidien. Et maintenant les voilà postés tels des figurants inexpérimentés, qui regardent, malgré les recommandations, la caméra au beau milieu de la prise de vue. Mais que lui importaient ces gens, et leurs états d'âme, et leurs histoires ? Et leur raison d'être campés là en train de si mal jouer leur rôle ?

Il sortit de son sac le dossier et les notes de sa communication, pour se donner une contenance, en finir avec la sympathie. Voilà, ricana-t-il, je vous offre le spectacle d'un homme dont la journée s'annonce chargée, quelqu'un qui a des engagements, des rendez-vous. Du travail sur la planche. Quoi de plus respectable ? Fernet avait chaussé ses lunettes, ses demi-verres posés bas sur le nez, et il se mit à lire les feuillets d'un air soucieux. Mais il ne lisait rien et, bien qu'il eût conscience de perdre son temps à donner une leçon aux jeunes gens, pour avoir la paix, il ne trouvait pas la paix. Vingt ans de métier et c'était encore, quel que fût son public, la même inquiétude, le même trac de débutant, de candidat obscur. Au moins les premières minutes, après quoi, oubliant ses notes, emporté par l'acharnement à convaincre, la jubilation des échanges, ses craintes s'envolaient. Il sortait de là épuisé, incapable, malgré sa réputation et le métier, de doser sa ferveur et son angoisse, comme s'il y allait chaque fois de son salut. Relire ses notes faisait partie du cirque, pour tromper l'attente. Il ne relisait rien, comme autrefois en classe, il s'appliquait tellement à être attentif qu'il en oubliait d'écouter, il n'entendait plus rien de la leçon, tout entier possédé par le désir sincère d'être un enfant qui écoute, il regardait passionnément la figure grimaçante du maître d'école dont la bouche articulait férocement les consignes et qui finissait par tonner : « Alors, Fernet! Tu rêves, mon garçon! » et il ne comprenait qu'avec retard, devant les visages retournés de la classe hilare, qu'il s'agissait de lui. De même il ne comprit pas tout de suite qu'un des deux jeunes gens avait traversé toute la salle pour s'adresser à sa propre personne, qu'il avait parcouru tout ce chemin pour venir se camper au-dessus de son fauteuil, et que c'était à lui qu'il disait, avec un fort accent local :

« Il est interdit de fumer dans le bar, monsieur. Éteignez votre cigarette, s'il vous plaît. »

Le jeune homme pointait l'index vers une affichette épinglée au mur lointain, sur laquelle on pouvait voir le même doigt pointé désignant une cigarette barrée de rouge : « Protégez votre santé, protégez la société. » Celui-là est penché sur toi. Il a posé un masque de sévérité polie sur sa figure de jeune homme effronté, avec juste de désapprobation ennuyée ce qu'il faut pour la forme. Mais sa pâle bouche se pince méchamment, tiraillée vers le haut. Pour un peu il montrerait les dents. Ni son front haut ni son menton rengorgé ne dissimulent l'arrogance. Il ne peut déguiser sa joie à l'idée de faire un peu de morale, un peu de police. Vois comme il jubile de l'opportunité, comblé d'aise... Bon sang, c'est à moi, Fernet, que cet individu s'adresse!

Il tenta de se redresser d'un coup de reins. Mais s'extirper du fond de ce fauteuil, impossible, cette grotesque posture d'avorton que son cul entraîne en arrière... Il se penche, hésite. Voilà que ce matin un inconnu, n'importe quel type, peut lui infliger une vexation sans qu'il trouve dans l'instant la parade.

Il perd pied, tandis que se désagrège alentour le système des supplications, le dos courbé par la culpabilité, sans recours devant l'ange de justice... Oh! je sais l'imparable bonne conscience des juges, l'assassine pondération de leur verdict, leur vérité d'ayatollahs. Il renonce, se renverse à nouveau, tire sur sa cigarette condamnée une longue bouffée de fumée amère.

« Il me faudrait un cendrier », dit-il doucement, soutenant le regard clair. Et, alors que l'autre s'affaire, cherche un cendrier, il a le temps d'achever sa cigarette, sans plaisir, sans conviction, abattu. Même pas, et ce désarroi, plus tard la tristesse vague, l'affaissement intime de ce qui a tenté de se dresser en lui. Cette scène ridicule, eh bien, c'est seulement cela...

Samedi, 11 décembre.

Il cherche sa place dans le wagon, s'installe. Il ferme les yeux, de soulagement – sauvé –, laisse crouler son dos, s'amollir ses jambes. Il y a un instant il habitait un corps vigoureux, il traversait le hall de la gare d'un pas précis, il portait haut le front dans la foule du soir. D'un seul souffle, il a escaladé les marches du wagon. Maintenant il se livre à la lassitude, ne désire rien d'autre que cette défaite. Çà et là, faibles tiraillements, tensions locales, meurtrissures bénignes. Il s'abandonne au plaisir de la fatigue, redevenu petit enfant, déchargé du fardeau de paraître.

La journée durant, il a fait un parcours sans faute, sauts d'obstacles, tour de piste et parade finale. Il lui a fallu rester sur ses gardes, pas un instant de répit. Maintenant il est exempté. Permission accordée, vous pouvez retirer les courroies, les prothèses, la chair s'affaisse d'elle-même. Qu'on est bien derrière les paupières closes, rencoigné et coi! Une moue allonge sa lippe, il soupire profondément plusieurs fois, sans parvenir à expulser la réserve d'air confiné qui l'oppresse, la résistance de gorge d'un dépôt douloureux.

Pourtant comme les gens ont été aimables, toute la journée! Fernet connaît bien Fusch, le directeur de l'Institut, et quelques autres. Mais quand même, toujours ce chaleureux accueil, quand on est invité. Ils vous ouvrent les bras, vous tiennent les mains, se les approprient longuement, cherchant dans votre regard l'étincelle dont ils font pétiller le leur, l'air enjoué, accessible, comme si la vie entière était une partie de plaisir, une fête des rencontres, des retrouvailles de l'esprit. Et il y en a toujours un pour s'ouvrir à vous avec plus d'audace, sur les menées du monde contemporain, sur la science et l'art, il se mettrait en quatre pour vous faciliter la tâche, vous ouvrir le chemin.

Aucun voyage ne changeait vraiment. Les visages, les bureaux, les couloirs se substituaient les uns aux autres, sans variation notable. Et les rues, les places, les arbres se répliquaient. Il ne se passait rien, sinon le petit moment d'émotion, crucial, le saut d'obstacle dont il faut s'acquitter. Le reste, mise en scène, prolégomènes et salamalecs. En voie d'achèvement, la journée ressemblait aux autres. Pourtant ce soir, alors que la petite Steiger le reconduisait à la gare, il avait eu soudain la surprenante sensation d'une ville inconnue s'ouvrant trop tard. Ils avaient déjà atteint l'extrémité de l'avenue, à peine offerte, confisquée, la sensation d'un choc possible, en plein cœur. Un sens contraire, probable, dont le souvenir se perdit aussitôt.

Quoi de plus confortable, pensa-t-il, que la petite Steiger ait tout prévu et pris en charge? Consciencieuse, elle l'était, avec sévérité, pénétration. Parce qu'elle jouait sa responsabilité, sa crédibilité. Volonté de réussite et combativité. Très bien. Elle est à son affaire, maintenant, installée dans la ville, elle est au courant de tout ce qui s'y manigance, dans les bureaux, les cabinets de travail, les dîners. Elle veut faire sa place, préparer sa carrière. Elle suscite l'invitation de Fernet, obtient sa collaboration grâce à la relation privilégiée qu'elle entretient avec lui. Et l'Institut s'honore de sa visite. Voilà, c'est comme ça qu'on fait. Ce soir il laisse donc dans cette ville une jeune femme comblée, fortifiée dans ses positions.

Il rouvrit les yeux, éjecté de sa somnolence. Le train s'était mis en marche. Insensiblement, le train démarre. Et voilà qu'il a le sentiment de laisser derrière lui une irréparable bévue. Il tente de vérifier, reconstituer. Qu'est-ce qui ?... Anxieusement, il récapitule, dans le détail, la journée, ce point sensible, soudain, impossible à localiser. Allons, que s'est-il passé ? A cause de quoi ? A présent un doute l'étreint, débusqué au fond de lui-même, et son insouciance s'est muée en inquiétude.

Que sa conférence ait été applaudie ne signifie rien. C'est plus subtil : la durée des questions, leur nombre, et qui les pose. La qualité du silence, aussi, pendant qu'il parle, une indéfinissable tension qu'il connaît bien, l'atmosphère de la salle en disent plus long que les claquements de mains. Et surtout la mosaïque des visages, dont aucun à lui seul ne traduit expressément, ne porte la sanction exacte. Tandis que son regard glisse de l'un à l'autre – il ne s'attarde sur aucun, les embrasse tous ensemble, comme une fresque vivante, homogène –, il lit la réponse, assentiment, adhésion... Cela tient à si peu, il ne sait ce qui flotte, circule, sans qu'ils le sachent, dans leurs traits, les fragments de cette figure collective qu'est un public, pour que s'en dégage cette secrète conviction d'avoir été bon.

Une lumière calme, limpide, tombait des hautes fenêtres de l'Institut. C'est le seul instant où le soleil a percé le ciel gris, une lumière si faible que c'était étonnant de la voir se répandre puissamment sur les visages, éclabousser les boiseries de reflets, et rayonner, jouer au plafond. Ce moment de grâce, cette conjonction de lumière, non, il ne pouvait se tromper sur cela. Et pourtant, cet après-midi, tandis qu'il visitait le laboratoire – deux équipes travaillaient encore, des jeunes gens en bras de chemise, tapotant sur les consoles d'un air méditatif, et soudain debout, riants, cordiaux jusqu'à la familiarité –, il s'était trouvé décontenancé par l'attitude de Fusch, un raidissement sensible dans son rapport, presque de l'ironie, le silence qu'il affecte lors de la visite, pendant que Fernet se fait longuement exposer les programmes de recherche. Peut-être tout simplement fatigué... Mais l'embarras de la petite Steiger, qui, à plusieurs reprises, tente d'abréger la conversation, elle qui a tant insisté pour cette visite...

Plus tard, dans la voiture – il avait soudain rencontré son image dans le miroir du pare-soleil, il s'était regardé quelques secondes, sans parti pris, ni étonnement, comme si sa figure avait été de tout temps inscrite dans ce rectangle poussiéreux. Il l'avait rabattu contre le plafond, du revers de la main – mais alors, il avait rencontré le regard de la jeune femme dans le rétroviseur – regard bref, vite voilé par les paupières –, un reproche, un mécontentement, ou bien ce n'était rien, la lassitude et la tension de la journée, ce pli dur au bas du front. Fernet avait eu l'impression fugitive que quelque chose dans le miroir se défaisait de son visage, qu'il ignorait, qu'il n'avait pas su retenir et qu'elle ne lui pardonnait pas de livrer.

Tandis que le train progresse à petite vitesse dans l'enchevêtrement des abords de la gare, il songe avec irritation à l'extrême complication des êtres humains, au système épuisant des susceptibilités individuelles qu'on n'en finit jamais de prévenir ou de ménager, et les lignes de la voie ferrée convergent, se croisent, lentes et fluides torsions métalliques s'étirant vers le lointain, sous la forêt des fils électriques, des portiques de caténaires, étincelants de pluie, et tout au fond s'amenuise, disparaît la silhouette de la petite Steiger.

Redressé sur son siège, il regarde filer le paysage de banlieue derrière les vitres fumées, balayées de pluie horizontale. Regard de promenade documentaire sur la composition ingrate, d'aberrante apparence – rues, avenues, ruelles, courettes, composition de voies urbaines tissant l'ordonnance incompréhensible d'un monde périphérique enveloppé d'ombres hostiles que le train traverse à petite vitesse. Fernet laisse venir à lui les images précipitées du lointain contre l'écran de verre, confisquées furieusement sitôt données, les configurations locales répétées sans constance, addition de repères fugitifs superposée à des variations bizarres, alignements d'arbres récents et maigres, clôtures conventionnelles, trottoirs mollement accidentés, panneaux publicitaires, sens giratoires autour d'un lampadaire futuriste, tours et blocs lointains déjà quadrillés d'écrans bleus des télévisions. Il voyait défiler cases, cloisons, et trajectoires, dans une ébauche vague proche de l'abstraction géométrique où les lignes s'incurvent, soudain expulsées par un virage long, l'obstacle montant d'un talus. Nul ordre, nulle progression, un paysage critique – hésitant, que l'idée de laideur ou de beauté déserte, même plus fonctionnel, et qui devient, dans l'accélération soudaine du train, un délire morne et flou d'environnement sans destination, englouti par la nuit. Et cela faisait naître en lui, au bord de la somnolence, une succession de rêveries très courtes, rompues dans un haut-le-corps, d'amorces disjonctées, paresseusement analogues à l'idée de destins perdus, de cheminements erratiques, dispersion lasse, sans passion, car ce monde sourd, violemment écrasé aux écrans des fenêtres du train, n'atteint pas son corps de passage, emporté dans le confinement du wagon pressurisé.

A cette heure-ci, Bibi est à l'aéroport, pensa-t-il brusquement. Son avion est en bout de piste, s'apprête à décoller. Il ne l'a pas appelée au téléphone, ce matin. Il a le remords de ce rendez-vous manqué. Il a oublié. Il n'a pas oublié. Il a reculé devant l'épreuve, n'a pas eu le courage d'affronter son flot de paroles, cette manie qu'elle a de vous suffoquer de questions et de leurs réponses, d'attaques incisives parfaitement injustes, de flèches qu'elle décoche à la moindre objection. Est-ce qu'elle me réserve à moi seul ce genre de traitement? Parce que je suis son père. Ni l'un ni l'autre capables d'inventer un autre mode d'échange, de faire un pas de côté, un seul petit écart qui déréglerait le système de leur relation. C'est comme s'ils butaient contre un mur, ils ne peuvent pas avancer plus loin. Ils se sont arrêtés à un âge de leur vie – n'ont pas épuisé ce qu'ils avaient à se dire à cette époque, qu'ils ressassent, enfermés dans le cercle périmé, un débat immature. Elle avait quinze ans, ils se sont perdus, pas perdus, séparés. Elle est à Boston avec sa mère, il vit à Paris. Elle écrit des lettres en abondance, drôles et tendues, un excès d'amour de loin, ces surnoms idiots et tendres dont elle l'accable, au téléphone. Dès qu'ils sont ensemble, elle se montre odieuse, provocante.

Il n'a pas le temps – faute de temps, de conviction, lâchement il compose, perd pied, intimidé par cette jeune fille volontariste qui le convoque, cherche l'affrontement sur tous les terrains. Il ne connaît pas son enfant. Chaque fois il la regarde à la dérobée, il la suspecte, cherche à déchiffrer un indice qui le délivre, qui lui permette d'avoir accès au secret de sa transformation, à ce qui modifie de manière imprévisible ses traits de petite fille, mous et pleins, sa lèvre ronde duveteuse, l'aile du nez élargie dans la colère. Un masque précoce, opaque, a fondu les formes de la petite enfance, resserré les volumes, perverti les rapports, insidieusement. Et c'est le non-fini de ce corps féminin, l'impalpable poussée de quelque chose de plus fort que sa vie – son existence, étrangère, confusément hostile, qui fait monter ces larmes inattendues aux yeux de Fernet.

Dans la galerie d'art où elle lui a donné rendez-vous, une fois, Bibi se déplace en silence, ostensiblement loin de lui, s'écarte à son approche, prolonge des stations différentes des siennes, marque son temps et sa liberté de telle sorte qu'ils restent seuls, chacun dans sa réserve. Il l'attend, il ne pense plus à regarder ces tableaux qui sont devenus des objets de circonstance, accrochés pour qu'eux seuls y conjuguent leur différend. Comme elle est belle, et solitaire! Libre, maladroite dans son parcours d'indépendance. Elle affecte d'examiner les toiles d'un air circonspect, elle s'exerce à juger, critiquer, rejeter – on commence toujours par là. Et lui cherche en vain à se concentrer, à mesurer de lui-même ce qui peut être mesuré et contenu, craintivement il s'approche, étreint par l'inquiétude, le désir de l'atteindre où elle campe. Elle fait volte-face, agacée, pleine de mépris.

« On perd notre temps, ici. C'est nul! »

« Mais non, dit-il, prêt à toutes les conciliations. C'est plutôt toi et moi qui manquons d'attention. » Il a envie de dire d'amour, d'audace, mais elle n'entendrait pas. Elle hausse les épaules, rebelle à tout compromis. Plus tard, dans la rue, il ne sait plus que faire de ce mouvement, imprécis et brutal, qui la jette contre la poitrine du père. Oh! apprends-moi, apprends-moi encore quelque chose!

Il tressaillit, frissonna de crainte superstitieuse. Il n'a pas appelé Béatrice, il n'a pas tenu parole. Sa promesse étourdie, en pleine nuit au téléphone, prend une dimension fatale. La sanction sera l'horreur définitive de l'avion écrasé sur la piste de décollage, l'explosion, le fracassant feu d'artifice des débris éparpillés sur des kilomètres – il balaie l'image catastrophique. Il refuse le scénario indigent qui est venu un instant donner forme à sa culpabilité. Mais bien après que sa raison a obtenu le répit, tandis qu'il s'efforce de retrouver un peu de sérénité, l'émotion persiste. Et même s'il contrôle maintenant les mouvements de son cœur, une douleur tenace résiste, fait place au remords de n'apprendre à se déplacer qu'à tâtons dans cette brume, de ne pas savoir repérer le danger, mal prévenu, élève trop borné et rétif pour tirer parti des avertissements.

Car dès qu'il contourne le mur du hangar, au fond du jardin du grand-père – alors, la lumière du matin clair cisèle les formes – comme tout est clair et inchangé, d'une exactitude de vitrail! –, il trouve pour toujours le vieil homme installé sur son billot de bois, parmi ses outils, chaque fois il lève à peine la tête, retient un sourire dans sa moustache – te voilà, toi! Le jeune homme d'alors lui prend les mains. Il ne sait pas qu'il est à cet instant au comble du bonheur, quand il prend dans les siennes ces mains chaudes de vie, calleuses, il les serre doucement, cela ne dure pas, cela ne saurait excéder ce bref instant parfait.

Il se souvient encore, remonte le souvenir pour éprouver de nouveau ce qui précède le bonheur des mains scellées, le sentiment immense de vivre, l'inoubliable clarté. L'un comme l'autre méfiants de l'effusion, inaptes à manifester davantage. Ils ne disent pas un mot. Trop rares étreintes d'amour – et la naïveté de croire qu'on a la vie devant soi, que les êtres sont immortels. Alors tant d'occasions se présentent de se laisser distraire, d'être ailleurs occupé. Car cet homme a toujours été vieux. Aussi loin que remontent ses souvenirs d'enfance, il lui voit déjà ce masque de vieillesse, il ne perçoit pas de changement, comme si les années avaient cessé de concerner cet être évident, intact, à tout jamais. Seul l'enfant se sent grandir, transformer. Il ne lui vient pas à l'idée que le vieil homme doive jamais mourir. Identique à lui-même chaque fois il le trouve, au bout du voyage en autobus, quand il lui rend visite. A la même place du monde dont le vieillard ne bouge pas, enraciné à ce lieu restreint de vie qui est le point de son commencement. Cela suffit pour lui prêter l'éternité. Aussi Fernet espace-t-il ses visites, accaparé qu'il croit être par les menus événements de son existence de jeune homme, il remet un voyage, diffère. Plus tard, il a la vie devant lui. Pas le vieil homme. Plus jamais il n'est assis sous le hangar. La maison, le jardin tombent à l'abandon.

Maintenant il approche. La lumière d'automne domine, mais filtrée, mais mate. Il revient hanter ces lieux de mélancolie. La maison approche, adossée aux érables, secoués ce matin-là de vent tiède et turbulent qui brasse le feuillage mort, froisse des brassées de branches renversées contre le ciel laiteux. Il y a des moments de suspens sourds, puis la rafale à nouveau s'empare des arbres, enlève un ample vol de feuilles mortes, haut arrachées, dispersées en beauté sur le toit de tuiles et sur le jardin.

La pierre est salpêtreuse, d'un grain jaune, qui se délite si la main s'y attarde. Il peut poser sa paume, effriter des doigts la sale poussière malade, décomposée au cœur d'un mal patient, celui qui ronge sans relâche les êtres, les épuise : ils gardent leur figure, ils font les gestes de tous les jours, il suffit soudain d'un souffle pour les éteindre, désassembler leur chair. Fernet n'a pas vu la vieillesse mortelle de cet homme. Il pose sa main sur le mur, la suit, elle le guide car elle progresse dans un geste d'aveugle, s'enfonce dans la toison rutilante du lierre, atteint la porte close dont la peinture se desquame en frisons, lamelles fines, écailles légères – l'eau, le vent, le soleil liment le roc, usent le front des falaises, les berges de l'estuaire, le coude du ruisseau s'incurve, la vague fouette le sable des plages – le froid fissure et pulvérise le caillou, le vent cingle, érode, arase – nulle part ne demeure. Derrière la porte dont le bois lentement se fendille, la cuisine fut une pièce grande et noire, dallée de rouge en carreaux inégaux, ébréchés ci et là. A gauche, dans l'encoignure, il y eut un balai de paille, une chaise sur le dossier de laquelle le grand-père déposait sa veste de toile, ses nippes, et dessous il rangeait ses sabots, le banc fut encombré de cageots et de cantines. Au clou la glace a pendu, et l'étoile d'or d'un Noël, un calendrier des postes, une image de la Vierge. Il y eut une auréole de sulfate sur le seuil. Le four ouvert. Une casserole renversée, des brindilles de sarments. Un jour raide et blanc tombe de la cheminée.

Sous le hangar, le chariot chavire, son essieu a cédé. Dans le silence d'une nuit, soudain, ce craquement profond, son écho pour personne. La table à laver s'enfonce sous l'écroulement des rames, des cercles de barriques. Un rouleau de fil de fer barbelé rouille parmi le bric-à-brac des outils que gagnent de jeunes ronces. Le billot, le tas de sarments achèvent de pourrir. Dans l'arrosoir renversé – quand ce dernier geste, qui l'a posé ainsi ? –, des hirondelles ont construit un nid qui s'effiloche et pend en barbes moussues. On voit des panouilles de maïs enfouies dans le sable, la sciure, les copeaux de la dernière bûche ici fendue. Le vent palpe et gonfle les bâches tendues entre les poutres comme dans un théâtre.

Ensuite il est plus loin, dans le jardin, penché sur le puisard dont le vent ride l'eau noire. Il relève le col de sa veste – que trouver de plus, ici ? Au-delà, les vignes rouges laissées à l'abandon s'échevellent au ras du sol, noyées par l'écume d'une herbe si fine, si fragile qu'au moindre souffle s'y creusent des houles molles, et plus haut, le vent s'engouffre, renouvelle le passage des feuilles d'autrefois, appelle un autre moment où du vent passait, où la vie attendait, où les promesses existaient, le même vent d'automne, un cri d'oiseau peut-être, le lent écho d'une charrette sur la terre d'un chemin, une allée ouverte de l'enfance, et les arbres s'accrochent au vent, éperdument.

Non loin, il y a le fleuve, au-delà d'une lande d'herbes hautes, sifflantes, un pays plat de brumes basses à la frontière indécise des eaux limoneuses et de la vase, sans horizon. Il revient souvent.

Maintenant la maison tombe en ruine, le toit de tuiles ploie, la charpente désossée du hangar dresse sa carcasse dans la brume d'hiver. Silence autour. Il écoute ce qu'il ne voit plus. La maison s'éloigne, frappée de biais par le pâle éclairage d'hiver.

Cette autre fois il a neigé, de maigres plaques glacées marquettent le sol de blanc sale. Le toit de tuiles s'est écroulé. On n'entend plus rien.

Le bord du fleuve appelle. La nature du sol change sous ses pas, il devient glaise grasse, instable sous l'herbe, lourd aux semelles et gluant. L'eau sourd en tous lieux avant même qu'on n'atteigne les berges, les fourrés sauvages de ronces et de roseaux. Un brouillard ocre stagne sur le fleuve, confisque toute échappée du regard, tout écho. Auprès, l'eau clapote faiblement, d'une souplesse de soie lèche la vase proche de vaguelis qui s'ourlent et s'écrasent sans fin. Le jusant découvre cette zone de traîtrise. Un pas de plus, le pied est pris, jusqu'à la cheville, puis le genou, la cuisse. Pas de lointain. Proches, eaux et brume épousées, en suspension pailletée, d'une poudre de très douce lumière qui appelle, appelle, attend.

Le bord du fleuve est un endroit propice où l'on commence d'entrevoir l'insondable passage, un lieu frontière s'il en est. Où l'on apprend qu'on sera son propre passeur. Et qui offre, dans l'immuable mouvement des marées, une image de la vie durable et fuyante. Il y a dans cet endroit une pensée avec laquelle il prend rendez-vous dès l'enfance.

Et soudain, crispation, convulsion de formes enfouies, la protestation violente d'une image l'arrache à sa songerie. Précipité d'un coup dans le présent, Fernet se redresse, dans un haut-le-corps pénible, comme si quelqu'un venait de lui heurter le front. Non, ce n'est pas un souvenir. C'est un sentiment d'actualité authentique et pressant qui lui rend l'instant où Régis et lui se sautent à la gorge, brusquement, dans l'emportement haineux de bêtes sauvages, un soir d'été, à Landareyre.

Fernet identifie enfin l'image nocturne, son rêve de Genève. Le visage explosé de son frère, écrasé contre le sien à lui couper le souffle, la rauque suffocation de la lutte, non ce n'est pas un souvenir. Le dégueulis d'une mémoire malade, froid comme un cadavre.

Il a fait l'idiot très savamment, ensuite, et le sourd, pour camoufler, obtenir de sa mémoire l'oubli sur tout cela, pour accéder à la tranquillité, l'indifférence. Cet incident familial sans témoin, il lui a fait un sort pour n'avoir pas à en tirer d'enseignement. Car ces deux hommes adultes, des frères, se vautrent dans la terre, bavent et râlent. Mais Régis qu'est-ce que tu? – il se rappelle cela : l'immédiat corps à corps, les coups et la chute. Rien à quoi se raccrocher, le fracas sourd en écho dans la chair, dans les muscles. Le choc des corps s'abattant sur la terre, entraînant avec eux l'étagère, la boîte à outils, pots et bouteilles, la dureté des membres arc-boutés inutilement, car toute prise se dérobe, les coups portent à faux. Ils ne parviennent pas à se faire vraiment mal tant leur fureur rend les gestes incohérents, dans le silence soudain, après l'écroulement des objets. La terre sablonneuse absorbe tous les bruits. Ils ne font plus que peser, soumettre l'autre à l'écrasement d'une poussée animale. Ce sont pourtant des corps d'hommes, de force égale. L'un contre l'autre acharnés, lèvres retroussées de peur et de haine élémentaires, gorges grondantes, ahanant, glapissant de petits cris entre leurs dents scellées. Luttant, non plus contre la masse physique de l'adversaire, mais enragés à atteindre, à détruire de l'autre la part résistante d'orgueil, d'ignorance, de brutale et destructrice ignorance dans laquelle ils se sont tenus l'un envers l'autre depuis quarante ans. Jusqu'à ce jour, ils ont attendu, toutes ces années, que se présente l'occasion, l'interstice où s'engouffrer sauvagement pour avoir le droit de régresser à ce grotesque, puéril état. C'est à qui maintiendra l'autre au sol de sa force, lui fera toucher terre, le contraindra à l'immobilité mortelle, au silence, poing sanglant sur la bouche béante qui bave, lui fera rendre gorge de son intolérable *raison.*

Il ne se rappelle pas comment cela a commencé. Un mot de trop, au sujet de Clémence. Cette remarque déplacée, je t'interdis, mais dis-le, dis-le donc! Avoue, au moins, au fond, ce que tu cherches – qu'est-ce que tu imagines? Tu aurais bien voulu – je t'interdis. Quoi, tu m'interdis quoi? Et cette fois encore, jusque dans l'obscur acharnement des corps, c'est de l'aîné qu'est venu le signal. Il dicte le dénouement : par instinct, sans doute, Fernet s'est couché, tête rentrée dans le bouclier des coudes, front aux genoux. Il n'a plus bougé, pour mettre fin. Et aussitôt, il n'attendait pas cela, aussitôt Régis s'abat sur lui, de tout son poids de viande couvre son corps d'une reptation et l'embrasse, l'étreint, dans un râle, un sanglot. C'est la fin, l'épuisement de la crise, une si grande fatigue, et le vertige, car jamais, dans aucun lit, ils n'ont été couchés ainsi aux bras l'un de l'autre, jamais frères enlacés aussi étroitement d'un tel élan fou et noir, aussi unis par une compassion sans voix. Quel silence s'est fait sur leur étreinte, ce spasme d'agonie tandis que Régis pleure et que Fernet le tient serré sur sa poitrine.

Ce sont les mêmes hommes qui, quelques instants plus tard, reviennent vers la maison. Ils ont épousseté leurs vêtements, essuyé leur visage. Les yeux cherchent un secours, ils veulent s'atteindre, s'évitent. Il aurait suffi d'un geste de plus, d'un mot, pour que Fernet donnant accès, Régis se mît à parler. Mais le frère aîné a repris l'avantage et redistribué les rôles. Il a empêché que déferle la répugnante bouillie des explications et des mises au point, bâillonné la dangereuse bouche qui pourrait nommer cette torture dont ils partagent le mal, dire de quoi est fait leur amour fraternel. Ils reviennent vers la maison, brisés, la tête bourdonnante, les membres las. L'homme qui marche à côté de Fernet, ce vaincu, tremble encore, mais il ne parlera pas, pourvu que lui soit pardonnée sa honteuse tentative de rébellion. Régis accepte le silence, pour son absolution.

Il en a toujours été ainsi entre eux, c'est dans l'ordre. Quelques années de différence, l'absence du père et le délire de la mère définissent la règle, livrent l'enfant à l'aîné. Il s'empare de lui, rapt légitime dans les murs, et sans merci. Le huis clos familial autorise tout. Puisque règne le désordre, Fernet invente les remparts, construit la forteresse du dressage. Il décrète l'état de siège. Et si quelqu'un s'interposait, il expulserait l'ennemi. Personne ne s'interpose. Il adore Régis. L'enfant grandit sous le régime de la haute surveillance, emploi du temps quadrillé. Fernet donne l'orientation, met en place le corset de contention. Dès qu'il gagne trois sous, il se dépouille, se ruine en cadeaux. L'enfant a tout reçu de lui, aéroplane, train électrique, montre, bicyclette. Il n'obtient rien, il reçoit. Accablé de bienfaits, traqué par le bonheur obligatoire, il se soumet au tuteur. Fernet dirige les études, surveille les leçons, se fait répétiteur, censeur. Il exige, tempête, récompense. Jusqu'à vingt ans, et même après. Cette planque au service militaire, et sa première place, un stage dans un cabinet d'architecture. Millie disait : mais laisse-le tranquille, laisse-le se débrouiller. Fernet n'en finit pas de payer une dette, d'acheter son droit.

Il y a une photographie de Régis petit garçon, habillé de pied en cap pour une promenade dominicale, en culotte anglaise et veston de tweed, cravaté, chaussettes tirées, peigné, pommadé. Une main tirée haut, suspendue, sa main à hauteur d'adulte. On ne voit de la mère que la main gantée de fil, qui encercle le poignet de l'enfant. Une élégance de dandy précoce, une pose d'enfant sage que le tiraillement douloureux du bras déséquilibre curieusement. Il regarde sans passion l'objectif, se soumet d'un air débonnaire à la séance photographique comme on tolère une injustice. Mais bardé, là-dedans, verrouillé : Régis, tel que Fernet l'a fait. Tel, il le photographie sur le seuil, au moment du départ pour une de ces mornes balades hygiéniques du dimanche après-midi qui les conduisaient, à travers les rues désertes, jusqu'au Jardin Public où nagent les cygnes et les poissons municipaux, pour lesquels on emportait du pain rassis; où de longues stations assises semblent n'avoir pour but que la visite de la chaisière, grande vieille chapeautée de paille, toute noire et décatie, puant l'urine. Fernet a emporté un livre d'étude, la mère un ouvrage d'aiguille, Régis polit en silence des collections de marrons qu'il aligne sur une chaise, ou des pétales de magnolia dans la chair desquels il inscrit de l'ongle des signes cabalistiques.

Ce costume, sur la photographie, c'est Fernet qui le paie. Il représente trois mois de sa bourse d'étudiant. Fait sur mesure, par un tailleur de la ville. La mère et le frère assistent aux essayages. Sur mesure, la meilleure qualité. Le tailleur prend au centimètre le tour du bassin, la hauteur d'entre-jambe, la taille, la cambrure, le bras coudé. Un travail de géomètre, d'arpenteur. Ces lignes, les angles tracés à la craie, à même le tissu, ces courbes, les repères et les pôles, c'est le corps géométrique de Régis. A la fin, le vêtement le modèle à façon. Il tombe à la perfection, on admire l'aplomb. Fernet a voulu ce costume. C'est un acte d'amour terrible que cet emballage de peau sociale, architecturée pour la parade, pour le spectacle de la rue et de l'école. Il pense qu'il était fou de cet enfant. Son amour avait trouvé la forme des culottes et des vestes dont il l'habille. C'est ce qu'il a fait, contre le désordre et la mort, l'habiller.

Vêtu de cette façon, Régis ne se roule pas dans la boue, évite les flaques, les jeux de billes, il ne se bat pas. Il est tout raide assis sur les bancs de la classe, ne bronche pas. D'ailleurs, il est malade, on le ménage. Pendant deux ans on lui prend la température soir et matin. Il avale des médicaments infects, des vitamines, on le radiographie, on l'ausculte. On écoute les bruits secrets de son maigre thorax. A l'intérieur, il est tout seul. Ses professeurs disent qu'il est rêveur et nonchalant. Il ne parle pas, il n'entend pas. Très sage, élève médiocre, sérieux comme un pape, il contemple le paysage de son ennui.

Mais ce déhanchement léger sur la photo, qui rectifie le déséquilibre de la position, est plein de grâce. Il a déjà cette grâce de maintenant – un peu gauche, rétive, une esquisse d'abandon équivoque, de soumission charmante. Régis a gardé le goût du détail vestimentaire, de l'élégance.

Il porte n'importe quoi avec aisance, une allure d'aimable suffisance. Il regarde, il rêve, promène son enveloppe, sa vêture. Dans sa tête il y a cet espace forclos, à l'abri de toute atteinte, une infrangible réserve de distance. On l'aime, il ne sait pas pourquoi.

Quand Fernet *voit* Clémence pour la première fois, elle est assise dans la salle du rez-de-chaussée, le lendemain de son arrivée à Landareyre. Il ne sait plus comment ils se sont retrouvés tous les trois dans la maison désertée. Sur le coup de midi, tous les autres se sont entassés dans les voitures, ils sont partis pour la plage. L'air tremble, jaunit, porté à l'incandescence du soufre. Une odeur de résine nappe la forêt tétanisée de chaleur, et le jardin, brûlure de miel pâle qui coule sur les corps, la peau, alourdit les paupières, altère les regards. Assise à l'écart, silhouette sombre dans l'ombre, elle garde un silence obstiné par lequel il commence à remarquer sa présence. Un silence qui alerte son attention soudain, lui signale de manière insistante son existence, onde plastique, prégnante, qui se glisse jusqu'à lui dans l'ombre de fausse fraîcheur que procurent les volets tirés.

Descendant de sa chambre pour chercher au hasard un livre, un verre de vin, il trouve Régis et Clémence déjà installés dans la cuisine. Sans le savoir, Fernet fait irruption dans un jeu dont l'exécution a dû commencer bien avant, dans la matinée, sans doute, peut-être même dès la veille au soir, au cours du dîner ou de la veillée nocturne qui se prolonge tard, sur la terrasse où ils restent dans l'obscurité à cause des moustiques –

quelle circonstance plus favorable? Sans le savoir... mais à quoi pressent-on que des gens se font la cour, qu'ils ont entrepris de se séduire? De quelle nature est l'air qu'ils tissent autour d'eux pour que la tension soit à ce point palpable entre leurs corps, leurs regards?

Fernet va de l'un à l'autre, remplit les verres. Il n'était pas prévu qu'il vienne déranger l'opération en cours. Pris en otage, à présent il le croit, par un renversement de la règle, car Régis se tourne vers l'intrus, sollicite son avis, le retient dans une discussion déjà entamée. Fernet pense qu'ils étaient contagieux, que le désir gagne par contagion, car au lieu de se dérober, il reste, il s'anime étourdiment d'un artifice de passion par plaisir du jeu. Il ne se souvient plus du sujet de cette discussion. Aujourd'hui cela n'a plus d'importance. Un sentiment de tristesse l'envahit à la pensée de cet exercice d'intelligence que le temps rend dérisoire, auquel pourtant ils attachèrent tant de fièvre et d'exigence, chacun précisant une interprétation, établissant de subtiles nuances, faisant assaut d'esprit, de fronde, comme s'il y allait de leur vie, de leur raison de vivre. Toi, Clémence, tu te tais désormais, tu écoutes gravement la péroraison de ces deux hommes, tu suis les effets de manche, les ruptures de ton, tous les états de la représentation. Il me semble que tu sais tout déjà de nos stratégies, nos ruses et nos blessures, de notre rivalité ancienne. Et je n'en sais rien encore.

Elle se tient assise sur le bord de la table, appuyée des paumes, bras tendus, épaules rehaussées, et renverse un peu son visage. Cette posture fait jaillir son buste de la jupe, moulé par le tee-shirt dont le décolleté découpe un angle de peau brune entre les seins. Non loin d'elle, au centre de la table, le compotier où mûrissent les premières pêches de vigne forme un contrepoint lumineux à la tache pâle de son visage sous la frange de cheveux. C'est ainsi que Fernet la voit, pour la première fois.

De temps en temps, elle balance sa jambe, son pied nu, comme pour accompagner les mouvements de la scène, en marquer le rythme ou les ponctuations de silences. Depuis la veille il l'a ignorée tout à fait. Il la découvre à midi, émergeant brusquement de la pénombre, comme l'image photographique monte au révélateur. Ce mouvement de la jambe est le premier signal, quand Fernet entrevoit soudain qu'il participe, à son corps défendant, à une partie inédite dont il a jusque-là méconnu l'enjeu. Il comprend qu'ils l'ont exclue de la discussion pour mieux lui en offrir le spectacle, pour mieux la conquérir par la joute verbale dont ils ont souci de la prendre à témoin. Deux à lutter pour l'image qu'elle se fera de chacun, afin qu'en choisissant l'un elle disqualifie l'autre. Ils se sont engagés dès lors dans un domaine d'abstraction où se risque la périlleuse et très concrète réalité de l'instant : la gagner, l'un ou l'autre! Et se cantonnant à la place assignée, prenant l'air attentif qui donne à la prestation valeur décisive – ce qu'ils voulaient –, elle en admet la loi. L'apparente soumission de son silence aggrave le danger où ils se sont mis de lui donner l'avantage, et le droit de juger. Je crois que Clémence savait tout de l'hommage et de son prix.

Le balancement de sa jambe enseigne à Fernet qu'il n'a plus le choix, il est engagé désormais, car ce signe discret excite en lui le désir de poursuivre. De même qu'un geste du metteur en scène tyrannique, un simple broncher, un froncement du sourcil alarme le comédien, lui intime l'ordre de se dépasser dans un nouvel essai, de même il se met à guetter du coin de l'œil les signes qui viennent d'elle. Le moindre battement de ses paupières, le moindre fléchissement de sa taille lui sont maintenant sensibles, vigilance aiguë qui se mobilise tout entière vers ce foyer de tension, la place écartée où elle se tient. Pénible émotion, confuse, car la provision de temps s'épuise, quelque part se décomptent les points, s'écoule la réserve d'un sablier. Elle va se lasser, s'impatienter des artifices de la conversation qui languit à présent.

Fernet accède, avec une douloureuse lucidité, à l'intelligence de l'instant, chaque élan de la jambe, du pied nu de Clémence avive son désir de vaincre, théâtralise l'échange. Car ils se tiennent comme des acteurs, ils ont gardé l'un et l'autre leur verre vide à la main – la bouteille est restée sur la table de la cuisine, aucun d'eux ne quittera ce terrain pour aller la chercher, malgré l'envie qu'ils ont de boire, de soutenir leur effort par l'ivresse, et ce verre vide devient entre leurs mains un accessoire suspect puisque, bien qu'inutile, ils semblent ne pouvoir s'en séparer. Régis en examine le fond tout en parlant, comme s'il y puisait des idées difficiles à extraire, Fernet y tapote de l'ongle un rythme inepte.

Au début, il s'est amusé du jeu. Il a suivi en amateur la prestation insolite de Régis, cet homme charmant, gesticulant avec fougue et grâce, transporté par son désir de plaire. Fernet lui accorde sa complicité, curieux qu'il est de voir se développer le scénario de la séduction. Mais voilà qu'il se prend au jeu, se pique de défendre sa partie. De manière imprévisible il change de ton, donne âprement la réplique, gagne sur le terrain des arguments. Il a l'avantage du métier, l'expérience des confrontations théoriques et de leur langage. Mais il ne se fie pas au métier, la passion engage plus de chances que le savoir en la circonstance. Il se fait incisif, implacable. Quelle chevaleresque et ridicule offrande à la dame que cette conversation de vacances! Mis à l'épreuve, Régis ne fait pas le poids, il perd du terrain. Trop de fièvre, et de candeur, trop de souci de sa propre image. Voyez comme il s'adosse au mur, sa chemise blanche dans l'ombre a des reflets moirés, la cassure esthétique du cou, tête inclinée un peu, épousant la ligne souple du col, il semble puiser dans la songerie, le regard perdu au fond de son verre, mais soudain il s'élance, trois pas en diagonale, il s'arrête net, lance le bras trop haut, trop fort. Cela se passe sous leurs yeux, le supplice. Quelque chose qui devient une intolérable mise à nu.

Fernet se sent glacé par la cruauté de cette scène. Il a attendu que cela l'atteigne, entièrement. Pendant ce temps il voit Régis, comme Clémence peut le voir, s'exposant sans mesure, il voit l'incurable jeunesse de cet homme, son aventureuse légèreté, sa vanité présomptueuse. Sa bouche tremble de peur, la pupille s'est rétrécie, profonde, noire, un point aigu qui s'affole. Cependant il persiste dans le sourire qui étire ses lèvres adorables, il a le courage de chercher un appui, ou l'inconscience de tenir encore, en dépit de la menace, et ces gestes élémentaires de l'enfance, inachevés, déconcertants de gratuité. Il plaisante encore, raille, mais la feinte est transparente, elle ne dissimule plus la déroute.

Fernet reçoit en plein cœur l'image de cet homme effrayé de sa propre beauté, irrité de n'avoir qu'elle, ne sachant qu'en faire, les instruisant tous deux – et surtout elle, Clémence – de son inaptitude, de son ingénuité. Si pitoyable image qu'il souffre – haine et pitié – pour cet aveu public comme d'une injustice à son égard. Mais il est tombé amoureux, il y a longtemps, de cet enfant. Il l'aime plus que de raison, aussi rend-il les armes. Il renonce. Il suffit de laisser filer mollement, en trois répliques médiocres, maladroites, assez habiles cependant pour épargner au rival l'affront de lui abandonner trop facilement la place. Et par exemple, laisser tomber son verre, ensuite, pour faire diversion, trouver la porte de sortie décemment. Une trouvaille. Le choc clair en cascade de petits éclats sur le carreau est d'un très bon effet.

Mais au moment où il décide d'épargner Régis, comme il trichait autrefois pour lui laisser gagner une partie de cartes, à quelle diabolique tentation succombe-t-il ? Car, assurément, il ne doute pas, plein de grandeur d'âme, qu'il contribue au succès de Régis. Pour un peu il les pousserait dans les bras l'un de l'autre. Il lui concède Clémence, cette inconnue, dont une heure plus tôt il ignorait l'existence, qui à ses pieds rassemble les morceaux de verre et dont Fernet perçoit soudain la réalité. Le hâle de son épaule et la dépression délicate que creuse la flexion de sa nuque éveillent en lui l'émoi et la courbe longue de son dos, avant l'évasion des hanches, la cambrure des reins. Il recule.

Quelle jubilation de puissance, les voir agenouillés ainsi ensemble, moitié riant du trouble de s'approcher, de joindre en hésitant leurs mains, de les heurter par hasard dans l'exécution d'une tâche qui autorise le contact. Exquise, enivrante, amère renonciation! Tellement plus excitante que le petit jeu cérébral des passes d'armes théoriques! Persuadé qu'il est de faire le sacrifice de son désir au besoin de combler son frère, une fois encore, de lui faire un cadeau dont il lui devra la jouissance. Non sans sincère souffrance, mais dans l'obscure attente que la suite lui apportera d'incomparables compensations, car il escompte bien, dès cet instant où il renonce, qu'ils lui offriront un spectacle digne de son sacrifice. Il reste, se dit Fernet, assez de temps dans ce séjour pour observer à loisir les progrès, les balbutiements et les attouchements discrets, pour guetter et discerner les signes de ce qui prend corps sous ses yeux à l'instant, qui ira s'accomplissant d'heure en heure jusqu'à la possession, l'instant de gloire des étreintes! Et tandis qu'il assiste au petit ménage du verre brisé, Fernet embrasse du regard le théâtre de la scène qui s'achève, imprime dans sa mémoire le jeu d'ombre et de lumière qui distribue l'espace. Un magistral rayon blond filtré par les persiennes projette sur le bois ciré de la table une flaque profonde de lumière, éclabousse dans l'axe la porcelaine du compotier d'une constellation d'éclats diamantins, distincte nébuleuse parmi l'épais, poudreux chatoiement de soleil qui tombe de là-haut, se répandant plus loin en pastilles papillotantes, en marbrures délavées de filets rasants, épousant les veines du bois, cette coulée coupée net, à l'arête du plateau de la table, puis mourant très loin dans la pénombre, en reflets dispersés sur le dossier d'une chaise, le bossellement d'un cuivre, le cadre d'un tableau. Dehors, la foudroyante luminosité végétale du jardin, de la forêt, orchestre le silence, consacre la solennité de l'instant.

Fernet se retire, il abandonne la place sous le prétexte de travailler à son livre. Il fuit. Dans la solitude de sa chambre, porte close, il lui faut un long moment pour recouvrer son calme. Son cœur cogne dur contre sa poitrine. Son front, ses lèvres brûlent. L'oreille tendue, il épie leurs voix, n'entend plus rien.

Plus rien ne bouge dans la maison refermée sur son ombre, dans la fraîcheur des couloirs et des chambres. Le lit blanc, le bureau de bois clair, le tapis bariolé et les lames du plancher constituent un bien précaire décor pour lui procurer cette paix qu'en d'autres occasions il a cherchée dans la petite chambre de vacances, aux murs passés à la chaux, dont le dépouillement monacal et le silence le rendaient souvent à la sérénité. Mais cette fois le repli est vain. Debout au milieu de la chambre, gorge nouée, il n'ose plus un geste. Il guette un signe qui ne vient pas, soumis à la paralysie de l'attente.

Dehors midi écrase le pré, emporte dans la même trémulation l'herbe brûlée et le rideau roux des premiers pins. Pas un brin ne frémit, pas un cri d'oiseau, un murmure de l'air. Le monde s'est figé, blanchi par la décapante lumière, minéralisé jusqu'à la gerçure secrète de la terre sous les mousses et les fougères desséchées. Écartèlement d'immobilité qui n'est qu'apparence, car il perçoit, dans une sorte de compassion pour lui-même étendue aux choses, l'invisible torture du monde extérieur, comme celle de ce rameau de jasmin mourant, pincé par les volets mi-clos de la chambre, déployant son anse odorante, fléchissant sur le rebord de la fenêtre, déjà épuisé par la cassure de sa tige, et dont les fleurs de délicat ivoire s'affaissent, jaunissent imperceptiblement. Fernet en ressent la lente, inguérissable torsion des fibres blessées jusque dans sa propre chair.

Il songe, en contemplant la branche de jasmin, qu'ils feront l'amour dès cet après-midi; ce jour-là il le croit. Pas un instant il ne doute qu'ils seront amants. D'elle, il ne sait rien. Mais de Régis... Ce numéro de charme, il en connaît tous les actes. La parade, d'instinct. Il se pavane, se hausse d'une taille. Il redresse le buste, se porte en avant, vers l'objet de son souci. Son regard se fait fruit, se fait fleur, un regard de prière, de câlinerie, il commence le siège. C'est un spectacle étonnant chaque fois, comme il devient beau, métamorphosé par la grâce amoureuse, d'une beauté inquiète, qu'on voudrait secourir. Il paie de sa personne, sans compter, une telle démesure, cette offrande de soi. Comment résister? Aucun calcul, aucun cynisme, il est atteint d'amour. Fernet sait par cœur, jusqu'à l'écœurement, l'efficace stratégie de son innocence, et de quelle frayeur, de quel tourment est faite sa séduction, dont il joue, sans savoir ce qui de lui est aimable. Plaire, être aimé le transporte dans cet état étrange – pour son malheur, puisque enfermé dans son corps aussi sûrement que dans un bunker Régis assiste, dans le regard des femmes, à l'incompréhensible opération de son charme, quelque chose de pathétique, de pitoyable – et ils seront aux bras l'un de l'autre! Allons, cela se termine par une cuisine peu ragoûtante, avec son accompagnement de simagrées, d'échauffements, le sang fouetté et ce gros appendice boursouflé pour toute marque de la passion.

Mais en cet après-midi de canicule, Fernet commandait bien peu à ses réflexions, ne parvenait ni à en fixer le cadre ni à en circonscrire le domaine. Cette heure suspendue au plus fort de la chaleur, il la passe dans la solitude de sa chambre, en proie à d'aberrantes représentations, comme si sa fameuse sagacité intellectuelle avait pour contrepartie une incurable inaptitude à l'analyse sentimentale.

Pourtant il ne se formalisait plus depuis longtemps des liaisons de Régis. Et Luce elle-même consent si bien à fermer les yeux, une fois pour toutes, sur les aventures de son mari! Peut-être, en dépit des apparences, est-elle moins ignorante ou indulgente qu'on pourrait le penser. Chaque couple invente sa règle, à usage privé. La leur est plus forte qu'un compromis conjugal – à tout prix, n'importe quel prix! garder l'époux, le confort, préserver la famille. Plus qu'une complaisance ou une stratégie, un véritable accord sur le fond. Une adhésion commune à ce règlement nécessaire – hygiénique, sans doute, et raisonnable. Jamais Fernet n'a abordé ce sujet avec elle. Une seule fois, considérant au loin sur la plage Régis courant vers les rouleaux avec les enfants, elle a soupiré en souriant, un faible sourire, tout à fait paisible : « Si on ne l'aimait pas, il en deviendrait fou. » Elle se parlait à elle-même, sans élever la voix pour quiconque. Elle énonçait une évidence dont elle ne connaissait peut-être pas toute la portée, qui avait passé ses lèvres dans un excès de certitude, de sérénité, comme si elle constatait un simple fait de nature, l'existence du jour, de l'océan, du ciel. Dans l'instant, Fernet crut qu'elle pensait à elle, que ce « on » la désignait, naïvement. Il lui apparut plus tard qu'il avait entendu ce jour-là plus qu'un aveu, une injonction impérative, sans condition.

Mais il a beau rejeter l'image, faire rempart de ces considérations générales, s'impose à lui cruellement la représentation de leurs baisers, de leurs caresses, et le partage des odeurs, cette contrée sensuelle où s'aventurent les corps dans la réciproque épreuve de leur découverte... Cette douleur. Il ne lutte plus, soudain saisi d'une pensée imprévue, cœur étreint aussitôt, souffle court. Tandis qu'il se croyait à distance, occupé à observer cette femme et le spectacle édifiant de sa conquête amoureuse, il s'est étourdiment épris de l'objet de son étude. Clémence, dit-il à voix sourde, incrédule.

Or, à l'instant même qu'il la nomme, il la voit paraître. Elle est tombée au dépourvu dans le champ étroit qu'encadrent ses persiennes entrouvertes. Il ne l'attendait pas. Et pourtant elle est venue s'installer à cet endroit précis, elle a pris place dans son paysage. Désormais il ne bouge pas plus qu'une statue, pas plus qu'elle ne bouge ensuite, nonchalamment appuyée contre le bord du puits, tournée vers la forêt. L'ombre de la maison n'atteint pas encore cette place ouverte sur le pré, elle dessine en retrait la pente longue du toit festonnée de tuiles, à l'angle duquel pousse le jasmin.

Clémence est sortie de la maison, elle s'est avancée au soleil. Elle s'est arrêtée là, sous la fenêtre de la chambre. Son corps a d'abord fléchi, c'est imperceptible, il s'est tassé à la taille, aux épaules. Quoique rien ne semble modifié des lignes, Fernet a noté cet amoindrissement de la forme, un signal secret d'alarme. Comme cette forme l'émeut, livrée impunément au regard. Mais une émotion abstraite, ineffable. Il attend sans bouger, sous l'empire de la même patience qui pétrifie le corps du chasseur à l'affût, rivé à l'absolue immobilité. Il faut être pressé d'une bien grande nécessité pour renoncer aussi totalement au mouvement, à l'agitation qui nous rattache aux vivants. L'immobilité nous conduit trop bien au seuil d'oubli de nous-mêmes, dans ses parages, à ce qui ressemble tant à la mort, dont nous pressentons la sévère et belle discipline. Rarement Fernet est resté aussi immobile, sans ciller, dans une anesthésie profonde des sens et de la pensée – monolithe déserté, pas un muscle ne tressaille, la pesanteur gagne en densité, dilate les volumes indistincts de son corps dont les contours emplissent démesurément la chambre qu'il occupe. Il n'est plus que pure présence, dont la gravité cherche d'autres centres, corps d'expansion – autour de lui, incandescence faible, son regard, dardé au seul point de focalisation : la place de soleil où Clémence se tient.

Son souffle veille, sans délai, sans échéance, ample, solitaire. Alors les pensées, l'infinité de ce qu'il a appris et recensé – les classements d'écolier, la science compilée des livres, tout ce qu'il a compris un instant des systèmes, de leurs lois, et soustrait du désordre de la vie, des spectacles, ses espérances et ses peines –, tout ce qui fait sa singularité de vivant, vacille, s'amenuise, incertain comme des rêves de cendre suspendus, ses pensées se dissolvent dans l'atone durée de leur éloignement – aux confins de l'absence. Du corps enchâssé de Clémence, aussi immobile que la terre qui le supporte, que le ciel qui l'éclaire, à celui de Fernet qui campe dans le silence de sa chambre, la distance s'abolit. La puissance de l'heure les délivre du savoir et de l'ignorance, de la faute et de la dette, comme dans l'anéantissement lumineux de la jouissance, ils appartiennent au même paysage d'oubli.

Il ne sait combien de temps cela a duré, mais au moment où elle bouge, il sait qu'il aime cette femme. C'est la première pensée du monde, auquel il revient. La seule, quand elle s'arrache à sa rêverie, à son sommeil de pierre. Elle se déploie, s'étire, bras tendus au soleil, dans une cambrure animale et libre. Voilà qu'elle s'anime sous ses yeux. Il est au-delà du désir. Il n'éprouve pas de désir, seulement la déraison de cette pensée d'amour. Que contemple-t-elle encore, ainsi tournée vers la forêt rousse, à quoi songe-t-elle, dans sa solitude intérieure ? Elle rentre, disparaît de son champ de vision. Un bougé, un flou. La vie traverse.

Une onde sidérale, une clameur sauvage d'océan balaie le paysage.

Plus tard, ils sont revenus de la plage.

Il est cinq heures quand Fernet rejoint ses hôtes dans le jardin. Il se souvient de chaque heure de ce jour. La maison retentit du bruit des douches, toutes fenêtres ouvertes, des rires d'enfants, de leurs cris et des appels dans l'escalier, dans la cuisine. Comme chaque soir, tout le monde finit par se retrouver à l'ombre du tilleul, assez épaisse pour garantir une relative fraîcheur. Les visages sont souriants, dans l'abandon des vacances. Ils sont surtout rouges du bain de soleil, luisants de crème.

Fernet se sent séparé d'eux, l'attention en éveil, d'une singulière acuité, un peu oppressante. Il perçoit en même temps une profusion de détails infimes et troublants. Il note l'affaissement vaporeux du soir. La lumière écrase lentement les formes matérielles, leur donne poids et opacité contre le fouillis végétal du jardin dont les parfums surchauffés s'alanguissent jusqu'à eux.

Leurs gestes se raréfient, comme épuisés. Les corps se déplacent en aller-retour paresseux, à pas traînés, piétinements d'hésitation, croisant d'autres corps lents, laissant derrière eux la turbulence molle d'un sillage. Ou bien, s'encadrant soudain dans la porte, une silhouette, qui disparaît aussitôt.

Il s'est installé non loin de la table de jardin où s'accoude Vincent Lieutard qui feuillette une revue, un vieux numéro des *Cahiers*. Lina est affalée à l'écart, dans une chaise longue. Elle semble absorbée par une conversation avec Legrand, qu'elle a accaparé. Ils parlent bas, avec des sourires contraints. Fernet note le désordre de la table, les verres, les jus de fruits, les apéritifs, le bol de glaçons, et les revues féminines sorties d'un sac de plage, un livre de poche, Kundera, un journal en feuillets détachés, des clefs de voitures. Le geste de Luce allumant une cigarette au-dessus de la tête de Régis, assis tout près, elle se penche pour reposer le briquet sur la table, au passage frôle ses cheveux, s'éloigne vers la maison. Régis lit *Le Monde* de la veille, bras largement écartés, ou bien il fait semblant. Et tout cela gravite, bascule autour du lieu sensible sur la gauche qu'occupe Clémence, vers qui Fernet évite de porter son regard.

De temps en temps la voix de Lina domine, il en connaît les accents, les fléchissements de grave; la voix plus morne de Legrand reprend dans les silences, presque chuchotée, comme si elle voulait retenir l'autre dans un registre plus intime, et celles-ci mêlées, ponctuant en arrière-fond sonore, la parasitant par moments, celle de Lieutard qui s'est lancé dans un exposé sur la situation scolaire en Italie.

Ce jeune homme est un ancien étudiant de Fernet. Après quelques années de poste en province, il vient d'obtenir un détachement de professeur-invité à Rome. Brillant et gros travailleur, ce n'est pas si courant, le goût des rencontres, un peu carriériste, mais assez d'esprit pour en jouer. Fernet aime bien qu'en secret il s'adonne à la poésie et soit enragé de football. Qu'est-ce qui lui prend tout d'un coup de raser tout le monde avec cette histoire de réforme italienne? Il est assommant. Personne ne l'écoute, mais Fernet soutient le regard de Lieutard, ce que celui-ci doit prendre pour un encouragement, alors que tout son souci est de veiller au moindre signe, au moindre mouvement sur sa gauche, où se trouve Clémence, au bord extrême de son champ de vision. Et juste à ce moment, décroisant ses jambes, il heurte son pied, il sursaute, comme électrisé par ce contact, rougit. Il recule sa chaise et attaque violemment le jeune homme d'une boutade qui le décontenance si bien qu'ensuite Fernet, plein de remords, se laisse entraîner péniblement dans la discussion.

La chaleur tombe, l'air vibrant transporte d'étouffantes haleines d'herbes grillées, d'écorces résineuses. Au-delà du visage voisin de Lieutard, d'une netteté agressive jusqu'à l'hyperréalisme, la vue se brouille, offre pour échappée le bleu végétal étincelant, la trouée lumineuse de l'allée qui s'enfonce dans le jardin. Régis a tourné bruyamment la page du journal. Legrand rit aux éclats, des femmes aussi, elles s'éloignent derrière les arbustes. Bientôt on entend l'averse de l'arrosage du soir, les rires de ceux qui passent sous le jet.

Clémence s'est emparée du livre qui traîne sur la table. D'un geste d'oisiveté, elle l'ouvre, le feuillette, et maintenant renversée au fond du fauteuil, elle se plonge au hasard dans la lecture d'une page. Désormais Fernet peut risquer vers elle des coups d'œil furtifs, chercher à percer ce visage nouveau pour y découvrir un renseignement.

En pleine lumière, cette fois, et proche, il découvre sous la frange bombée l'arc sombre des sourcils, l'ovale lustré des paupières baissées, la fuite large des tempes qui étire la bride de l'œil, l'agencement des volumes donnant au haut du visage un air volontaire, buté, que contredisent les lèvres sensibles, le menton petit et rond, un reste d'enfance curieux alors qu'au coin des yeux rayonne un fin réseau de rides, quand se rétrécit le regard. A plusieurs reprises, sentant peut-être l'inquisition, elle cesse de lire, lève les yeux, et chaque fois plante droit dans ceux de Fernet un regard durable. Elle capte et soutient l'échange, librement, sans particulière expression, comme occupée à d'intimes réflexions, suivant leur cheminement, avec cet air lointain d'interrogation qu'à soi-même on réserve quand une lecture nous arrête. Il cède le premier, détourne les yeux.

Comme l'esprit s'affaire alors en suppositions, hypothèses logiques, cherche à s'emparer de ce qu'il prend pour des indices, des symptômes, et veut les combiner ensemble de manière convaincante, à travers les spéculations psychologiques les plus sophistiquées, qu'autorisent expérience et savoir. Qu'on aimerait avoir tout retenu de Stendhal, et de Sterne, et de Proust... Mais que lit-elle dans le roman de Kundera qui puisse avoir un rapport avec la situation présente, dont la coïncidence avec le regard de Fernet trouble et agite ses pensées ?

Il scrute l'insondable visage de la jeune femme croyant donner en pâture à son tourment de quoi l'apaiser, les preuves sensibles de l'entente érotique qui la lie à Régis, embusqué derrière son journal. Ce qu'il traque en vain sur le visage de Clémence, il néglige de le chercher sur celui de Régis, chez qui il déchiffrerait pourtant à livre ouvert. C'est elle qui l'intéresse, au plus haut point. Elle qu'il examine dans un émoi d'autant plus grand qu'elle garde une désinvolte indifférence, dérobe toute indication par la transparence de ses traits, la rareté de ses mouvements, réserve qu'il attribue avec amertume à sa duplicité féminine, tant elle fait montre d'une maîtrise sans faille. Pas un instant il ne doute que, séduite par la prestation de Régis, elle ne doive en dissimuler les effets devant tous.

Dans quel désordre d'esprit il se trouve, fort de ses certitudes, la raison rendue au balbutiement, tandis qu'il succombe au sentiment amoureux. C'est alors que Luce a proposé : « Si on allait faire un tour dans la forêt ? »

La méprise a duré tout ce jour et jusqu'au terrible serrement de cœur, le tressaillement de chair, profond, inattendu, si bien localisé au flanc, lorsque, pendant la rituelle promenade qui les conduit chaque soir sur les chemins de la forêt, en groupe lâche flânant parmi les fougères qu'une somptueuse lumière oblique illumine à travers la colonnade de la pinède, Clémence s'est élancée sur les pas de Régis, à l'assaut de la palombière, et a disparu avec lui dans les hautes branches. Fernet s'est senti devenir couleur de cendre, frappé en pleine face par ce qu'il cherchait : la tangible preuve du succès de son frère. Ensuite il ralentit la promenade, attendant que Régis et Clémence rejoignent leur groupe, tandis qu'ils avancent sous les arbres. Quelle insolence, quel égoïsme, leur mépris superbe des regards. Fernet avance avec à la nuque la brûlure de leur présence, il s'interdit de se retourner, de les voir. Pourtant c'est comme s'il était campé derrière les rideaux d'une chambre, au cœur de la maison, et dominant le pré les voyait revenir ensemble, d'un même pas, éclaboussés par le couchant.

Cet épisode est tellement présent dans sa mémoire, il peut recomposer chaque instant de cette extravagante journée où il s'éprend de Clémence, la croit perdue pour lui, échafaude mille suppositions. Aveuglement, éblouissement, toutes les perspectives faussées. Le trompe-l'œil des sentiments, en pleine lumière d'été, ciselant les lignes pour mieux abuser sa raison. Toute cette journée il est en proie à la plus délicieuse erreur.

Car la nuit même... Il en tremble rétrospectivement, il s'en est fallu de si peu, comment ne pas frémir devant l'arrangement du destin ? Dans la soirée, après le dîner, Fernet s'avance sur le seuil, les bruits de la maison refluent. Il franchit la zone de lumière, entre dans la pénombre du jardin. Il allume une cigarette. C'est une nuit sans lune, sans étoiles, le ciel s'est voilé d'ocre à la tombée du jour, d'une brume de chaleur qui annonce les orages de la fin du mois d'août. Il a besoin d'être seul, dans un tel trouble qu'il ne supporte plus... Or Clémence s'avance à son tour sur le seuil. Elle ne peut le voir là où il se trouve dans son refuge d'ombre. Seulement le brûlot de sa cigarette, peut-être. Elle sourit vers lui, vers la nuit. Il tremble de ce sourire. Allons, rien de magique. Le hasard et le destin n'y sont pour rien. S'il veille si tard, s'il attend cette nuit-là, dans sa chambre, livré à l'insomnie, tandis que l'orage monte longuement, s'il feint de travailler à sa table, il n'y a pas de hasard. Il attendait bel et bien, quoique ignorant l'objet de son attente. Loin, dans les frondaisons immobiles du jardin, s'amasse la chaleur nocturne, empoissée de résine prête à flamber. Malgré les volets fermés, les insectes grésillent sous la lampe, dans une exubérante fièvre de mort, s'arrachent follement et se précipitent contre l'ampoule brûlante, enfermés dans la sphère de lumière aussi sûrement qu'il l'est dans son erreur. Comment a-t-il pu croire tout un jour que Clémence allait tomber sous le charme de Régis – sinon parce que à l'égard de son frère il entretient depuis l'enfance le malentendu nécessaire ? Sinon parce qu'il réitère, à l'égard de cette inconnue, son inaptitude à deviner les êtres, ayant toujours choisi de les conformer à son imagination plutôt que d'en découvrir la vérité ?

Les roulements du tonnerre s'égarent encore loin dans les terres, vague prélude à quelque chose d'inconnu et de sourd. Ils viennent de l'océan. Comme souvent à la fin de l'été, l'orage peut passer sur la région, gronder longtemps, déporté vers l'est, aller crever de l'autre côté du fleuve. Mais soudain une bourrasque sèche violente la maison, s'engouffre sous les tuiles, en longs mugissements modulés, tandis que dehors le jardin ploie sous la tourmente.

Il est sur le point d'éteindre la lampe, de se jeter sur son lit pour écouter l'orage, ses remuements terribles, quand, quelque part, dans le corridor, une fenêtre s'est ouverte, sous la poussée du vent – un bris de vitre, à peine, étouffé par un tapis, et le souffle du courant d'air sous sa porte. Il sort de sa chambre. Dans l'obscurité que les éclairs traversent de blancheur, il a aussitôt reconnu la silhouette de Clémence. C'est elle, elle est à la fenêtre, luttant contre le vent pour fermer les persiennes, prise dans l'ample torsion des rideaux. Elle a été à peine surprise quand il a surgi à son côté. Et au moment où il se penchait avec elle pour saisir et fixer le loqueteau, il a perçu à travers les rideaux le contact de son corps, entre ses bras un court instant la douceur vivante de Clémence, tandis que, sous leurs pieds, crissent les morceaux de la vitre brisée.

Puis ils ont reculé, tremblants, comme essoufflés, soudain l'averse d'orage s'est abattue sur le jardin. Ils sont restés face à face, enveloppés de nuit, sans se voir vraiment, mais si proches que leurs formes apprivoisées, leur respiration s'attirent, sans se toucher encore, dans un suspens pénible, ils ont attendu encore, appris le grain, la brûlure future et la moiteur de leur peau. Elle va bouger, ou bien lui, car à ce seuil ils tanguent, sans regard, ne peuvent plus contenir le désir de se toucher, ce qu'il a fait, elle l'a fait, son ventre, son front, ses seins, rencontre noire pas encore, si fort, ils en tremblent, ni l'un ni l'autre ne sait qui approche.

« Maintenant, souffle-t-elle sur sa bouche, maintenant. »

Pour lui seul, cette femme. Maintenant.

Après le départ de Clémence et de Lina, la maison de Landareyre est devenue trop vaste, inhabitable. Trop de place pour ceux qui restent, et cependant, à tout instant, Fernet se heurte à des rencontres importunes, dans l'escalier, les couloirs. Malgré la discrétion des Lieutard, la familiarité de ses rapports avec Luce et Régis, il s'irrite de leur présence, craint de manifester trop clairement son humeur. Il se réfugie dans une songerie taciturne, mais il ne peut descendre prendre une bière à la cuisine, ou s'installer sous le tilleul avec un livre, sans être sollicité, arraché à lui-même et contraint de soutenir poliment d'insipides conversations de vacances, sommé de donner son avis sur les plus futiles questions domestiques, la liste des courses, le menu du soir, la réparation du tuyau d'arrosage. Il consent à donner une réponse, pour avoir la paix, faire barrage un instant et pouvoir se rejoindre – tout en ne cessant de surveiller du coin de l'œil alentour la moindre velléité d'agression verbale, revenant avec délicatesse à son tourment intérieur, dont paradoxalement la contraignante présence des hôtes de Landareyre le soulage, et le distrait de lui-même, pour mieux le livrer ensuite à l'exquise nouveauté de l'émoi amoureux auquel il s'abandonne en secret.

Ces deux interminables journées qui suivent le départ de Clémence pour Paris ressemblent à une étrange chorégraphie qu'il construit sur le territoire familier de la maison, lui rendant soudain conscience de son dispositif. Il se déporte, entre maison et jardin, de place en place, il se fuit, il se trouve. Pour la première fois, songe-t-il, il goûte avec passion le bonheur simple de la lumière de fin d'été, bleue et blonde, filtrant à travers le feuillage, il suit la danse effarée d'une guêpe. Une fissure ciselée dans le bois pulvérulent d'un volet, les géraniums trop grandis, épuisés des derniers bouquets éclatants sur le mur ensoleillé et le seul choc clair d'un glaçon contre un verre étincelant au centre de la table de jardin le submergent d'un sentiment de bonté éperdue. A chaque geste il attache une émotion extrême, il se sent l'âme en peine, délicieusement, du départ de Clémence, promène comme une douce maladie l'attente de ces journées.

Il attend il ne sait quoi encore – car il est dans un état de légèreté un peu inquiétant, au bord d'une idée vague d'avenir, soudaine, imprévue. Il se garde d'y penser, d'anticiper. Par de subtiles diversions il écarte la fiction d'un lendemain, d'un après. Pas de cette façon, pas encore, refuse-t-il, tirant le plaisir le plus vif à jouer du glissement d'images ou de sensations trop précises. De même il écarte la tentation de se remémorer les trop récents instants de la rencontre, par crainte d'en dénaturer la griserie, d'en amoindrir la violence, sachant avec quel zèle l'imagination vient au secours du souvenir pour en orner, puis très vite épuiser la matière, le vidant de sa délicatesse native, et n'en laissant qu'un décevant motif contaminé par toutes les autres réminiscences amoureuses.

Il s'occupe à ce jeu, dans un grand désordre d'esprit, ne débordant qu'avec de superstitieuses précautions le présent vide, livré aux sensations banales des journées de vacances, qui prennent alors un relief fascinant, flottant en apesanteur dans l'indécision, dans une exquise incertitude des sens, et s'y maintenant en dépit de toutes les sollicitations importunes du dehors. Comme il est étrange, alors, que de très chers amis, à qui l'on est lié de longue date, soient réduits à la figuration, encombrants même, ignorants de la scène qu'ils occupent. Ils s'adressent à vous dans le registre le plus prosaïque, avec une affligeante pauvreté, sans déceler qu'une raison supérieure a redistribué ironiquement les valeurs. Ils vous tendent un verre, font tinter le glaçon, sans soupçonner que cette légère note tintinnabulante au fond d'un verre exalte en vous un bonheur musical sur lequel se referme, en une douce étreinte douloureuse, le gros muscle en émoi de votre cœur ! Chers amis, songe Fernet, attendri et navré, étreint d'une mansuétude qui réunit confusément l'ignorance des êtres et des choses autour de lui. Ce sentiment dure le temps qu'on le laisse en paix – mais les cris excités des enfants que trop d'espace livre à des jeux violents mettent fin à l'indulgence, et il fuit à nouveau, gagne une place de silence, de solitude, pour s'entretenir avec lui-même du naïf ravissement d'être amoureux.

La lettre de Clémence est arrivée le matin du troisième jour, quelques lignes, qui décident de son départ immédiat. Rien ne saurait entamer l'évidence qu'il doit partir. Ce qu'il doit faire absolument, sous peine de perdre le fil, de se perdre tout à fait. Et cependant convaincu de se conduire contre toute raison. Mais humilié aussitôt d'avoir à en rendre compte, il invente un prétexte, mensonge que dans sa hâte il néglige de peaufiner. Qui s'en contenterait ? Avec un aplomb imbécile, il maintient sa version, honteux d'habiller le fantôme de sa jeunesse avec ce corps épais d'adulte sans grâce, dont chaque mouvement est soumis à l'approbation sociale, qu'il doit quémander par d'infantiles contorsions, et, de surcroît, il leur en veut à tous de se plier si docilement à la comédie, de feindre d'y croire. Au lieu de déclarer : je suis épris de cette femme, je cours, je vole au rendez-vous, il prétend devoir rendre au plus tôt un manuscrit, rencontrer l'éditeur, passer chez l'imprimeur, n'importe quoi.

C'est dans cet état de malaise, exaspéré par l'attente, que Fernet a trouvé Régis sous le hangar, au moment du départ, et qu'ils en sont venus aux coups, immédiatement. Il n'y a pas de place pour Régis en cet instant. Il n'y aura pas de place non plus pour le souvenir du corps à corps odieux que Fernet expulse le soir même de sa mémoire, dans le train qui l'emporte vers Paris, et ensuite il oublie, plus jamais il ne sera question de cet épisode qui scelle ces journées de Landareyre où a lieu la rencontre, il y a cinq ans.

Si je m'en rapporte à ma mémoire, songea Fernet, elle ne me livre, avec d'infinies réticences, que bribes, morcellement poussiéreux, formes épuisées, contradictoires et blêmes. Ne restent que l'ensoleillement, l'éblouissement prodigieux de cette journée d'été et le tonnerre nocturne qui présidèrent à notre rencontre. Tout le jour je me suis leurré sur Régis, sur Clémence et sur moi-même, dans l'égarement, l'inintelligence, la plus grande ignorance de la réalité qui prenait corps. Une réalité qui n'était que possible, à laquelle nous n'avons donné corps qu'ensuite, en transformant en amour la passion d'un été.

Non il ne reste de ce jour que bribes dont ma volonté choisit l'ordre pour donner sens à l'aléatoire. Ce qui s'est passé entre eux dans la palombière, ce que Régis a tenté ou non, comment saurais-je, et cette discussion absurde dans la maison n'en ai-je pas de toutes pièces inventé l'enjeu ? J'ai délibérément oublié la querelle sous le hangar, pour un mot de trop, mais lequel ? la sordide empoignade avec Régis, ces coups et l'étreinte de nos corps d'hommes qui répète dans la laideur celle qui, dans le corridor, inaugure notre histoire d'amour. Elles sont liées, et j'ai oublié de le savoir, comme j'ai oublié tout ce qui n'entrait pas dans mon ordre, compromettait le système fragile du commencement et son avenir. A ce prix, celui de l'erreur, du mensonge, nous nous sommes aimés, épousés. Et, confondu par le bonheur des premiers temps, tout entier occupé à en défendre la victoire, j'ai renfermé dans une mauvaise mémoire, relégué aux recoins obscurs, les journées de Landareyre, pour n'en garder que ce qui me sauve.

Dès le début, il a tout ignoré de Clémence. Qu'elle revenait d'Espagne avec Lina par un itinéraire plein de péripéties, un long détour par l'Ariège, pour éviter les postes frontières du Pays basque. Périple touristique, prétendait-elle, afin d'admirer les beautés naturelles des Pyrénées espagnoles... Elle ramène dans ses bagages de précieuses bandes vidéo, des enregistrements clandestins qu'on lui a confiés à Bilbao, des images de gens, dont les réfugiés de l'ETA ont besoin. Clémence a une adresse, à Bordeaux. Elle ne connaît personne, c'est ce qu'elle dit, elle doit seulement livrer les prises à cette adresse. Ce sont peut-être des gens de la police en civil qu'on a filmés, des activistes d'extrême droite, qui traquent les militants jusque dans leur exil, des assassins, dit Clémence, qu'il faut pouvoir identifier. Elle ne veut pas en savoir plus, seulement s'acquitter du message, transmettre les bandes à leurs destinataires.

Elle a besoin d'aller seule à Bordeaux, au rendez-vous, sans éveiller l'étonnement de Lina qui n'est pas au courant, ou des autres. Elle emprunte la voiture de Simon, un plan de la ville. Elle ne dit à Fernet que beaucoup plus tard ce qui constitue son seul souci, ce jour-là, tandis qu'elle feint de lire le livre de Kundera sous le tilleul : trouver le moyen de se rendre seule à Bordeaux, dès le lendemain. Tandis que les deux hommes s'affrontent pour la séduire dans la salle de séjour, rivalisant d'esprit, elle échafaude des projets, invente un possible mensonge qui lui permettrait de fausser compagnie sans éveiller la curiosité. Il lui faut emprunter une voiture, autre que celle de Lina qui pose trop de questions. Ce qu'elle se décide à lui demander, à lui, Fernet, pendant la promenade dans la forêt, parce qu'elle ne sait plus comment faire, et qu'il lui semblait rassurant qu'il fût tellement silencieux et distant à son égard. Comme il s'est trompé, cette journée-là, c'est comique, emporté dans ses suppositions fiévreuses. Elle rit. Il rit avec elle du hasard, de l'intuition qui l'a poussée vers lui sur le chemin de la forêt. Je t'aime, dit-elle, et il ne lui confie rien de la méprise, des tourments et des bonheurs de ce jour où il s'est épris d'elle, à Landareyre. Il prête sa voiture dès le lendemain, sans savoir où elle va, sans mesurer encore la faculté de réserve, de dissimulation, dont elle est douée, jusque dans la transparence sincère de son regard. Il ne veut pas penser, jamais, que cette nuit-là cette femme a fait l'amour avec lui pour obtenir les clefs d'une voiture.

Parfois, il avait tellement peur qu'elle ne vienne plus. Au début de leur liaison, les rendez-vous ont lieu dans les villes où elle travaille, où il la rejoint. Ils cherchent sur les dépliants de chemin de fer les horaires des trains, des correspondances, les heures d'avion. Il arrive à 20 h 54, 23 h 07. La nuit, toujours. Les mêmes giclées de néon dans les halls sonores. Ils vont dans l'hôtel le plus proche de la gare, de l'aéroport. De toute façon impersonnel, même silence des couloirs, veilleuses maigres, miroirs, ils paient d'avance. Ils laissent l'obscurité dans la chambre. Le déshabillage, ils en tremblent de hâte, brutaux, inattentifs. Sans détour il ouvre son sexe, s'empare du passage tandis qu'elle défait sa chemise, doigts précis, langues dardées d'acide salive, il la prend d'une saillie immédiate, elle veut qu'ensuite il ne bouge plus du tout, qu'il attende, encore. Ils attendent, immobiles, souffles suspendus, soumis aux pulsations profondes qui gonflent leurs sexes ensemble. Il se sent battre à la soudure de l'aine, à la pointe creusée en elle, ondoyante, cramponnés l'un à l'autre comme des noyés, et soumis. Elle jouissait yeux dans ses yeux, dents à dents, ils avaient ce rire silencieux de jouissance en écoutant ensemble les tiraillements rudes et joyeux de sa queue glorieusement enclose, et le répit ensuite, l'épuisement béni, parfois ils s'endormaient, quelques minutes, ils sombraient bras et jambes vrillés, dans la chaude, unique, chaleur retrouvée.

Il avait peur qu'elle ne vienne pas, qu'elle ne soit pas à ces rendez-vous qu'ils fixaient trop vite, au dernier moment. Mais ils se retrouvaient chaque fois, pour la petite palpitation profonde, le vibrato exquis, ce féroce et ravissant feu d'artifice local qui ouvrait en éventail la jouissance exténuante de leurs corps, la déployait ensuite à l'espace de la chambre, de la ville inconnue, au monde nocturne et indifférent. Ils riaient, se parlaient bouche à bouche de tendres inanités, longtemps, jusqu'à ce qu'il glissât hors d'elle, elle le gardait encore entre ses cuisses jointes, dans le sillon humide de ses cuisses, ou bien ils se reprenaient plus doucement, plus longuement, d'un emportement plus grave et lent, étouffant sous leurs bouches les plaintes de bonheur. Ensuite ils marchaient dans les rues. Ils prenaient un sandwich ou une soupe au buffet de la gare. Il rentrait à Paris par un train de nuit ou le premier avion du matin.

Elle se prête, docile, les yeux grands ouverts, il touche sa peau claire, tendre et tiède. Il connaît par places ce corps abandonné, ce paysage aux contours imprécis, jamais constitué pour lui seul, membres épars dont le grain de la peau, la pliure lui sont chers, mais qu'il n'embrasse que de lieu en lieu, lopins, parcelles isolées, immense territoire d'errements, où la trouver, cette femme morcelée, dont un détour lui cache sans cesse d'autres visages ? Il aime Clémence sans savoir ce qu'il aime d'elle qui en réunisse les parcelles, mosaïque étrange de son amour pour elle, large fresque incomplète, lacunaire et pleine d'ombres dont il ne finit pas d'explorer les fractures. En cinq ans de vie commune, tous les jours, il écoute, il apprend. Jamais il n'interroge. De son enfance en Allemagne, où le père militaire est cantonné, de la famille quittée dans la violence, sans doute, et la révolte adolescente, si peu de chose. Une jeunesse itinérante, au hasard des rencontres, communautés militantes et psychodrames politiques, petits boulots et voyages, études buissonnières, il recueille des bouts, des extraits en pointillés, des séquences en miettes. Le corps aimé est fragmentaire comme son histoire. Ce qu'il aime sans doute, parce qu'ils le tourmentent, ce sont ces lieux intermédiaires, inconnus, les lieux d'inachèvement, où s'inscrit sa propre histoire – où pèse la permanente menace de sa disparition.

Dès le début, Clémence est cet être de passage, qu'il accueille, dont il s'éprend sans le connaître, dont il accepte qu'il lui soit en partie illisible. Car elle dort debout, c'est sa vie. Elle est monteuse de cinéma, elle passe ses journées dans les salles de montage. Dans le noir, elle garde ses yeux grands ouverts sur des images qui n'existent pas encore, ses yeux poursuivent en arrière des yeux, des scènes à venir, qui ne sont pas encore constituées. Elle est dans un sommeil réveillé, pas une seconde d'obscurité réelle. Elle colle bout à bout des fragments de lumière, elle est dans un désert inaudible où défilent des forêts équatoriales, un lac de montagne, des enfants mitraillés sur un pont de l'exode – elle suit un sentier de campagne, un couloir d'hôtel, un quai de gare où s'embrasse un couple d'étrangers. Au milieu de chaque image, c'est le commencement du monde. Chaque fenêtre, un contre-jour de mémoire sur ce qui viendra. Chaque parcelle est une première enfance de l'histoire, car il y a toujours une île, une chambre, un coin d'usine, un homme fou, un regard d'amour, de guerre, lancé à toute vitesse, à la vitesse de la lumière, dans la saccade des histoires, qui viendra incruster en gros plan supplicié son œil, paysage de veines et de poils, d'iris strié sur le lac de montagne – l'émoi des cils battant comme papillotent les images, une à une, dans le faisceau clignotant du projecteur qui les délivre, une à une, au regard. Elle assiste cent fois au crime, à sa durée de retard sur le songe, elle garde en mémoire, à une autre vitesse de coulée ralentie, la fuite de l'eau, la barque qui emporte les enfants, si vite! Sa peur a la légèreté de l'absence, impondérable dénuement de la peur sans objet, car pas plus qu'une pluie de sable, de poussière, une fine pluie tamisée de flocons scintillants, en dispersion constante, n'a contour, ni forme, ni centre de gravité, pas plus ce que voient ses yeux n'a de corps, ni masse, ni échelle – ne se raconte. Où elle coupe, se suspend sans se taire le chuintement muet du rêve – car chaque image dans sa réclusion commence l'autre, appelle la sœur d'élection – de chaque image sourd le désir d'une autre image, absente, celle d'avant, ou d'après, et leur fuite n'a ni source ni fin – ainsi le ballottement des vagues, jamais exténué, et toujours mourant jusqu'au chuchotement du sable.

Elle ne sait quel film infini se compose sans cesse, emplit l'espace somnambule de sa vie. Elle dit qu'elle oublie tout au travail du montage. Elle dit qu'elle n'a pas de vie propre, plus de corps, et qu'il lui faut quelquefois la pluie dehors, le vent, le froid, pour se réveiller de l'insomnie du cinéma. Le soir, pendant le dîner, elle parle technique, laboratoire, calendriers. Elle pèle un fruit, feuillette une revue, elle vient s'installer dans le bureau de Fernet, sous la petite lampe, mais dans ses yeux il voit souvent le regard d'un être de sommeil, démesurément absent, énigmatique, qui s'est emparé d'elle dans le noir des images.

Lyon, la Part-Dieu. Dehors il y a la nuit. On la voit, quadrillée par les vitres de la gare. Mais dans le hall, c'est une lumière de plein jour artificiel, des affiches bariolées et l'animation d'une fin de fête populaire, avec des papiers gras et des mégots par terre. Martin s'avance vers son père, sous cette lumière violente. Il est en jeans et blouson de cuir, il porte des tennis, silhouette commune des jeunes gens de sa génération. Il sourit, l'air contraint de ceux qui attendent dans les gares, avec une attention à fleur de peau, très superficielle, il demande :

« Tu as fait bon voyage ? »

Puis, sans attendre de réponse, il se penche en avant pour recevoir le baiser paternel, lâche le sien dans le vide en même temps, avec un suçotement sec des lèvres.

Maintenant Fernet ne rencontre plus son fils que deux ou trois fois par an. Entre-temps, il oublie chaque fois le jeune homme, ne pense plus à lui qu'à un stade enfantin, qui lui semble beaucoup plus actuel que cet adulte en face de lui, en qui il ne comprend pas qu'ait disparu vraiment le petit garçon. Un être autonome et distinct de celui qu'il a connu, dont il ignore presque tout de la vie, des activités, travail et loisirs, goûts, plaisirs. Il a l'impression que Martin a encore changé, grandi. Il le lui dit, incertain et confus de cette remarque, comme si ce constat ne concernait pas le jeune homme, mais traduisait plutôt son sentiment personnel d'étrangeté, de désarroi devant la figure du fils dont la taille et la corpulence sont presque les siennes. Ils se touchent à peine, d'un effort commun d'évitement, quand Martin s'empare d'autorité du sac de voyage de Fernet, avec brusquerie, empressement maussade. Ils sortent de la gare, empêchés de se parler par le brouhaha de la foule, dont il leur faut se dégager. Mais ensuite non plus, alors qu'ils se dirigent vers la voiture garée sur le parking, ils ne trouvent pas quoi se dire. Fernet encore étourdi par le bruit du train, l'esprit encombré de mots inopportuns, qu'il renonce à prononcer, tandis que continuent de défiler des créatures de songe derrière les vitres de son voyage ;

Martin l'observant prudemment du coin de l'œil, retenu par une soudaine timidité devant l'expression ennuyée de son père, baissant le front comme autrefois. Un tel front a le don de vous dérouter, incliné par soumission, ou rébellion, comment savoir? mais que jamais Fernet ne sait, n'ose interroger.

Au début, Martin habitait à Fourvière, une grande chambre assez délabrée d'où on apercevait le fleuve et les toits de la ville. Maintenant il a déménagé. Il s'est installé avec Marion, en banlieue. Il gagne confortablement sa vie comme conseiller technique, ou quelque chose d'approchant, dans une entreprise de matériel électronique, la filiale d'un groupe multinational. Fernet n'imagine pas qu'il ait réellement des responsabilités, qu'il prenne des initiatives, il n'imagine pas qu'il ait des collègues de travail, qu'il sache remplir une feuille d'impôts. Il ne comprend pas que Martin ait pu devenir cet adulte qui ouvre les portes de *sa* voiture avec une clef de *son* trousseau, d'un geste aussi naturel. L'enfant qui agite ses bras en sémaphore à l'autre bout du couloir du lycée, qui court vers son père le soir des résultats du bac, semble son état le plus récent. D'autres fois il est beaucoup plus petit, attablé dans sa chambre sous la lampe, le plus souvent il est couché à plat ventre devant les émissions de la télévision enfantine, ou debout devant l'océan, fouetté par le vent, il lance sans fin des cailloux dans les vagues d'un air belliqueux, il hurle quand on l'arrache à cette occupation. Il a eu un accident de moto avec une fille, à deux heures du matin, du côté de Rungis, l'année du bac, une fille qui avait des cheveux roux, qui se parfumait à la vanille, au patchouli, à la mandarine, ces parfums de boutiques indiennes, une petite rousse sucrée, poivrée, acide, boulotte, qui portait le keffieh, avec qui Martin vendait *Lutte ouvrière* le matin. Simon l'aimait bien, il ne sait plus pourquoi. Ils voulaient aller camper sur le Larzac, cet été-là, marcher sur le camp militaire – l'accident, le téléphone, la nuit blanche à l'hôpital, les radios – même pas une fracture. La moto n'était pas à lui, ni à elle. Quel âge avaient-ils? L'année du bac, en tout cas, et les histoires ensuite, Millie n'a jamais voulu lui acheter une moto après cet accident. Que c'est loin, tout ça. Fernet s'installe dans la voiture presque neuve, qui sent encore l'usine, une odeur de caoutchouc, de tuyauterie en rodage.

« Elle est neuve! » remarque-t-il poliment.

« On avait besoin d'une deuxième voiture, explique Martin. On est dans un quartier mal desservi. Un autobus toutes les demi-heures. » Il se lance dans une explication technique de parcours concernant la banlieue qu'il habite. Fernet ose enfin regarder le visage du jeune homme maintenant qu'il est occupé à conduire, sa figure bronzée, aux cheveux ras et bouclés, sa mâchoire ombrée de barbe, la bouche ironique, ce front abrupt.

« Tu as bonne mine », dit-il sans écouter l'explication.

« En hiver, dit Martin, on va au ski tous les weekends. On est à deux heures de Grenoble, tu sais. »

« Oh! dit Fernet, alors je vous ai empêchés de partir? Si tu m'avais dit... »

« Mais pas du tout. On commence juste à y aller, et puis Marion est de garde, ce week-end. Tu vois bien. »

Marion est une fille mince et jolie, très jolie, il se souvient d'avoir remarqué cela avec plaisir – « fine mouche », pense-t-il brusquement, quelque chose comme ça, piquante et directe, une sorte d'agressivité, d'audace dans sa manière d'aborder les gens.

Martin conduit vite, il se faufile dans le dédale des rues neuves. Ils longent bientôt des quartiers administratifs, de vastes avenues désertes écrasées de lumière par les rangées de rampes au néon haut perchées en haut des lampadaires jetés sur le ciel nocturne, en alignements géométriques, comme de rigides fleurs métalliques, les trottoirs trop larges bordés de boqueteaux maigrichons, dessinés pour une foule fantôme surgie des rêves futuristes des architectes urbains, de jeunes dessinateurs inspirés, mais il n'y a personne pour les peupler d'un piétinement humain, et le paysage désolé des blocs vides, étincellement minéral de bureaux déserts derrière les vitres noires, défile dans une débauche d'éclairage destiné à personne. Ni habitant, ni promeneur, ni chat errant. Les pelouses rases cernent les immeubles neufs, d'une régularité de caserne, de forteresse triste, rendus au silence dominical.

L'autoroute, ensuite, sur quelques kilomètres, puis un quartier de pavillons cossus, de jardins éclairés par des lampes de fantaisie, une place déserte avec un café fermé, rideau de grillage tiré, une laverie, un petit supermarché toutes lumières éteintes sur les réclames placardées aux vitres en grandes lettres fluorescentes, un caddy abandonné au bord du trottoir contre l'abribus. Ils entrent à vitesse réduite dans le clos d'une résidence de standing dont les immeubles bas alignent à travers les arbres leurs balcons de verre teinté. Fernet tend la main brusquement, la pose sur celle de Martin qui tient le levier des vitesses.

« Oh! dit-il, Martin, je n'ai rien apporté! Pas de fleurs, j'arrive comme ça, les mains vides, je suis désolé. »

Le contact, inhabituel, se prolonge un peu trop, une chaleur bienfaisante, et la main de Martin se retourne, saisit les doigts de Fernet, une brève pression, malhabile, rude.

« C'est vraiment pas un problème. Ne sois pas vieux jeu. De toute façon, à cette heure-ci, tout est fermé! »

Ils se sourient, et soudain Fernet éprouve le besoin de parler, submergé par une gratitude qui lui serre la gorge, le porte avec un courage inédit vers le jeune homme amical. Il s'enhardit à demander :

« Qu'est-ce qu'elle fait déjà, Marion? »

Martin est de l'autre côté de la voiture, il vérifie la fermeture des portières.

« Toujours pareil! »

Il rit, moqueur. Fernet fait une grimace d'excuse.

« Anesthésiste, dans un C.H.U., pas trop loin d'ici. »

« Ah oui! se rattrape Fernet, un peu penaud. Je confonds toujours avec orthopédiste. A cause d'une amie de Clémence qu'on voit de temps en temps. Elle aussi, je me trompe, je confonds, je ne sais pas pourquoi. »

L'excuse est lamentable. Qu'est-ce qui lui prend de raconter ces histoires? Il aurait mieux fait de se taire, l'explication ne fait qu'aggraver son cas. Cet aveu d'étourderie foncière, en réalité d'indifférence pour les autres, pour tout ce qui concerne Martin et les circonstances de sa vie. De même qu'il n'ose pas chaque fois lui redemander des nouvelles de son travail, par peur de se tromper, ou de reposer les mêmes questions élémentaires qui trahissent son ignorance. Comment, au bout du compte, Martin n'y verrait-il pas la preuve de son désintérêt, voire de son mépris?

Là-dessus, Martin tapote l'épaule de Fernet, pour ainsi dire avec indulgence, et se dirige vers l'entrée de l'immeuble. Sans doute il n'a pas fait exprès, c'était sans intention désagréable, car il enchaîne en présentant les lieux, une propriété du siècle dernier, dont le parc a été racheté par une société immobilière, il y a des tennis, une piscine... Mais Fernet, à ce tapotement, s'est raidi, dans un haut-le-corps d'humiliation – de honte secrète, d'impuissance –, ce geste condescendant, presque *naturel*, anodin... que Martin se soit cru autorisé, aussi simplement – c'est donc là l'évidence, ce degré de sénilité. Au point que son fils puisse considérer comme broutilles, anecdotiques, ses trous de mémoire, ou bien défaillance chronique l'inattention paternelle à son sujet!

Dans l'ascenseur Fernet s'excuse encore de venir « les mains vides », de n'avoir pas pensé seulement à une boîte de chocolats, avant de prendre le train à Genève. Il bredouille, répète les mêmes mots d'un air stupidement affligé, et sa voix a quelque chose de faux, de sournois. D'ailleurs Martin ne répond pas, il considère d'un air hostile le tableau d'affichage des étages où défilent les numéros lumineux. Fernet se sent un masque mou, tout pétri de désolation, une figure qui ne peut qu'inspirer la répulsion, qu'il lui faudrait rectifier, sur laquelle il faudrait accrocher un air d'allant, de gaieté bonhomme, mais il se recroqueville, et plus lourdement qu'hier encore, le fardeau de sa vie lui pèse à présent. Il lui faudrait choisir entre deux âges, tenir haut et ferme le flambeau de son énergie virile, de sa jeunesse encore vivace, ou bien s'abandonner à la décomposition qui guette, à la défaite qui menace ses traits, affaisse déjà sa bouche aux commissures, creuse son front. Il ferme les yeux, s'effondre doucement dans une région profonde, carrière désaffectée.

Dans l'entrée de l'appartement flotte une odeur presque amère de caramel, d'échalotes blondies, sucre et sel. Il y a de la lumière partout, en excès. Marion surgit de la cuisine, pointe le doigt vers Fernet d'un air rieur, faussement grondeur. Elle fonce vers les deux hommes.

« Toi! s'exclame-t-elle, que je suis contente de te voir! Tu ne viens jamais! »

C'est vrai, le tutoiement, il avait oublié. Oublié ça aussi. Bref éboulis, glissement de terrain, un de plus. Le bas-côté instable, la vibration minuscule, ajoutée aux autres. Ces jeunes gens savent tant de choses, qu'ils gardent pour eux-mêmes. Elle a jeté ses bras autour du cou de Fernet, elle l'embrasse. Il retient la jeune femme un peu serrée, pour le plaisir du contact tiède, odorant, il pose un baiser au hasard, où tombent ses lèvres, près de son oreille, secoué de brève émotion tendre. Elle s'écarte, défait le pardessus. Il a un peu honte de cette comédie des retrouvailles, se frotte les mains vigoureusement pour dissiper sa gêne.

« Je t'ai préparé la chambre d'amis. En réalité, la chambre du bébé, qu'on n'a pas, mais ça ne saurait tarder. »

Elle a pris son ventre à deux mains et le considère, son ventre plat, ses hanches étroites moulées par la jupe. Les deux hommes regardent ce geste, ce ventre. Petit silence, qui flanche.

« Qu'ils sont bêtes! s'écrie-t-elle. Est-ce qu'on fait des bébés par hasard, aujourd'hui? Si j'étais enceinte, ça se saurait! »

Sans un mot Martin emporte le sac dans la chambre, au fond du couloir. Il crie :

« Tu veux un apéritif? »

Par la porte on entrevoit le séjour, blanc, une pièce spacieuse, la cheminée où brûle un feu de bois, un canapé de cuir noir, des fleurs, la table mise, le couvert de fête étincelant dans la lumière douce des lampes allumées ci et là, un décor accueillant et paisible.

« C'est bien, dit Fernet, admiratif, vous êtes bien, ici. »

La chambre de Fourvière, avec ses tapisseries boursouflées et les hautes fenêtres sans rideaux, lui semble refluer dans un lointain passé d'enfance, quand Martin, livré à lui-même après le divorce de ses parents, mangeait n'importe comment, à même le plancher où s'entassaient vêtements, livres, disques, matelas et réchaud de camping, comme s'il refusait de quitter cette zone basse des après-midi de télévision. Leur appartement est peu meublé, mais cette rareté d'un goût sûr qui s'affiche, cette installation nouvelle intimide Fernet parce que après s'être inquiété, vaguement culpabilisé, de l'infantilisme, de l'irresponsabilité de Martin, il se sent cette fois distancé, exclu, radicalement, de son devenir d'homme. Marion l'entraîne avec elle dans la cuisine et, tant qu'ils sont encore seuls, elle l'empoigne aux épaules, plante ses yeux dans les siens avec aplomb :

« Tu n'as pas l'air d'aller bien, toi! »

Il l'a remarqué récemment, les gens de plus en plus se mettent à vous aborder librement, ils s'affranchissent sans vergogne de tout protocole, ils vous sautent à la figure pour vous dire ce qui leur passe par la tête, comme s'ils avaient le droit pour eux, ma parole. Tu as mauvaise mine, toi, tu broies du noir ou quoi? Vous avez mal boutonné votre chemise, ou bien est-ce que tu baises souvent? Il faut qu'ils vous mettent sur les bras la moindre de leur petite idée sur vous, le plus insipide de leurs états d'âme – en réalité ils se fichent bien de la réponse. Ils se soulagent, voilà tout, méchamment, on dirait qu'ils ne peuvent plus rien garder pour eux, que ça leur est devenu insupportable d'être avec eux-mêmes, dans leur for intérieur, dans leur petit cachot privé et qu'il faut tout déballer sur-le-champ. Alors ils partent à l'assaut, sous prétexte d'altruisme. Une manière de vous soumettre, car en fait, ils se fichent du quart comme du tiers de votre personne, ils ont l'impression de communiquer parce qu'ils vous ont débusqué dans vos retranchements, ils savourent votre air décontenancé avec l'idée que ça y est, touché – ébranlé, vous allez faire allégeance. Marion fait du rentre-dedans une règle de conduite, crûment, comme on parle de viande devant la jambe du malade à amputer. Elle ne *mâche* pas ses mots, c'est sa jubilation, son triomphe personnel, peut-être pour avoir l'air de faire fi de tout sentimentalisme, ces jeunes générations libérées, ou pour se défendre – ils croient que se mettre tout nu, c'est une manière d'être mieux ensemble! Mais sitôt qu'ils vous ont harponné, ils filent comme des rats, dans la précipitation et le tourbillon enragé de la rue, des bureaux. C'est devenu du savon, les gens glissent les uns contre les autres, sans aspérité, sans prise, il n'y a qu'à voir ces entassements dans les rues, le soir, la coulée fluide, huileuse, alors il leur faut tout d'un coup lancer le grappin, comme l'autre, collé contre moi, dans le métro à sept heures du soir : « Vous me rappelez quelqu'un, un présentateur de la télé, non ? Machin... » Incompréhensible corps d'avorton présomptueux. Il lui aurait vomi à la figure.

Là-dessus, Martin surgit. Il n'a pas entendu la question. Il entre dans la cuisine avec deux bouteilles de médoc qu'il pose sur la table. Il veut absolument les faire goûter à son père, lui faire comparer les deux crus. Il débouchonne religieusement, dégage avec soin la capsule de plomb autour du goulot. Il entreprend de décanter à la bougie, sur le coin de la table de la cuisine. Toute son attention est requise pour surveiller l'écoulement du vin mordoré par la flamme, qui glisse dans la carafe sans plus de bruit qu'un filet de miel. Marion trie une salade dans l'évier. Fernet se met à raconter sa journée à Genève pour Martin occupé à décanter et pour Marion qui lui tourne le dos. Et tandis qu'il parle de n'importe quoi, il les observe tous les deux, se sent progressivement devenir brillant, et libre. Il parle de lui-même avec légèreté, de son travail, et voilà que la journée de Genève devient un échantillon comique, représentatif de sa vie d'intellectuel, il s'émancipe du fatras de soucis pesants, de la tristesse et du malaise de sa solitude en les évoquant avec humour, comme la contrepartie inévitable de ces déplacements professionnels dont on revient blasé de tout, des villes, des hôtels, de la gastronomie, sinon des gens. Je suis une sorte de voyageur de commerce, plaisante-t-il, et il se confie de plus en plus librement à ces jeunes gens inoffensifs qui s'affairent pour le recevoir sous la lampe de la cuisine. Les mots viennent vite maintenant, percutants et drôles, ce qui est une manière détournée de répondre à la question de Marion, de prendre sa revanche : ah ! tu voulais des détails, ma belle, en voilà, et de désopilants, non ?

Quelquefois la bouteille s'engorge, produit des hoquets ronds, alors Martin corrige l'inclinaison, retient le vin d'un tour de poignet en souplesse, redresse doucement à la fin, pour garder le tanin au fond de la bouteille. Il soupire. Fernet observe ce rituel, surpris de l'avoir suivi tout en parlant avec tant de curiosité, comme s'il y assistait pour la première fois. Pourtant ce sont ses propres gestes que Martin reproduit, ceux d'une scène familiale archaïque. Combien de bouteilles a-t-il lui-même ainsi débouchées, décantées sur une table de cuisine, combien de fois a-t-il servi de modèle à l'enfant, alors pas plus haut que cette table, à laquelle il s'agrippait, assistant au spectacle avec des yeux ronds ? Comme lui, maintenant, adossé au chambranle de la porte, témoin de l'opération, servant du rituel.

L'imitation est si parfaite ce soir qu'il lui semble se voir lui-même, en jeune homme, il y a vingt ans, trente ans, ou bien être ce plus ancien enfant dans le chai du grand-père. Voilà, il a vingt ans, il décante déjà une bouteille de médoc sur le coin de la table. Millie tourne une sauce sur la cuisinière à gaz. La bougie est la même. Elle a coulé d'autrefois, elle a bavé du passé, des morves perlées toutes tremblantes de patience, dans le silence méticuleux – bruit de salive reprise sur la lèvre, chute soyeuse du vin, soupir. Il lui semble habiter ce grand corps du fils, tellement étranger jusque-là, inaccompli, cette ébauche d'homme qui est son fils, celui qui refait les gestes du grand-père. Et l'exactitude de la posture, des mouvements, du dispositif est si grande, la précision de la mise en scène si vive, si parfaite, qu'une soudaine frayeur s'empare de Fernet, dessèche sa bouche. C'est la même scène, vraiment, la réplique juste, comme ce corps est la réplique du sien, jusqu'à la façon de parler, la brusquerie du ton, la manière dont il se tient, jusqu'à la démarche qui fait dire aux gens quelquefois : « Qu'est-ce qu'il te ressemble, c'est frappant ! Tel père, tel fils. »

D'où vient qu'il soit soudain irrité et malheureux d'en éprouver ce soir l'évidence, d'avoir engendré cette image trop conforme ? En d'autres temps, il s'amusait, sur un quai de gare, dans la rue, dans les réunions de parents d'élèves, de rencontrer des familles, identifiables à l'œil nu, de ces portraits *crachés* qui font aller par paires les géniteurs et leurs rejetons, de voir se promener sur la place publique les lois intimes de la nature, exécutées dans les alcôves, la démonstration vivante, par échantillons exemplaires du travail des chromosomes. Il s'en amusait, il trouvait ça un peu dégoûtant, un peu comique. Comment s'attendrir devant les masques trimbalés du programme génétique ? Quel manque de fantaisie, quelle pauvreté d'invention ! Si peu de combinaisons possibles, à la suite d'une sélection tellement draconienne des milliards de données, pour une seule formule, cette machine à dupliquer l'original ! Les nez, les bouches, les oreilles, même l'épi en haut du crâne, et la mimique, le port de tête, ce coup de menton. Quelle lassitude ! Certes il y est pour si peu de chose ! En quelle occasion, de quelle érection mécanique a pu jaillir le microscopique schéma initial ? Ce soir, c'est devenu obscène, effrayant.

Fernet regarde son fils, fraternelle survivance de lui-même, ce double affublé de jeunesse qui lui inflige le cadeau de son effarante ressemblance. Hommage dérisoire, injuste. Injurieux, et terrible triomphe filial. Jusque dans son application à offrir, en guise d'accueil, la cérémonie des bouteilles sur le coin de la table ! C'est bien fait. Il te rend la pareille, la monnaie de ta pièce. Il répète, il sait tout par cœur, ce qu'ils ont en partage, le texte commun et sa mise en scène. Seulement l'échange s'invertit désormais, ironique retour du même. L'éducation du palais, de la langue, tradition familiale, les petits propriétaires dégotés sur les routes du vin, le sens du temps, de la conservation. Je suis sûr qu'il range ses bouteilles comme je les rangeais à la maison. Dire qu'il a fait les manifs et la retape militante sur les trottoirs, et que maintenant il garde du vin dans la cave de son immeuble de standing! La force des choses. Jusqu'à l'écœurement, il connaît les gestes de son fils, pas besoin d'être là tous les jours, il le voit vivre, respirer, comme son double, même pas mutant. Il devrait se réjouir, s'il s'aimait assez, s'il avait assez d'orgueil de lui-même. Mais il a honte d'être là, sous les yeux de Marion, d'être si pitoyablement le père de son fils.

Martin fait rouler le vin dans son verre, le porte sous la lampe, en examine la robe. Il l'approche de son nez, hume.

« Qu'est-ce que tu en penses ? »

Il dit : qu'est-ce que tu en penses ? Hein ? Maintenant ils sont égaux, coude à coude, ils sont parleurs de vin, entre hommes, des pairs. L'enfant invite à goûter, à discuter, il règle l'épreuve dans la connivence, ordonne la fête, le jeu. Fernet bascule dans la vieillesse, invalide, face à son enfant.

« Je crois que celui-là promet bien. On va l'oublier deux ans de plus. »

Il cligne de l'œil par-dessus son verre, regard perdu, tout à l'écoute de son palais, de ses joues. Il mâche, clapote de la langue. C'est comme ça qu'on dit, qu'on fait. C'est comme ça que j'ai fait. Même pas de recul, d'un peu d'humour pour sauver la farce.

« Marion, goûte-moi ça! »

Fernet disait : Millie, goûte-moi ça. Marion s'exécute, elle essuie ses mains au tablier, prend le verre, fait une mimique d'ignorance à l'adresse de Fernet. Elle retourne à sa préparation. Il y a le bruit d'un robot, un ronflement emballé de petit moteur.

Fernet se soumet. Il porte le vin à ses lèvres, emplit sa bouche d'une gorgée lente. En expiation, il s'applique à être ce père qu'on invite et qui goûte du vin dans la cuisine avant de passer à table. Mais le vin, c'est soudain la noce des cuivres, astringents sous le rutilement des bois noirs, pailletés de terre, déjà la bouche habillée d'éloquence barbare, instruite du corps volatil, encore voisin des souterrains, dont la fierté future fuse sous la langue.

« Il est bon, il est bon », dit Fernet.

« Et celui-là ? Du 75, hein ? »

Fernet s'incline, vaincu, étreint de gratitude et de remords. Il se sent las. Il voudrait s'asseoir, ne plus rien dire, gardien d'une langue natale qui n'a plus besoin d'être parlée.

Durant le repas, il s'efforce de paraître enjoué. Marion a préparé trop de plats. Elle court de la cuisine à la table, Martin la relaie. Ils se lèvent sans cesse, dans un excès de zèle dont ils n'ont pas l'habitude, c'est visible. C'est l'idée qu'ils se font de la manière de bien le recevoir, de bien le servir. C'est incroyable qu'un repas de trois personnes puisse susciter tant de gestes, d'opérations diverses. Ils dressent autour de Fernet une sorte de forteresse de chaude affection familiale qui s'exprime par l'abondance et le raffinement des mets – tous ces ingrédients combinés, la crème fraîche, les épices, les cuissons subtiles, en fin de compte une telle débauche de gentillesses, et leurs yeux, extraordinairement mobiles, à l'affût. Fernet n'a pas faim. Il fait attention à limiter les parts dans son assiette. Ils le grondent, insistent. Il prétexte la fatigue, ses allées et venues, et le copieux déjeuner de midi, la corvée des déjeuners.

« Mais c'est loin, midi! » proteste Marion. Et Martin verse le vin, implacable. Sa volonté reste souveraine, menaçante. Fernet boit doucement, s'efforce de retrouver le choc sensuel de la première gorgée qui lui a restitué d'un coup joie ancienne et certitude des vraies valeurs, qui l'a réconcilié un instant avec lui-même, avec ce jeune couple étranger. Mais il est devenu inattentif. Dans l'alcool il puise seulement du secours, de l'audace, il quitte peu à peu l'air dissimulé et circonspect qui glaçait Martin, tout à l'heure. Il a suffisamment bu pour se sentir plus en forme qu'à l'arrivée et presque à l'aise maintenant. On dirait que l'intensité des lampes a changé. De pâle, faible, embrumée, l'atmosphère est devenue énergique et brillante, les voix portent plus haut, le feu pétille dans la cheminée, miroite dans les briques réfractaires laquées en blanc que les fumées n'ont pas encore ternies, et sur les murs blancs, de rares objets, très beaux, coûteux, s'exhibent, mis en valeur par le luxe des espaces nus. Fernet tente un compliment, s'enquiert de l'approvisionnement en bûches, de l'endroit où ils les rangent. Il poserait n'importe quelle question joyeusement. Et tout d'un coup, il a perdu le fil en cours de route, ils se retrouvent en pleine conversation belliqueuse au sujet de l'appartement. Marion décrit, comme une aventure exceptionnelle, les péripéties de leurs recherches et comment ils ont trouvé à se loger ici. Elle veut absolument faire durer le récit, et justifier le choix final qui a triomphé des revers – qui n'a pas que des avantages, puisqu'ils sont loin du centre de la ville, des magasins et des cinémas, et surtout du quartier industriel où travaille Martin, mais par contre, l'hôpital est à côté et l'endroit offre toutes les possibilités d'une vie semi-campagnarde, avec la proximité de quelques magasins de première nécessité, et des centres de loisirs. Elle énumère les équipements de la résidence. On dirait qu'elle défend une fois de plus sa cause, rappelant un débat récent, où il lui a fallu lutter, sans doute, et dont elle n'est pas sortie vraiment victorieuse, bien que les faits semblent lui avoir donné raison. Elle porte une petite chaîne d'or qu'elle triture du bout des doigts tout en parlant, et l'air contrarié de Martin, presque réprobateur, semble exciter l'ardeur vengeresse de sa main. Il proteste un peu, comme à contrecœur, s'accrochant mollement à la seule objection qui mette en échec les commentaires de Marion :

« Oui, concède-t-il, on est très bien ici. Mais le loyer n'est pas donné, tu le sais bien. »

Alors elle repart de plus belle, rappelle toute une série d'arguments dont l'addition est à son crédit, elle les développe patiemment, comme si elle s'adressait à des enfants qu'il faut raisonner. Fernet voit soudain se dresser en elle la femme de décision, elle appartient bien à cette génération d'individus femelles, libérées et entreprenantes, qui manifestent à tort et à travers leur pouvoir d'émancipation – pour qui n'importe quelle question à l'ordre du jour, jusqu'aux broutilles d'aménagement domestique, devient un enjeu dans la lutte des sexes. Ce que leurs mères ont conquis de haute lutte, en payant durement de leur personne, elles se l'approprient, les voilà en train de brandir les slogans en toute occasion comme une revanche de réservistes planqués, débarqués après la bataille pour récolter lès tributs de guerre, d'autant plus combatives qu'elles n'ont pas essuyé le feu, qu'elles ont gardé intacte leur énergie.

Brusquement, alors que l'instant d'avant il se sentait irréconciliable, refoulé dans son camp de vieillesse, il devient solidaire de Martin devant la sédition féminine. Le bel appartement spacieux, au séduisant décorum, qui lui était d'abord apparu comme la marque rassurante de l'engagement adulte de son fils dans la vie – métamorphose remarquable! – révèle sa sotte prétention. Si jeunes, et déjà installés, parce qu'ils commencent à gagner trois sous. C'est elle. La cheminée faussement rustique, la cuisine aménagée, superfonctionnelle, robots intégrés, et l'éclairage indirect. Elle a dû y faire de toutes ses dents, la petite femelle carnassière, pour arracher Martin à sa bohème, pour l'amener avec armes et bagages à s'installer ici. Du coup Fernet se met à regretter, avec des trémolos de nostalgie, la chambre sans confort de Fourvière. Il en vante le charme désuet, les avantages dérisoires avec d'autant plus d'enthousiasme qu'il n'y est venu qu'une ou deux fois. Son intervention révolte Marion, éveille dans l'œil de Martin comme un étonnement. Fernet vide son verre avec entrain. D'ailleurs Marion perd pied tout de suite, en dépit de sa panoplie de bonnes raisons, déroutée par la tournure de la conversation.

« Mais, finit-elle par s'écrier, je croyais qu'on était d'accord! »

C'est trop compliqué, il y a là derrière un autre débat qui tient à leur couple. Elle ne sait plus que faire de sa petite victoire, dont il lui faut maintenant rendre compte toute seule, qui ne paraît plus convaincante à l'usage du quotidien.

« Pour moi, dit-elle au bout d'un silence, c'est simple (sa voix s'étrangle, siffle), je m'en fiche. Je ne m'attache pas aux maisons. Si on doit partir demain, je rendosse ma coquille, et en route! Il n'y a que les hommes pour s'enraciner, s'inventer des fondations et faire toute une histoire des maisons, comme du ventre de leur mère! »

Elle a assené cette vérité générale d'un air définitif et campe maintenant sur des positions imprenables.

« Si tu n'es pas bien ici, Martin, on s'en va, tu sais », achève-t-elle gentiment. Allez donc disputer sur ce terrain miné des prérogatives masculines ou féminines : les hommes s'attachent aux pierres, les hommes ne font pas les enfants, leur ventre vide est pire manque que la perte du pénis, alors dans leurs déserts ils bricolent des forteresses, érigent vers les profondeurs et vers le ciel leurs constructions de guerre, ils pointent leurs canons et plantent leurs piliers, qui les conduisent au crime, à la destruction planétaire, toutes entreprises de stérilité et de mort! Parce qu'ils n'ont ni utérus ni placenta! Mais quel baragouin insane! Quel bégaiement absurde que l'aventure des sexes livrée à l'improvisation permanente, au rabâchage des sentences!

Une lourde ivresse embrume son cerveau. Il faudrait se précipiter sur le devant de la scène, agiter les bras pour arrêter la représentation, faire signe aux machinistes que tout est à reprendre, depuis le début, mais d'innombrables spectres, des ombres se lèvent et protestent, et récusent l'empêcheur de tourner en rond – sortez-le d'ici, jetez-le dehors! – sur le trottoir mouillé, en pleine nuit, la porte claque violemment. Fernet vide son verre, goulûment.

« Et Bibi ? » demande Martin, dans le tonnerre des applaudissements lointains.

« Il y a plus d'un an qu'on ne l'a pas vue, dit Marion.

La dernière fois, elle était en Corse. Elle nous téléphone de tas d'endroits impossibles. Elle nous demande de tes nouvelles, et elle râle, parce qu'on lui dit toujours la même chose. »

« Vous dites quoi ? »

« Que tu vas, sans qu'on sache où ni comment. »

Elle sourit, rassérénée par la diversion qui lui permet de reprendre l'avantage.

« Ce n'est pas un reproche, corrige Martin. On n'a jamais bien su où ni comment tu vas. C'est pas nouveau, quand même. »

« C'est vrai, concède Fernet. Mais c'est pas plus mal. Les parents sont très encombrants la plupart du temps, non ? »

Il dit rapidement ce qu'il sait des déplacements récents de Béatrice, de son passage à Paris, ce week-end.

« Comme par hasard, elle arrive quand je suis parti. Elle repart avant que je revienne. Vous voyez bien. Et quand elle va rentrer dans huit jours, nous serons à Rimini, Clémence et moi. Si on se retrouvait tous à Landareyre, pour Noël ? Qu'est-ce que vous en dites ? »

La proposition est venue à ses lèvres brusquement. Il s'est souvenu de la question de Clémence au téléphone. C'est une idée de Béatrice. Et ce qui lui avait semblé un projet complètement farfelu prend tout d'un coup l'aspect d'une vraie perspective : dans deux semaines, la maison dans les pins, le tilleul, les chambres repeuplées, réchauffées en quelques heures, il suffirait de téléphoner au village pour faire livrer du fuel, et les feux de bois, le soir, et même sous la pluie les promenades, le paysage de la forêt, les grosses couettes de duvet, la famille réunie pour le petit déjeuner. Il y a si longtemps qu'ils n'ont pas été ensemble, là-bas.

« Pour Noël, dit Marion, on a loué un chalet à Morzine, avec des copains. »

« Et puis, dit Martin, c'est pas très facile, en hiver. Il y a le Massif central à traverser. »

« Vous voyez bien, dit Fernet. On finit très bien par vivre les uns sans les autres. »

Dans le parloir de la maison de retraite, Mme Fernet achève sa vie. Elle se tient assise, bien droite, impavide. Elle met un point d'honneur, semble-t-il, à maintenir dressée sa colonne vertébrale très usée, comme dans une dernière résistance, après les renoncements successifs, l'extinction des derniers brûlots, la perte de toutes les nostalgies, elle tient bon. Elle y consacre une grande partie de son énergie, le reste valant pour la mastication biquotidienne de ses repas. Seule la tête a échappé depuis longtemps à son contrôle, elle tombe en avant sur sa poitrine creuse, les muscles ont lâché, distendus, abandonnant à son poids le crâne trop lourd qu'ils ont toute sa vie maintenu dressé, menton levé – l'extraordinaire tension de ces muscles si fins qui par le seul maintien de leur gaine assure le *port de tête*. Ils ont lâché comme de vieux élastiques et la tête a roulé en avant. Le menton plonge, creuse sa place, se cale dans les replis fanés de la peau, ce qui l'empêche de dodeliner de tous côtés. On craignait pour son cou, pour l'inquiétante distorsion des vertèbres cervicales, un temps les médecins avaient indiqué une minerve, mais elle ne supportait pas l'irritation, souffrait de terribles migraines. Alors elle a gardé sa tête cassée au bout de sa colonne bien droite. Aux visites, elle installe son menton sur son poing, s'accoude au bras du fauteuil, pour tenir la conversation. A travers les cheveux clairsemés, l'os de son crâne transparaît, luisant, tacheté de brun par plaques. D'ailleurs on dirait que ce qui lui reste à contempler de la vie, le plancher, ses genoux et ses pieds, l'a rendue beaucoup plus attentive à ce qui se passe autour d'elle. Elle a une ouïe parfaite, et beaucoup plus de gaieté qu'autrefois. Quand Fernet vient la voir, une fois par quinzaine, elle lui raconte avec vivacité et humour les péripéties de la vie de la maison de retraite, les histoires extrêmement compliquées et anodines, souvent très drôles, de la compagnie des vieillards qui l'entourent. Mais elle se lasse vite de sa présence. Quand elle n'a plus rien à raconter, elle ne saurait s'intéresser durablement aux événements du dehors qui ne la concernent plus. On a l'impression de lui donner des nouvelles de Saturne, tout à fait insipides. Elle ne souffre pas, elle est en bonne santé, dit le médecin. Après tant de solitude, sa vie de veuvage, de célibat donnée aux enfants des autres – être institutrice a dû l'aider à s'adapter à cette communauté de vieillards. La visite de son fils ne vaut que comme occasion d'en tenir la chronique, de distribuer les bons points et les blâmes. Au bout d'un moment, elle tapote le bras du fauteuil, renonce à soutenir sa tête qui retombe, c'est sa manière de congédier les gens. Eh bien, tu vas te mettre en retard. Va, va donc! De la main elle fait un petit geste pour vous évacuer.

Peut-être n'a-t-elle pas besoin autrement de son fils, maintenant.

Fernet se sent de plus en plus fatigué par le tableau des jeunes gens en face de lui dont l'agitation autour des plats lui donne le tournis.

« Mes enfants, dit-il (mes enfants!), je crois que je vais aller me coucher tôt. Je ne suis pas un joyeux drille, ce soir! »

Le « joyeux drille » est tombé comme « boustifaille » ou « merde », « pisse ». Il est tombé de sa bouche sur la table comme un renvoi, un sale boyau cru, il se tortille encore, on dirait un gros ver violacé. Il est monté tout seul à sa bouche, il l'a craché, et cela a fait du silence, un court instant, et le téléphone a sonné, au fond de la pièce, qui est redevenue sombre tout d'un coup. C'est un appel de l'hôpital, une urgence.

« Ça arrive chaque fois, proteste Martin. Les accidents du samedi soir. »

Suit une vague dispute au sujet d'un collègue qui se défile pour les tours de garde.

« J'y vais, dit Marion. J'en ai pour deux ou trois heures. Martin, le café est prêt. Tu n'oublies pas d'éteindre la cafetière? A demain matin, Simon, on ira faire un tour de jogging dans le parc, d'accord? »

Quand elle est partie, Martin s'occupe de desservir. Son va-et-vient entre séjour et cuisine leur épargne un instant de reprendre la conversation. Entre-temps Fernet a avalé plusieurs verres de vin. Il a fini de vider la bouteille et penche pour une séance de mise au point, sans nervosité, sans suspicion réciproque, car il faudrait lever, maintenant que Marion a disparu, les malentendus et les voiles de la mésentente cordiale qui sont le fond de ses rapports avec Martin. Il se sent plein de bons sentiments à son égard et prêt à confesser les tourments de culpabilité qui l'assaillent.

« J'ai horreur du jogging », professe-t-il sombrement, persuadé que cet aveu est une façon claire, quoique détournée, de signifier dans quel camp il se place. Mais visiblement pris d'impatience, Martin a disparu à nouveau, réservant une réponse improbable à cette prise de position catégorique.

Quand il réapparaît, il est chargé d'un plateau , de tasses à café, cafetière, sucrier et petites cuillères, dont Fernet renonce à se servir, tellement les objets lui semblent hostiles et outrageusement tarabiscotés.

Ils sont à présent installés dans le canapé, le père et le fils, face à la cheminée, très bas près du sol. Il semble à Fernet qu'ainsi ils se situent à un niveau d'échange favorable, cher à Martin en des temps anciens quand il ne vivait que vautré sur un matelas ou le nez collé à l'écran de télévision. Il a envie de solliciter sa confiance, d'obtenir son adhésion sur il ne sait quelle question d'importance, et, tandis que son ivresse augmente, atteint cet état d'inquiétude et d'affliction proche de la mélancolie, Martin se met à parler d'abondance de son travail, de ses trajets en voiture, des embouteillages qu'il évite grâce aux horaires souples de son entreprise et au système de bretelles d'autoroute très savant qui canalise le flot est-ouest et nord-sud de la circulation, une distribution extrêmement intelligente des flux suivant les heures du jour, drainés par la rive gauche vers les Alpes et vers le sud. Fernet écoute d'abord avec beaucoup de bonne volonté, non pas résigné, lui qui se tenait prêt à la confidence, mais apaisé, il écoute. Il écoute sans prêter attention aux paroles, il regarde ce garçon posé, étonnamment sérieux, lui exposer toutes ces convictions merveilleusement absurdes. Ils se rencontrent trois fois par an, et tout ce qu'ils trouvent à se dire concerne la circulation automobile. Merveilleux, opine Fernet avec dévotion. Il écoute si intensément que Martin peut prendre pour de l'intérêt sincère la fixité du regard posé sur lui.

Oh! songe Fernet, c'est comme ça le souvenir qu'on a des gens! Tant qu'on les tient devant soi, on les regarde avidement au visage, on en a plein les yeux, on s'en repaît – c'est terrible, on ne sait d'où ça vient, l'avidité pour s'emparer de leur figure, on les regarde en plein visage, aux yeux surtout. Et on parle, on parle, yeux à yeux. Il paraît que non, dans un œil, puis dans l'autre, alternativement, et surtout entre les deux, au creux du nez, on balaie de gauche à droite, et le reste du visage plus bas demeure vague, il flotte. Quel effort pour maintenir la figure de l'autre en place, stabiliser l'axe, et comme on reste inattentif, en même temps! A peine les gens sont-ils soustraits à notre vue – on se sépare –, ils sont comme les morts, l'instant suivant leur figure s'efface dans du flou, des ballons d'eau molle, tout écrasés, de petits nuages ballottés, inconsistants, en train de se dégonfler, de s'avachir dans une bouillie rosâtre. Et on n'apprend rien. La fois suivante, ça recommence. Malgré l'effort, la crispation pour atteindre plus de précision, d'acuité, fixer quelque chose qui demeure, voilà qu'on scrute stupidement dans le vide, rien, tendu de vide, tout emporté par le redoutable tumulte du dévidoir à paroles. Le masque d'autorité, d'intelligence orgueilleuse, et tout ce substrat de petites douleurs privées, l'affaissement pénible du menton, la narine pincée de colère – un pays de haute culture où se localisent nœuds, rivages et sites, plages marbrées de rose, parages sillonnés, ocellés par le devoir, la contrainte, tavelés par les dressages et les soumissions – un visage – tous ces voisinages humbles, ces confluences qui composent un visage! Comment les connaître ensemble, les cimenter, en fixer la mouvante unité dans une seule, véritable synthèse – quand domine le maudit pouvoir des mots? Il se pourrait bien que l'éminent professeur Fernet se transforme sous les yeux de son fils en malade mental, en faible d'esprit à la lippe pendante, tant il met d'application, cou tordu sur le côté, à se concentrer sur l'image mouvante du visage proche, ce masque du fils grimaçant avec effort, d'une volubilité phénoménale, qui combine toutes les convulsions et les tics possibles, tous les muscles de la face requis pour actionner l'articulation proliférante. Fernet serre les dents, les poings. Fini, l'attendrissement, allons, fini le mensonge passager, le rêve d'échange filial. Il écraserait volontiers cet énorme disque lunaire en révolution d'un coup de poing central – ferme ta gueule! Paix, nom de Dieu, paix! Silence! Il vide à longs traits son verre de vin rouge.

Cette pause l'épuise. Regarder quelqu'un sans rien dire. Il faudrait rester bien longtemps sans rien se dire du tout, se laisser longuement regarder l'un l'autre. Accepter l'absence des mots, renoncer à ce prurit de communication. Juste se regarder, humblement, passionnément, tout le temps qu'il faut. Et pas seulement aux yeux. De sorte que toute échappée par les mots soit condamnée – et là, qu'on ait l'infinie patience, la sagesse de ne plus rien dire. Il lui semble qu'il n'a jamais *vu* ses enfants, Millie, entrés et sortis de sa vie, glissés dans les intervalles de bruits et d'agitation permanente, dans les interstices des jours fuyants, des mois, des années. C'est si rare, la nudité des yeux, le territoire de nos visages, de nos corps, livrés à l'exploration muette, à la cartographie du regard. Il faudrait savoir se donner la bonté, la recevoir, ne plus redouter le silence de l'étude. Tout ce parasitage qu'on produit, alentour, la turbulence des mots, des livres, pour rien, pour égarer l'attention, interdire le recueillement.

Les yeux de Clémence me regardaient de cette manière, certains moments, ce pétillement épuisé, l'éclat inquiet du regard, un regard d'amour, étonnant, altéré. Les tressaillements, le soubresaut furieux des sexes soudés, la roue de paon du plaisir déployée, tout ce combat délicieux et lamentable pour permettre le meilleur ensuite, le regard bon, l'iris élargi d'étrange et précise insolence mise à nu dans le cercle étroit – sans savoir le savoir, en deçà, une étincelle de curiosité primitive, d'avant toute histoire, d'avant la domination du sujet et de ses philosophies, des sciences du langage, d'avant la terreur des lois et des codes érigés en systèmes de dictature mentale. Mais comment se regarder les uns les autres, alors ? Il faudrait se précipiter sur les gens avec un tel amour, une telle demande ! comme les fous, les petits enfants, ou les mourants. Ils prendraient peur. Trop presssés d'aller porter ailleurs leur surdité, leur cécité, leur intelligence affairée. Ils prendraient peur d'une telle blessure. Comme je voudrais regarder Clémence, une fois encore, et qu'elle me regarde, une seule fois, que cela me soit donné et il me semble que je me souviendrais d'elle.

Fernet songea qu'il allait faire peur à Martin. Il va croire que je suis ivre. Je le *dévore* du regard. Depuis quelque temps, voilà ce que je fais : je dévore les gens du regard. Ils doivent s'en rendre compte. Ça donne cette figure égarée, stupide, cette arrogance rare de ceux qui n'ont plus peur de la vie, à cause de la mort qu'ils portent en eux. Il ferma les yeux. Au secours, Clémence, gémit-il intérieurement.

A Ravenne, il le sait maintenant, dans le Mausolée de Galla Placidia, c'est un avertissement, une confiscation préalable, de quelques fulgurantes secondes – c'est le prélude, la répétition. Quelque part, un coup d'archet du diable rassemble l'orchestre des ténèbres. Tel le vieux Faust, tu te retrouves au milieu des livres et des mots et tu apprends ta vanité. Tu peux tirer sur ton cigare, annoter quelque considération annexe dans la marge du contrat, d'un geste d'homme libre – rien ne change au total. Épargne tes forces, le beau de l'épreuve est à venir, dans la rouge explosion finale. Exhorte-toi à pousser plus avant, courage! Le vieil homme qui sirote son fond de verre dans le coin du canapé m'a tout l'air au bout du rouleau. Fernet réunit ses forces pour déclarer, au milieu d'un silence :

« Mon garçon, je crois que je vais aller me coucher. »

Dans son sommeil, il n'est pas endormi, il se réveille, épave refoulée que des vagues successives rapportent vers la plage jusqu'à l'échouer faiblement sur un sable glacé. L'inconfort du lit de passage, la présence importune des objets qui l'entourent accueillent son retour de l'ivresse. Il n'y a pas de volets et il a oublié de tirer les rideaux. Une lumière vive nacre les murs et le plafond, venue du parking. Par la fenêtre il voit tomber un crachin métallique, irisé de reflets, contre l'obscurité mate du ciel. Ce qu'il est venu faire ici, dans cette chambre que personne n'habite? A quoi rime ce voyage? Pas la peine d'y songer, questions inutiles, fatigue extrême du retour de manège, de la narquoise ritournelle. Couché sur le lit à même les couvertures, il tangue, son ivresse est mauvaise, mêlée de remords. Il a descendu à la suite les verres de médoc comme un vin rouge de gargote, sans intérêt ni plaisir, ivresse sacrilège – au fond, c'est le même abrutissement que n'importe quel alcool, mais il a accompli un acte de méchanceté à son égard, à l'égard de toute la famille, ce cortège d'ancêtres célébrant l'esprit du vin! Silence cependant, il a beau tendre l'oreille, pas un chuintement, un moteur lointain, pas un frisson d'arbre. Il sait que cela va durer maintenant, le silence, l'insomnie.

Les lieux où il arrive lui restent sourds d'abord, comme s'il gardait aux tympans l'écho des bruits d'ailleurs. Longtemps après ils effarent encore sa mémoire, battent le ressac tenace des clameurs de loin, voix, chuchotis, rumeurs de gares, brouillage urbain. Il faut du temps pour que se taise ce vacarme, que son oreille s'affine, décèle à nouveau la faible articulation des choses vues. Petit à petit les bruits d'ici vont sourdre du silence, neufs, inentendus, signaux sans nom, langue étrangère des lieux inconnus. Le temps de les apprivoiser, de les apprendre, avant que, devenus familiers, ils ne cèdent la place enfin au froissement profond des pas de Clémence, montant du plus loin du silence, submergeant le temps mort de son insomnie.

Il y a quinze jours, il était dans cette chambre d'hôtel, à Londres. Il fait nuit, il essaie de travailler, puisqu'il ne dort pas, en vain. Il rassemble des notes pour un article en chantier. En fait, il recopie, dans l'hébétude, toute une page de calligraphie appliquée, le stylo gratte finement la feuille. Il parvient même à faire crisser plusieurs fois la plume pour combattre le silence, pour ne pas entendre monter sa vaste et solide clameur, cette cataracte qui va l'ensevelir, qui ressemble à ce qu'il a entendu une fois à Grenade, un tremblement de terre, comme un bang de mur du son durable, une explosion à crever les tympans, qui dure tout le temps de la secousse, précédant le vacarme terminal des ébranlements physiques, écroulements, sirènes, cris, presque un soulagement, alors.

A Londres, il l'entend venir. Il feint de travailler dans cette chambre, à Covent Garden. En réalité, il bivouaque en creux de terrain vague, aménagé pour ses besoins, au centre d'une zone pilonnée, entaillée de tranchées noires. Il écrit son article, il tisse des barbelés d'horaires, de rendez-vous et de déplacements qui font de ses demains un ouvrage approximatif. L'écheveau s'embrouille. Son corps est de la boue, pas de corps, de la boue, la marne, la glaise flasque des bords de fleuve, il s'affaisse, se tasse sur la chaise. Sa tête bascule, seule vivante, bruissant de cris si aigus qu'ils sont le fil tranchant du silence, cruelle acuité du silence qu'il entend, celui qui froisse les feuilles de lierre sur le mur de la maison abandonnée au bord du fleuve, brasse le sable des plages solitaires, lieux d'exil, en l'absence de tout exilé. Si tu es morte à moi, Clémence, comment t'entendre? Voilà qu'à l'extinction des feux le champ de guerre repose, pour un répit d'insomnie.

Sans la pluie de Londres, sans son bruit – colmaté de brume, étouffement parfait, le paysage est suspendu à l'asphyxie des formes, aucune promesse, aucun repère. Clémence a produit ce silence d'insomnie à Ravenne, en pleine lumière d'été. Comment ne pas perdre la lucidité dans ce silence qui tarit toutes les ombres, quand a volé en éclats le contour de réalité? La feuille de papier qui tombe de la table dans la chambre de Londres ne fait pas plus de bruit qu'un soupir d'insecte, un frisson de taupe assoupie la nuit au fond de ses galeries, dans le noir de la terre. La lampe veille sur ce silence de feuille qui tombe, comme dans le jardin mouillé d'hiver, à Landareyre tombent des feuilles d'arbres, en l'absence de tout être humain, se détachant soudain dans l'absolue solitude du fond des forêts, en l'absence de tout regard humain, animal, dans la nuit naturelle. Il y a des heures, des siècles, que la feuille de papier a glissé de la table, s'est déposée sur le tapis, elle porte la trace tue des petits grattements d'encre, la tête bascule, s'incline sur la poitrine, cassée comme celle de la mère, torsion profonde de la nuque qui ploie.

Il ne dort ni ne veille, il guette dans un no man's land de mémoire les pas trompeurs du fantôme – inconcevable torture que les pas du fantôme crissant sur le gravier de Ravenne. Cette femme a pourtant marché à ses côtés sur des trottoirs de pluie à Paris, au bord du fleuve dans la boue, sur les chemins de sable de Landareyre, elle a laissé son empreinte sur des prés givrés du petit matin, dans la neige, elle a laissé son sillage de vivante, la marque de ses pieds nus sur le sable de l'océan, et sur le carreau bleu de l'hôtel Transat, à Bou Saada, en bas de la rue centrale. Sortant de la douche, ses pas mouillés dans la chambre, ils s'évaporent. Pas à pas, où s'est gardée intacte la trace inscrite de leur histoire – si elle meurt, où s'arrêtent les traces ? A Ravenne, sur le seuil du Mausolée. Entre ombre et lumière, à cette frontière.

Ensuite, il n'a plus de répit. Il va dans des villes. Quand il s'y attend le moins, il est frappé par un éclair d'intelligence. Le brouhaha des rues se déchire, se tait. A l'Opéra, la cantatrice garde écartelée sa bouche noire sur un chant inaudible. Il entend, au milieu des conversations de café, au centre de l'esplanade de la fac, derrière sa parole qu'amplifient les micros, il entend crisser le gravier, c'est Clémence, affaissement d'écume, écrasement secret de cristaux au sein du glacier, dans un écart de pensée, entre le bruit des mots, son impondérable pas s'avance. Le silence est meuble, à la venue du fantôme il ploie, bat la mesure, tremblement de feuille, tu approches, mon amour viens, attends-moi. Et ce n'est que le bruit de mon cœur, le choc sourd du muscle rouge encerclé, mon sang tapant les tympans sourds, ma vie solitaire, vois la petite veine gonflée, frémissante de vie pressée, qui commet ce bruit de soie frôlée, ce sont ses pas glissants, comme on sent venir le passage d'aile d'un ironique oiseau de nuit, aussi insomniaque que toi.

Mais qu'est-il arrivé ? Du chaos ancien, nulle récapitulation possible. Vingt ans de mariage laissent pourtant des traces, sa vie avec Millie, les enfants. Il a été malade de dégoût, de peur, devant le saccage inéluctable. Le dénouement approchait dans les convulsions du désamour sans noblesse, la séparation nécessaire, évidente, jusqu'à la lie, le massacre. Il n'aime pas faire appel à ces souvenirs; or depuis deux jours ils l'assaillent avec une vigueur inquiétante, surgis intacts, constitués en unités solides, comme les cubes de verre multicolores, la terre cuite, vitreuse, des tesselles d'une mosaïque en chantier. Est-il malade ? Car Clémence n'est pour rien, assurément, dans cet ébranlement soudain des configurations alentour – plus que jamais aimante, de quoi se plaindre ? Multipliant ces marques de l'amour, petits soins, assiduité, complaisance, billets doux, discrétion, villages de l'itinéraire du Tendre. Il est malade, à n'en pas douter. Atteint d'une de ces transformations insidieuses, irrémédiables des cellules nerveuses, qui peu à peu détraquent l'âme, gangrènent l'intelligence et les sentiments.

De la secousse affreuse du divorce avec Millie, il ne tire aucun enseignement, n'apprend rien du danger d'aimer et désaimer, de cette incroyable capacité de douleur et d'autodestruction fondée sur la morale du couple. Et il est parti, dans le ravissement d'un amour neuf, embarqué pour le recommencement, avec l'illusion sincère de réinventer mots et gestes. Profession de foi fervente du néophyte! Folie! Car quoi d'autre que la folie explique l'engagement insensé du pari, tête baissée, qu'il est possible encore de comprendre l'intimité d'un autre être humain, d'y accéder? Vraie maladie, celle-là : la présomption, l'aveugle témérité du couple, inguérissable besoin de bonté, de contact, de communion, ce rêve de malade, cette demande furieuse de tendresse et d'échange, quand il faudrait une force de colosse, pour sauver au jour le jour de l'usure, du délabrement, l'énergie amoureuse. A coup de ruses, de stratégies minuscules, de savants mensonges, le colosse s'épuise. Il était taillé pour d'autres combats, il voulait s'empoigner avec une réalité tangible, résistante, il ne trouve que l'émiettement.

Eux ne s'y trompent pas, qui choisissent l'adultère à répétition, les liaisons éphémères. Tellement plus simple de reconduire le provisoire, et reposant, et raisonnable, en dépit des apparences. La gestion économe du désir, les parenthèses du quart d'heure d'horodateur, délicieux frisson des amants aux abois, liberté sans partage, juste la concession du frottis d'épiderme, la petite queue rouge d'excitation dans les transes d'un lit d'accueil. Évités les sinistres circonstances domestiques, la trivialité du commerce quotidien, et l'embarras du corps ordinaire, ses lacunes, ses détresses, ses petites lâchetés organiques. Au lieu de me contenter d'une saison d'émois, j'ai voulu transformer l'essai, j'ai voulu l'amour à la vie à la mort, ricane-t-il, en croisant théâtralement ses bras. Un défi romantique, ridicule. Démodé. Je suis incurablement conjugal, au fond, un passéiste, et me voilà assis sur mon lit d'insomnie, en proie aux doutes de la cinquantaine, vieillard-enfant, malade de ne rien comprendre à rien.

Cinq ans de sursis, donc. Un courage sans mesure, l'exaltation retrouvée du travail, les projets sur la comète, le bonheur, le bonheur! Ne conjurant aucune menace, cependant, car il y a plusieurs Clémence, non pas une seule, la radieuse jeune femme de Landareyre. Il s'est épris de celle-là et a épousé toutes les autres, qu'il ne connaissait pas. Déjà, là-bas, celle-là complote pour filer à l'anglaise vers ses correspondants de guerre clandestins. Elle a ses habitudes, ses filières, tous ces gens inconnus dont elle transporte et trafique les images. L'année dernière encore, le réfugié roumain qui voulait monter son film en douce, elle court à des rendez-vous douteux, s'entoure de mystère. Mais les autres, toutes celles qui prolifèrent dans la marge d'autonomie sacro-sainte qu'à chacun ils se concèdent, comme garant de viabilité, et qui grandit dangereusement, qu'il a laissée grandir, par peur, pour exorciser la menace – pauvre calcul. Clémence est un être épars, chaque petite parcelle d'elle s'ancre ailleurs, en d'autres êtres, en des régions qu'il ignore, qu'il s'enfièvre à reconstituer, comme autant de pièces d'une mosaïque éclatée, s'épuisant à découvrir ce qu'elle cache en elle. Il rêve la claustration totale, l'enfermement – le départ, très loin – n'ose revendiquer ce rêve honteux – où l'étude assidue finirait bien par lui livrer l'âme du complot – et si la patience fait défaut, la violence, l'acharnement purificateur viendraient à bout de la question de la vérité! Interrogation débile, qui ne peut qu'engendrer la tourmente, pire, car elle cache, enfouie en elle, une Clémence plus redoutable que les autres, elle la porte dans ses flancs. Et quand bien même elle l'ignore, elle ne la porte pas moins, une femme indécise – reliquat vierge de toutes les autres, intouchée, intouchable, volonté neuve de granit, d'acier – ce regard transparent, pour protestation d'innocence. Ma belle, ma chère amoureuse, duplice et menteuse sœur, farouche inconnue qui est ta vérité, celle qui te confisque en plein midi sous mes yeux, à Ravenne, pour t'emporter au-delà de la mort, dans des limbes d'épouvante, celle qui veut ta disparition, ce poison.

L'ivresse s'est dissipée, semble-t-il. Sur l'écran de la vitre, la bruine tombe, convenablement oblique, et les dernières branches dénudées balancent sans force leurs froides extrémités sur le ciel noir. Très loin, Clémence s'est endormie à plat ventre, le nez enfoui dans l'oreiller – comment fait-elle pour ne pas étouffer dans l'amoncellement dont elle entoure son sommeil ? L'idée de son corps tiède alangui de sommeil est une petite douleur passagère, très familière et douce à fréquenter.

Fernet déplie ses membres engourdis avec précaution, il se lève, cherche sa montre. Trois heures. Quelques étages plus bas, sous les néons du parking, les voitures sont rangées sans fantaisie, rutilantes d'éclats mouillés, un parterre d'épaves menaçantes aux mufles mornes.

Il y a un homme debout, en pleine lumière. Son chien, un bâtard bonasse, renifle un peu à gauche, à droite, lève la patte contre un pneu, s'éloigne. Il trottine hardiment sur la pelouse, rebrousse chemin, revient vers l'homme. Il bifurque brusquement, inspecte le pied d'un lampadaire, s'affaire, solitaire.

L'homme porte une veste de laine à grands carreaux noirs et rouges, col relevé. Il est tête nue. Un début de calvatie tonsure son crâne. Il fume une cigarette. Un mince nuage paresseux flotte au-dessus de lui, prend le temps de se dissoudre. Peut-être entre-temps a-t-il allumé une autre cigarette car il est beaucoup plus tard quand il ne bouge plus du tout, les mains dans ses poches. Le dernier mégot a rougeoyé sur le sol quelques secondes, s'est éteint. Le chien est revenu s'asseoir la langue pendante, à côté de son maître. L'homme attend quelque chose. Il n'attend rien. Il oublie peu à peu qu'il est descendu de chez lui pour faire pisser le chien, pour lui faire prendre l'air. Modification mineure du tableau : le chien s'est couché, museau dans les pattes, oreilles rabattues. Une fois il s'est dressé d'un bond, a tendu le cou – qu'entend-il dans ce silence ? Puis il s'est rassis, modestement patient, solidaire de l'immobilité de l'homme.

Fernet l'observe, dans la même immobilité. Cela ne lui coûte aucun effort. Il est dans l'intimité insomniaque de cet étrange veilleur insoucieux de la pluie et du froid, il épouse par des chemins privés sa démarche, son avancée en terre de solitude, l'y rejoint. Qu'importe la nature de sa rêverie. Il hante par cousinage le même oubli – car, dans une cuisine d'autrefois, quelque part, dans un couloir, une femme ivre de fatigue se lamente, frotte sa figure bouffie avec des poings de rage, bégaie des injures, s'acharne à parfaire sa punitive destruction, c'est Millie cette femme qui roule des yeux blancs, bave sur ses cheveux défaits, elle appelle son mari, l'exhorte aux coups comme aux caresses, provocante, mais ne saurait le faire sortir de ses retranchements, de sa terrifiante inertie, de son silence harassé – et quand elle jette vers lui son corps assassin, il fuit, il s'en va dans la nuit de la ville, la porte a claqué fort, bref. Dehors on trouve la nuit, la paix, il le sait, l'engloutissement salutaire. Jusqu'à ce que l'homme du parking bouge – quel heurt au flanc, quel accostage, l'ébranlement de ce corps! Il bouge, pivote, se tourne vers la fenêtre et lève la tête, longuement, vers la fenêtre où se tient Fernet. Il soutient le face à face avec la figure lunaire, naufragée, de cet homme dont le front s'écrase à la vitre. Puis il hoche la tête d'un air bienveillant, un muet assentiment. Mansuétude, infinie bonté de cet instant. Fernet fait un signe : attendez! Je viens!

Il enfile dans la hâte pantalon et chemise, une veste. Se glisse dans le couloir obscur. Il se méfie des objets d'une maison étrangère, progresse à tâtons. Cette porte ne couine-t-elle pas sur ses gonds ? Celle-ci ne libère-t-elle pas le penne d'un coup sec ? Il est sur le palier, tourne doucement la poignée, déclic faible. L'ascenseur le dépose silencieusement dans le vestibule. Dehors, sous le lampadaire, la place est vide. L'homme au chien a disparu.

D'abord Fernet marche autour de l'immeuble. Il examine l'endroit en flâneur noctambule. L'air vif durcit sa face, hérisse ses cheveux d'un frisson, mais il n'a pas froid. Il porte encore sur lui la tiédeur du dedans et goûte sa liberté de mouvement comme un convalescent à qui on autorise son premier tour de jardin. La pluie ne mouille pas vraiment, une bruine inoffensive. Personne pour vous ausculter, vous interroger. Personne pour vous identifier, et commenter votre accoutrement. Il fait plusieurs fois le tour de l'immeuble, peu à peu recroquevillé sur son reste de chaleur, il fait le gros dos, mains enfouies dans les poches de sa veste, surveille d'un regard en biais les façades endormies. Nulle lueur aux fenêtres glauques, nul clignotement d'écran de télévision, les dernières émissions sont finies depuis longtemps. Seules, au-dessus des entrées numérotées, les veilleuses jaunes sous grillage, et l'enfilade de balcons de verre qui recueillent à profusion les lumières du parking. Ordre arrogant, stérile paysage qui épuisent vite le divertissement de la promenade improvisée.

Fernet s'éloigne vers la sortie de la résidence, remonte une ou deux rues mortes, il pourrait se trouver n'importe où, ce serait le même alignement d'architectures conventionnelles derrière des haies et enceintes des propriétés, l'éclairage urbain dispense la clarté uniforme de toutes les villes endormies. Quelle tranquillité que le sommeil des banlieues, en dépit des fantasmes sécuritaires! Il retrouve très vite le rond-point à sens giratoire avec supermarché, café et pressing. Le caddy abandonné est toujours à sa place. Fernet s'installe dans l'abri-bus sur la banquette de plastique, croise confortablement ses jambes et allume une cigarette. De cette place, il jouit d'une vue imprenable sur le monde. Qui viendrait l'en déloger?

Quelle sensation de paix, soudain! Quel anéantissement de paix! C'est dans l'enfermement des chambres que naissent les rêves de désastre. Il fait un soleil vibrant, printanier, je suis assis à mon bureau, tout me semble très lointain, le passage des voitures sur le boulevard, les bruits confus de l'immeuble, la parole des gens, les conversations de téléphone, les soucis, le travail. Même les objets sur la table sont faiblement réels, n'exigent pas d'être pensés. Clémence est assise par terre devant la fenêtre. Elle étend du vernis sur les ongles de ses pieds. Elle ne me regarde pas, tout entière livrée à cette occupation. Son peignoir de bain est ouvert, il découvre ses jambes, une cuisse détendue et souple, couchée sur le tapis. Ses cheveux attachés à la diable sont encore humides, des mèches floches tombent sur son front, sa nuque, en torsades piquetées de soleil. Je ne vois pas son visage, je n'en ai pas besoin. J'aime qu'elle soit venue là, je peux la contempler sans me lasser et pourtant je ne la vois pas vraiment. Elle bouge peu, attentive à l'opération, elle m'offre un spectacle rare. Le reste du temps nos corps s'agitent énormément, accomplissent une foule de mouvements désordonnés qui en effacent et modifient sans cesse l'apparence, de manière décourageante. Là, elle est quasiment immobile, comme dans un instantané photographique, et cependant suffisamment animée pour que la vie émane d'elle, un corps vivant, une plénitude matérielle, elle respire, rayonne paisiblement.

Je ne la vois pas vraiment, c'est-à-dire que je ne songe pas à la regarder. Elle est devant mes yeux, et je suis fasciné par l'indifférence de sa présence à la mienne – vacillant dans un vide plus puissant que la joie. La joie fait mal, c'est encore une émotion physique. Dans le ravissement plutôt, une sorte d'anesthésie, annulant toute sensation singulière qui me rappellerait qui je suis et qui elle est – et je n'ai plus de peur, plus de moi – j'entre dans une réalité simple, sans limite. Elle existe, dans mon espace et mon temps, mais librement. Nul otage, nulle négociation, un être de pure indépendance, unique et imprenable, étranger à ma chair, à mes nerfs, à mes pensées, et cependant uni à ma substance, à mon âme. La mortelle enveloppe de nos vies pèse peu en regard de ce sentiment parfait des fiançailles muettes. Je ne rêve rien, n'aspire à rien de plus, je baigne dans un miel d'inépuisable lumière. Si la mort pouvait ressembler à ça, à cette paix inondée de lumière. Quelles que soient les souffrances et les déchirements qui peuvent en venir, s'il existe au monde un être auquel on soit uni de cette manière, cela suffit.

Peut-être comme dans le diptyque de Memling, à Bruges. La Vierge et l'homme en prière, enfermés par le cloisonnement des volets et des cadres, chacun dans son espace, séparés. Elle, divinement frontale, entre les deux fenêtres, l'une ouverte sur un paysage du monde, l'autre close où s'accroche un miroir. L'homme est oblique contre la fuite d'un mur, semblablement ouvert deux fois, sur le même paysage. Il croit en la rencontre puisque, à genoux, mains jointes, tournant le dos aux prairies et rivières, aux clochers de la ville, il prie, perd son regard vers ailleurs fait d'extase. La ferveur gonfle sa lèvre et sa gorge. Au monde aussi Elle tourne le dos, ses paupières voilent le regard bas d'un songe grave, petite pulpe de la bouche, joues vastes, front haut que ceint un diadème fleuri. Elle rend à l'Enfant la pomme du péché à deux doigts, paume offerte. L'homme en est séparé, bien qu'un même espace les comprenne où convergent les lignes. Ils ne se touchent pas, et pourtant son manteau rouge en plis s'évase jusqu'à lui, et pourtant ils sont ensemble accoudés au même velours. Il prie, Elle siège dans la gloire de son sacrifice. Et pourtant un miroir de pénombre, au fond, les rassemble. L'un avec l'autre, réunis. Chacun y profile sa silhouette nimbée de ciel bleu. Peut-être sommes-nous séparés et ensemble, de la même manière, proches et isolés dans la clôture de notre amour. Clémence, je veux croire encore qu'un miroir arrière quelque part nous rassemble et fasse communier nos âmes esseulées.

Une Austin débouche sur la place, ses phares balaient les trottoirs, aveuglent Fernet. Elle fait le tour de l'îlot, revient vers l'abri-bus, freine brusquement contre le trottoir. C'est Marion. Elle se penche, ouvre la portière, s'exclame, éberluée :

« Mais c'est pas possible! Qu'est-ce que tu fais là ? »

Il tarde à répondre. Il a envie de rire. Aussitôt alarmée, elle demande :

« Tu t'es disputé avec Martin ? »

C'est ce qu'elle redoute, visiblement.

« Quelle idée! Pas du tout. »

Elle hésite :

« Alors, tu rentres ? On rentre ? »

Il monte dans la voiture, case ses jambes avec effort. Elle le regarde de biais, pleine de suspicion, malgré tout, avant de redémarrer. Il n'a pas tellement envie de parler. Il se dit qu'au fond elle est bien tombée, il n'avait pas pris de clef, il lui aurait fallu réveiller Martin.

« Je ne dormais pas, finit-il par expliquer. J'avais besoin de prendre l'air. »

« J'ai failli ne pas te voir. La nuit, j'évite les stoppeurs. »

Il demande :

« Ça s'est bien passé ? »

« Quoi ? »

« Je ne sais pas, moi, là-bas, à l'hôpital. »

Elle éclate de rire, secoue la tête.

« Oh! la, la! Quelle famille! Je te trouve dans un abri-bus et tu me demandes si ça s'est bien passé pour moi ? »

« Il n'y a pas de quoi fouetter un chat. »

Elle hausse les épaules. En rentrant dans l'appartement, ils prennent mille précautions pour ne pas faire de bruit. Marion va sur la pointe des pieds fermer des portes au fond du couloir. La cuisine a l'air parfaitement rangée, Martin a dû s'affairer avant d'aller se coucher. Marion revient, elle allume une veilleuse au-dessus de l'évier.

« Alors, toi aussi tu fais l'oiseau de nuit ? On a l'œil plus rond que celui d'un hibou à cette heure-ci. »

Le moteur du réfrigérateur ronronne de manière rassurante.

« Moi, ça me donne faim de ne pas dormir. On se fait une collation ? »

Elle met de l'eau à bouillir sur le gaz, cherche des tasses, sort des placards des pots de confiture, du miel, des boîtes de céréales.

« J'ai eu une période " restons calmes et comptons les moutons ". En guise de moutons, je recensais les horreurs. La nuit on voit tout en noir. Ensuite j'avalais des cachets. Avoue que pour une anesthésiste, c'est comique ! Maintenant je m'offre des festins aux chandelles. Tout ce qu'il ne faut pas, paraît-il : café, thé ou vin, c'est selon. Tu veux un œuf, des tartines ? »

Fernet dit qu'il n'a pas faim. Il n'a pas envie non plus de retrouver la petite chambre triste, autant rester là, encore un peu.

« Moi non plus, je n'ai pas faim. Mais ça occupe de manger, et j'ai remarqué que le sommeil vient en mangeant. J'ai découvert ça. Chacun ses ruses. »

Tandis que le thé infuse, elle ouvre une plaque de chocolat aux amandes, en croque un morceau avec entrain. Fernet s'est assis sur un tabouret, au bout de la table. Il laisse Marion lui servir une tasse de thé, allume une autre cigarette, aspire l'âpre parfum métallique du tabac brun.

« Martin doit dormir comme un Jésus, les bras en croix, explique-t-elle. Même le jugement dernier ne le concernerait pas. Il y a des gens comme ça. »

Fernet acquiesce mollement. La lumière de la veilleuse adoucit les formes, atténue les angles trop vifs, voile la pièce d'un flou très agréable, comme dans un bar de nuit ouvert à l'autre bout de la ville.

« Au début de mes gardes, je ne m'y habituais pas. J'essayais de me rendormir à tout prix en rentrant. Maintenant je me suis mise à aimer ça. La nuit je fais la vie, je dînette, j'écoute la radio. Je parlemente à part avec moi-même. Ni vu ni connu. C'est pas très glorieux, mais qu'est-ce que je suis bien depuis que j'ai admis de pas dormir en même temps que tout le monde! Une ou deux fois, l'été dernier, je suis ressortie, comme toi, pour me balader dans le parc, dans les rues du quartier. Mais ça ne s'est pas bien passé. J'avais l'impression de chercher je ne sais quoi, à comprendre ma solitude, pourquoi je déambulais, je me sentais mal à l'aise, comme si je cherchais une aventure, tu comprends? Une rencontre. Alors que ce n'était pas ça du tout. Mais j'avais l'impression qu'une foule de gens me regardaient de partout, derrière les haies, les rideaux des fenêtres, dans les voitures stationnées, et qu'ils pensaient: regarde, celle-là, qu'est-ce qu'elle cherche à se promener en pleine nuit, toute seule. Alors qu'il n'y avait personne, évidemment. Le quartier est très tranquille, tu vois ce que je veux dire, c'est pas un quartier d'immigrés, ou de voyous. C'est drôle, à l'hôpital, je parle à des tas de gens que je ne connais pas, qui s'adressent à moi comme si j'étais de leur famille, ils me racontent des histoires à eux, les problèmes de leurs vies, je les écoute, j'ai envie de leur parler moi aussi, mais si je les rencontrais dans les rues et s'ils me parlaient de cette manière, je ne saurais plus quoi faire, je n'ai rien à leur dire. Je ne veux pas qu'on me parle. Je veux pouvoir marcher toute seule dans la rue et que les gens ne disent pas : regarde, celle-là, elle cherche quelqu'un à qui parler. »

Elle boit son thé à petites gorgées, guette du regard le visage de Fernet.

« Alors, je reste ici, dans la cuisine. Qu'est-ce que tu faisais, dans l'abri-bus ? »

Il n'a pas envie de s'engager dans une conversation réelle, il faudrait faire attention à éviter les questions, car il sent venir ce moment où elle se retournera pour lui lancer l'avertissement. Méfiant, il élude :

« Comme toi, sans doute. Une balade. »

« Tu ne dors pas ? Tu as des insomnies ? »

« Tout à l'heure, dit-il, il y avait un homme, dans le parking avec son chien. »

« C'est le gardien de la résidence. Avant, il était gardien de nuit dans une usine. Pendant vingt ans. Il n'a jamais pu se réhabituer à dormir normalement. Il a essayé. Impossible. Il est cibiste, il tapote sa radio du soir au matin, il parle à des gens, il attrape des conversations. Il s'est fait tout un réseau de correspondants, qu'il n'a jamais vus, avec qui il passe la moitié de sa vie, c'est drôle. Il regarde aussi ses poissons. Il a chez lui un aquarium qui occupe tout un mur de sa cuisine. On dirait un grand écran de télévision verte, toujours allumée. Il élève des espèces rares. Tu sais les poissons ne dorment jamais, jamais. Il m'a expliqué ça, une fois. Il est très gentil. Il achète des espèces de poissons exotiques de toutes les couleurs, avec des nageoires fabuleuses, qui en mangent d'autres. Il les regarde s'entre-dévorer silencieusement dans sa télé verte, la nuit. Cette histoire me plaît. Je voudrais un enfant de Martin. En ce moment j'en veux terriblement, lui ne veut pas. Quand il veut, moi c'est fini. On n'est jamais d'accord ensemble. Voilà deux ans que ça dure. »

Fernet voudrait intervenir, mais il est trop tard.

« En principe, c'est facile. Je n'ai qu'à arrêter la pilule. Mais ce que je veux, c'est que Martin et moi, nous soyons d'accord ensemble. Je ne peux pas arrêter la pilule si je ne suis pas sûre qu'il veuille cet enfant en même temps que moi. Je déteste la pilule, c'est un médicament contre la maladie d'enfant. Je voudrais l'oublier une fois, vraiment, sans faire exprès. Je ne parviens pas à oublier de la prendre, j'ai beau faire, ruser, j'y pense, et au dernier moment je l'avale quand même. Ce que je fais tous les jours, ce geste, il signifie le contraire de ce que je veux. Il signifie que je veux éviter d'être enceinte. Je la prends par honnêteté, pour Martin, pour ne pas avoir d'enfant tant qu'il ne veut pas, pour ne pas choisir d'en faire un toute seule, contre lui. Ça m'arrangerait tellement d'oublier vraiment, de faire un enfant par hasard sans avoir à y penser, à rendre des comptes. Parce que si je suis enceinte en ce moment, ce sera par ma faute, je l'aurai voulu. Il faudra que je rende compte de ça, de l'oubli, un acte manqué : en réalité j'en voulais un, sans me l'avouer. Ou bien j'ai fait exprès, je me suis décidée seule. C'est de mon pouvoir, je peux faire ça. Mais c'est impossible, je veux qu'il le veuille aussi, avec moi, qu'on ait la même volonté. On n'est jamais d'accord ensemble. Maintenant ça tourne au cauchemar chaque fois qu'on aborde le sujet. Comme si on détruisait quelque chose entre nous. Et il me fait confiance! Jamais il ne s'inquiète de savoir si j'ai pensé ou non à prendre ma pilule! Ça, c'est une invention extraordinaire. Quel cadeau! Je ne pense plus qu'à cette pilule de merde, comme un devoir, ma parole. Et je n'en sais plus rien du tout, si c'est moi qui veux quelque chose ou qui exécute sa volonté à lui. Quelquefois, je n'ai plus envie d'enfant. A cause du travail, je suis fatiguée, ou on va partir en vacances. A cause de n'importe quoi, parce qu'on s'est disputés. En ce moment, je veux être enceinte, qu'on fasse ensemble quelqu'un de vivant, mais il prétend qu'il faut attendre, à cause des compressions de personnel, il risque d'être déplacé dans l'année qui vient. Comme je voudrais être débarrassée de ce choix! L'hiver dernier, il s'est décidé, il n'arrêtait pas d'en parler, et tout d'un coup, je ne voulais plus. Il a prétendu que c'était pour m'opposer à lui, pour manifester mon pouvoir, me venger de ce qu'il n'ait pas voulu plus tôt, une manière de revanche, il prétendait qu'au fond ce n'était pas un enfant que je voulais, mais être la plus forte, dominer. On discute tout le temps de ce sujet, j'en deviens folle. Une fois j'ai arrêté la pilule, sans le lui dire, je me croyais tout le temps enceinte, je faisais des tests de grossesse, c'était horrible, quand je le lui ai dit, il a été fou de joie, il riait, il était ravi à l'idée d'avoir fait un enfant sans le savoir, qu'il soit déjà dans mon ventre, sans se poser de question! J'ai été absolument furieuse, révoltée qu'il soit si heureux, soulagé de n'avoir pas eu à prendre de décision, je crois que c'est la pire chose que je puisse découvrir de lui, une sorte de haine, terrible. J'ai recommencé la pilule. Je sais que je joue avec cette idée d'enfant quand elle n'est pas possible, je la repousse quand elle le devient. Je déteste la pilule, on n'a pas de vraies règles, on ne saigne pas vraiment, c'est misérable, un corps chimique, programmé. Cette question si elle se pose et si on ne la résout pas, c'est peut-être qu'on ne s'aime pas bien, on s'aime d'une manière qui a rendu la réponse impossible. Quand on a commencé à vivre ensemble, on ne s'est pas posé la question de l'enfant, elle est venue sans qu'on y prenne garde, et maintenant elle est au centre de notre vie et on ne sait plus qu'en faire. Que j'envie ma mère, et toutes les femmes d'autrefois, de n'avoir pas eu ce choix, de ne pas s'être posé la question de cette manière affreuse! Les féministes hurleraient! J'entends ça : le droit conquis à disposer de son corps. Je dispose, et je n'en suis pas heureuse. Je n'étais pas préparée à ça, je n'ai pas appris. Et notre amour va mourir de cette question, de l'avoir si mal posée. J'aime Martin, ça me rend folle, je vais le perdre. Il va me perdre parce qu'on ne sait plus au nom de quoi on veut ou non faire un enfant, si notre amour peut prendre la forme d'un enfant.

« Maintenant j'ai l'impression que c'est lui, mon enfant, que je n'en aurai jamais d'autre que lui. Il s'est installé au fond de moi, et je n'arrive pas à le mettre au monde. Il ne veut pas grandir, devenir adulte. Il s'est réfugié en moi. C'est comme pour l'appartement, il m'a laissée décider, et maintenant, il fait comme s'il avait été contraint. Il faudrait que je l'expulse de moi pour pouvoir réfléchir calmement à moi-même, parce que je confonds tout, lui et moi. Je ressens tout à sa place, s'il a mal, j'ai mal; je pense, je sens tout avec lui, il faut que je me défende contre lui pour ne pas m'abandonner moi-même, me perdre. Il faudrait qu'il devienne un être extérieur pour que je le comprenne, qu'il me découvre, pour qu'il soit possible de nous mettre d'accord. Je crois que je vais quitter Martin, je vais essayer de l'aimer mieux. Je dis tout ça parce que c'est la nuit. La nuit, on peut dire n'importe quoi, dans une parenthèse, après on se réveille, et ce n'est plus pareil. Demain, tu seras parti. »

Elle rit, elle pleure. Elle est dans les bras de Fernet, immédiatement. Il ne sait si elle rit car elle pleure vraiment, il la serre contre lui, plein de crainte – il y a si longtemps qu'aucun enfant ne se jette plus contre lui avec cette force, et cette nuit, ce sont des gestes de secours, une improvisation brutale, désordonnée. Marion a bougé, il ne l'a pas voulu, sans le vouloir, il trouve ses lèvres sous les siennes, qui exigent et prennent sa bouche, il s'est détourné, sauvagement, blessé de ce contact, presque intimidé par la tournure qu'a prise cette scène, dans la silencieuse cuisine, calme comme l'aquarium vert du gardien d'usine. Ce couple enlacé, aussi bizarre et cruel que des poissons ennemis, non qu'il se soit un seul instant senti troublé par cette femme, pas plus qu'elle, sans doute, mais quel ressort infernal bandé au fond des êtres les jette à la tête les uns des autres, dans ces étreintes convulsives d'épaves, pour se toucher, s'empoigner fiévreusement et vérifier ainsi leur sordide fraternité de vivants ? Elle a reculé, elle se tait, effrayée de ce qu'il dira maintenant, renonçant à toute volonté ; toute volonté de sa part est criminelle.

« Ne dis rien. Ce n'est rien », dit-elle.

Il dit non, ce n'est rien. Il dit non, bien que ce ne soit pas vrai, mais toute autre réponse serait pénible, et injuste. Il se redresse, comme perdu dans ses pensées, mais il ne pense rien, ne sent qu'une immense fatigue. Il fait un geste vague, dit : quelle importance ? Elle s'éloigne un peu, fait un signe d'impuissance, il y a une telle humilité, un tel courage, dans sa façon de faire face, en dépit de l'échec de cette nuit, que sa médiocrité disparaît.

« Est-ce que cela ne t'arrive jamais de te tromper ? »

« Laisse-moi tranquille, Marion », demande-t-il doucement.

« Tu ne demandes rien, toi. Tu es un homme solitaire et orgueilleux. Tu n'as pas d'amis. Tu n'as besoin de personne. »

Il comprend soudain combien la manière dont il s'est comporté ce soir a dû leur peser, combien il les a effrayés, à cause de la force et de l'impatience qui est en eux, dont ils font leur combat quotidien, au milieu de quoi il est tombé à l'improviste. Il voudrait partir tout de suite, laisser ce champ à leur jeunesse barbare, ignorante, à leur avidité de destruction. Avant d'atteindre le centre de leur question, combien d'années, de nuits encore ?

A l'autre bout de la plage miroitante de la table, il voit cette femme inconnue, au visage froissé de détresse. Il n'ose pas dire : on est tout seul, on ne peut rien pour les autres. Solitaire, il l'est, et orgueilleux, sans doute, mais de si peu de chose, au bout du compte.

Il a réintégré la petite chambre au bout du couloir. C'est la règle, chacun dans sa case exiguë, à tout prendre moins éprouvante que les lieux de rencontre. Ce cagibi moquetté suffit à abriter le sommeil de la récupération légitime, et, de temps en temps, à étouffer discrètement les cris du dormeur en proie aux terreurs de ses rêves. Un tout petit cube clos, semblable à des millions d'autres cubes, emboîtés fonctionnellement. Pas de hasard, l'attribution de l'espace se décide dans les cabinets d'architecture officiels où de jeunes diplômés arrogants tracent les plans du futur, prompts à appliquer les théories de la sacro-sainte communication : la débauche toute relative du séjour, où l'on séjourne si peu, a pour contrepartie la réduction en peau de chagrin des cabines à dormir, jusqu'à l'asphyxie. Quoi de plus rationnel, puisqu'on ne doit s'y tenir que pour dormir, il suffit de pouvoir s'y glisser et s'y étendre. Pas de place pour l'insomniaque, arrimé à son lit. Conforme à l'esprit du temps qui donne aux gens l'illusion de toutes les libertés de communication publique, et mure par-derrière les façades bâclées. Chacun sa niche, chacun sa fenêtre trouée à l'économie dans les murs de derrière, sur un dépotoir, une cimenterie, ou une cour bien chiche. Ici même, elle ne délivre guère de perspective enthousiasmante, pas de fuite à l'horizon, comme dans le sfumato propice aux rêveries, aux exaltants espoirs voyageurs : en guise de *veduta*, un parking bitumé et quelques lampadaires étiques.

De mon lit, je vois les trois mêmes branches mortes d'épure orientale, lignées d'argent mouillé, sur la même nuit maussade qui enveloppe la France et ses villes et ses campagnes. L'aube ne viendra donc pas ?

Elle viendra tout à l'heure. Ce sera une aube dominicale tout à fait ordinaire, feutrée, car les gens se lèvent tard le dimanche matin, ils traînent en vêtements de nuit dans les salles de bains et les cuisines des appartements, dans l'odeur de lit et de sommeil légal. Il y aura bien quelque excité pour sortir et sautiller un peu sur l'asphalte, ivre d'actionner bras et jambes et de souffler rudement son haleine, tout heureux d'accomplir l'opération hygiénique, le salubre quart d'heure d'exercice physique dont la télévision du dimanche matin leur donne le modèle, corps lisses, propres et jeunes.

Et il sent dans sa tête bruire encore, comme un bourdonnement de fond de piscine, le babil intarissable de Marion, cet infirme soliloque insomniaque, qui tourne en rond dans l'aquarium de la cuisine. Que demande-t-elle, celle-là, encombrée du fardeau de sa liberté féminine, bardée des certitudes de sa génération, et tout imbue de son prétendu droit au bonheur ? Faire un enfant n'est pas – n'a jamais été – une affaire privée. Vous pouvez toujours vous réunir, croiser vos bras et délibérer gravement dans les assemblées, vous concerter sur la fabrication des enfants et du bonheur individuel, vous n'en viendrez pas à bout, l'opération qui conduit au fond des ventres féminins, dans leur chaude nuit de spasmes, au tiraillement membraneux des éjaculations, est confondue avec l'amour.

Mais quel anachronique, suicidaire débat, quand pointe à l'horizon du siècle le saccage généralisé, quand explosent parmi nous ces affreux soleils de sang, quand le soir sur les écrans les images de désastre éclaboussent jusqu'aux figures des dîneurs impavides, sans les dessiller un instant. Si imbéciles que soient les assassins, ils peuvent pourtant nous apprendre que la sauvagerie terroriste a pour égale la machinerie d'État, dont les ordonnateurs zélés viennent baver sur les ondes et les écrans le mensonge de leurs discours humanistes. Qu'ils se prétendent maîtres de la situation devrait nous alarmer. Oh ! comme je voudrais encore pouvoir joindre ma voix au chœur des lamentants, et croire, croire, que ces fantoches donnent raison à notre morale, justifient tout ce que j'ai appris, et cru, et ardemment défendu ! Quand le pouvoir traqué fait donner la chasse à la première ombre qui bouge, sous les applaudissements de l'opinion publique bénissant la raison d'État, pauvre Marion, tu peux bien te demander s'il faut faire un enfant... Clémence, j'ai perdu la foi. Je ne comprends plus cette permanente désolation, ce profond et permanent mécontentement de moi et du monde qui fait que je te perds – car je me suis perdu moi-même quand j'ai perdu la foi simple et le courage de vivre. Il doit exister pour chaque être au monde un lieu de révélation, où se fait jour une de nos vérités élémentaires. C'était à Ravenne, en plein été, au seuil de la beauté nocturne des mosaïques de Ravenne, quand je me suis tourné vers toi dans un geste d'amour, je n'ai plus vu que l'épouvantable bouche du chaos.

Rimini, 18 décembre.

Il est midi trente. Deux cents personnes assistent à la séance inaugurale du Congrès international « Science et philosophie », tenu dans les locaux de la Feria de Rimini. La salle est comble, occupée jusqu'aux derniers gradins, les gens sont assis jusque sur les marches, dans les allées, et d'autres encore sont debout, tout au fond de l'amphithéâtre. Il y a surtout des professeurs et des chercheurs italiens, mais beaucoup de participants sont étrangers. Un des organisateurs s'était excusé au début de la relative exiguïté des lieux, et de l'inconfort dont certains allaient pâtir quelques heures, mais c'était aussi, disait-il, une marque encourageante que le sujet pût encore rassembler tant de brillants spécialistes, et, dès l'après-midi, les séminaires se tiendraient dans des salles plus confortables pour tous, dont la liste... L'énumération des salles avait donné lieu à un brouhaha diffus. Sur la tribune on a dressé une longue table habillée de drap vert, où ont pris place les personnalités, sous la banderole blanche aux armes de la ville, portant l'année et le titre du congrès. La presse a été convoquée.

Au pied de l'estrade, des places sont réservées aux journalistes. Les flashes mitraillent en tous sens, vers la tribune, vers l'assistance. Simon Fernet est debout, sur la gauche de l'estrade. Il observe une pause, boit quelques gorgées d'eau, repose le verre à côté du micro et tourne la dernière page de son exposé. Il aborde la conclusion, il se frotte les mains en parlant, comme s'il se les savonnait, geste que lui connaissent ses étudiants et ses familiers. Il considère la salle par-dessus ses demi-verres d'un air animé. C'est à ce moment-là qu'il y a eu des photos.

Il y a les photos de dix heures, à l'ouverture, quand le délégué du ministère a prononcé son discours, et celles de midi trente, pendant la communication de Fernet.

Sur une des photos de dix heures, Clémence est assise au cinquième rang, à la troisième place du côté de l'allée extérieure. Au bord de l'allée, on voit Firmina Taddeo, dont le mari est à la tribune, et entre elles deux, Julia, la petite fille de Firmina. L'enfant a quatre ans, sur les agrandissements, on la distingue difficilement. Cette forme claire, ce sont ses cheveux, ses épaules, elle tient la tête baissée, elle est appuyée au dossier du siège devant elle, qui est vide. C'est la raison pour laquelle on voit bien les deux mains de l'enfant qui est occupée à regarder quelque chose entre les sièges. Clémence est elle aussi penchée, elle regarde dans la direction de Julia. Son visage est pris de trois quarts face, elle allonge le cou, tend le menton. Ses paupières sont baissées, les cils ombrent sa joue. Elle touche du bout des doigts, comme pour en vérifier la fixation, le clip qu'elle porte à l'oreille. Ce geste ajoute une sorte d'inquiétude à l'expression d'intense recueillement de son visage.

Firmina est également tournée vers l'enfant, elle sourit en fronçant légèrement le front d'un air grondeur. Plus tard, elle dit qu'elle se souvient de cet instant où Julia a fait tomber sa barrette. Clémence a dû se glisser entre les sièges pour la ramasser. Sur cette photo, les autres personnes regardent devant elles, un peu sur la droite et vers le haut, vers la tribune où ont lieu les premiers discours. Deux ou trois d'entre elles, tournées vers le photographe, regardent l'objectif, la tache aveuglante du flash, c'est ce qui leur donne sans doute cette expression étonnée, sourcil levé, sourire contraint, ou ironique, comme l'homme du premier plan, un peu flou, dont c'est le rictus habituel, semble-t-il.

C'est cette image de Clémence, recadrée, qu'on trouve dans les journaux, les jours suivants. L'agrandissement disperse le grain photographique, à la limite de lisibilité. On dirait qu'elle dort, son visage est blanc, lissé par le sommeil, le flash a gommé le modelé des joues, du nez, seule l'ombre des paupières se creuse, effile la courbe des cils vers la tempe.

A midi trente, il y a peu de photos de la salle, et une seule qui intéresse cette partie de l'assistance. Fernet vient d'aborder la conclusion. On voit Firmina en train d'écrire sur la tablette ouverte devant elle. Elle prend des notes, comme la plupart des gens autour. Les deux places à côté d'elles sont vides. Celle de devant est maintenant occupée par une jeune femme. Elle tient le bout de son stylo entre ses dents et regarde très obliquement sur la gauche, hors champ. C'est cette jeune femme qui retiendra Fernet longuement à la fin de la séance.

Firmina dit que Julia s'est ennuyée, comme elle le craignait. Elle est restée tranquille un certain temps, puis elle s'est agitée. Elle a demandé de quoi faire des dessins, du papier, un crayon. Vers midi trente, elle a demandé à boire. Firmina ne voulait pas se déranger. Elle lui a dit d'attendre un peu, de prendre patience, parce que c'était bientôt fini. Elle est persuadée que l'enfant n'avait pas vraiment envie, qu'elle a prétendu ce besoin pour avoir le droit de bouger, pour obtenir qu'on s'occupe d'elle. Devant les réticences de la mère, Clémence s'est proposé de conduire l'enfant dans le hall et trouver un distributeur de boissons. Elle a laissé son sac sur la tablette, elle a seulement pris un peu de monnaie. Firmina a offert de donner des pièces, mais elle a refusé. Elle a mis son manteau sur les épaules, sans l'enfiler. Elles ont remonté l'amphithéâtre en se glissant parmi les gens. Certains se souviennent du passage de cette femme et de l'enfant. Elles ne sont pas revenues.

A une heure de l'après-midi, la salle s'est vidée. On les a attendues, cherchées, dans le grand hall, aux abords de la salle des conférences. On a retrouvé la petite fille presque aussitôt, dans la partie qu'occupent les éditeurs spécialisés et les représentants de revues internationales. Elle s'amusait avec des prospectus d'encyclopédies et d'ouvrages de vulgarisation, les seuls qui aient quelques couleurs. Le responsable du stand dit qu'il les lui a donnés pour l'occuper. Il dit qu'elle est là depuis dix minutes peut-être, un quart d'heure. Qu'elle est arrivée, à vrai dire, sans qu'il la voie. Il n'a pas noté l'heure exacte. Il lui a demandé où était sa maman. L'enfant n'avait pas l'air inquiet, elle a dit : dans la salle, aussi a-t-il pensé qu'on lui avait permis de sortir. On voit rarement des enfants dans ce genre de réunion, on a du mal à les faire se tenir tranquilles. Il pensait bien que quelqu'un ne tarderait pas à venir la chercher. Julia ne sait pas où est Clémence. Elle dit qu'elle s'est promenée avec la dame, elle ne sait rien de plus, elle ne répond pas aux autres questions.

Les Fernet sont arrivés le matin même à Rimini, par le train. Ils sont venus en avion de Paris à Bologne où ils restent un jour entier. Ils se promènent dans la ville, ils déjeunent au Papagallo. L'après-midi, ils restent longuement dans l'église de San Stefano, du San Sepulcro, dans la cour de Pilate, et dans le cloître. Une belle lumière froide brunit la pierre, lustre le pavement. Ils sont seuls, ils s'attardent jusqu'à la tombée du jour. Le lendemain, ils louent une voiture. Ils passent la journée à Ravenne. Il pleut. Ils achètent un parapluie. Ils sont d'abord à San Apollinare in Classe, puis ils reviennent dans la ville, ils marchent dans les rues mouillées, inhospitalières. Ils prennent plusieurs fois des expresso, debout dans de petits cafés enfumés. Le Mausolée est fermé. Il fait nuit à cinq heures. Ils rentrent à Bologne, ils ramènent la voiture au garage. Le lendemain, ils se rendent à Rimini où a lieu le congrès. Ils prévoient de ne pas rester les trois jours, de séjourner de nouveau à Bologne où Fernet doit rencontrer un ami canadien, avant de rentrer à Paris. Les billets d'avion sont restés dans le sac de Clémence.

Vincent Lieutard attend les Fernet à l'arrivée du train. Il s'est occupé des participations françaises du congrès. Il semble heureux de retrouver ses amis, affecte une bonhomie de bon aloi. Il a gagné de l'assurance, une belle charpente d'épaules, qui lui donnent de l'avantage. Ses vêtements italiens sont de prix, portés avec désinvolture. Il se charge du bagage de Clémence, multiplie les gestes courtois avec une grâce charmante. Il se plaît à Rome, il espère bien prolonger l'occupation de son poste. Sa voiture est garée sous les arbres dénudés du parking.

Ils vont d'abord déposer les bagages à l'hôtel, Viale Vespucci. Lui-même y est installé, depuis la veille au soir. Il attend dans le hall que les Fernet redescendent, s'inquiète ensuite de savoir si la chambre, qu'il a choisie, leur convient, avec cette vue sur la mer. Ils passent ensuite prendre les Taddeo à leur hôtel, un peu plus loin sur la même avenue. Ce sont des amis à lui, de Rome. Taddeo a suivi un séminaire de Fernet, autrefois. Il semble à Fernet qu'il se souvient de lui en effet, c'est un dix-septiémiste, non ? Les Taddeo ont dû amener avec eux leur petite fille. Ils s'en excusent. La grand-mère prévue pour la garder ce week-end se trouve malade au dernier moment – une petite grippe, rien de bien méchant, il fait assez froid à Rome, depuis le début de la semaine – mais ma mère est très traditionaliste, explique Firmina, elle fait semblant d'admettre que j'ai le droit de travailler, de voyager pour mon travail. En réalité, elle est persuadée que la place d'une femme est à la maison. Sa grippe est psychologique, c'est évident, un chantage de vieille dame, une manière de marquer sa désapprobation. Nous n'avons pas cédé, nous avons emmené Julia avec nous. Dans la voiture les passagers se serrent davantage. Le voyage n'est pas très long. Firmina prend l'enfant sur ses genoux. Elle dit que Julia a promis d'être sage. D'ailleurs, elle a l'habitude de venir partout avec eux, même aux réunions politiques et aux soutenances de thèses. Firmina a rarement recours aux baby-sitters que le caractère autoritaire de Julia rend permissives à l'excès, pour avoir la paix. Tu seras bien sage, chérie ?

Le congrès a lieu dans l'enceinte de la Feria. L'hiver les manifestations de toutes sortes s'y succèdent. Rimini, inabordable en été, est déserte pendant la morte saison. Il y a donc une grande capacité d'accueil, c'est pour cette raison qu'on a retenu cette ville, finalement. Les hôtels font des prix pour les congressistes avec un personnel réduit, tout le monde y gagne. La Feria est un peu loin du centre, un service de bus spéciaux sillonne l'agglomération de villas et immeubles vides, d'hôtel en hôtel, pour assurer le ramassage des participants dispersés un peu partout.

Dans le hall largement vitré, la foule s'achemine sans hâte vers la salle des conférences. Lieutard avise immédiatement le groupe des personnalités et des invités devant les portes du salon de détente où sont déjà dressés les couverts d'un vin d'honneur. Il y a là des universitaires étrangers, des représentants des ministères et quelques sommités remarquables. Firmina et Clémence serrent quelques mains, elles restent à l'écart, ensemble, d'un mouvement naturel, elles prennent place dans la salle, au cinquième rang. Julia veut s'installer entre elles. Elle joue avec les gants de Clémence.

Quand Fernet prend la parole, il est midi. A midi trente, Clémence a disparu.

Firmina dit qu'elle ne s'est pas inquiétée de leur absence. C'était la fin de l'exposé, la conclusion. Elle dit qu'elle ne connaît pas Clémence Fernet. C'est la première fois qu'elle la rencontre. Fernet, lui, est venu plusieurs fois à Rome, son mari a eu l'occasion de le rencontrer. Fernet est rarement accompagné de sa femme dans ses déplacements. Firmina sait qu'ils ont fait d'autres voyages en Italie, en particulier l'été dernier, à Ravenne. Clémence est étrangère au milieu universitaire. Elle est monteuse de cinéma. Firmina a entendu Lieutard parler d'elle une ou deux fois, avec enthousiasme, admiration, comme tout ce qui touche Fernet, avec qui il a une relation d'amitié.

Firmina Taddeo a trouvé cette jeune femme aimable – enfin, sympathique. Une personne calme, peu expansive, plutôt réservée même. Comment dire? Que peut-on dire de quelqu'un qu'on côtoie pendant deux heures? Elles ont échangé si peu de choses, en fait, des banalités. Clémence n'avait l'air ni inquiète ni malade, non, rien, l'air de... rien que de très... normal? Elle avait l'air assez étrangère à l'atmosphère du congrès, à l'agitation, cette excitation artificielle qui règne le premier jour dans ce genre de réunion, quand les gens se retrouvent entre eux. Elle avait l'air assez indifférente aux gens qui connaissent son mari, essaient de l'approcher. Mais pas vraiment indifférente, attentive, l'air d'attendre que tout cela se passe, les présentations, les discours. Absente, mais assez poliment pour que ce ne soit pas désagréable, et attentive en même temps. Elle observe les gens comme s'ils étaient intéressants, comme s'ils allaient devenir intéressants d'un moment à l'autre, pour une raison inconnue d'eux, à leur insu, qui ne tient pas à ce qu'ils sont, à ce qu'ils font ou disent, mais à elle seule, à ce qu'elle va percevoir d'eux, en elle-même, de différent. Elle semble guetter cela, ce moment où les gens deviendront différents pour elle, c'est ce regard qu'elle a qui m'a frappée, dit Firmina, mais quelle importance?... Elle laisse Julia jouer avec ses gants. Julia les essaie, puis lui demande de les enfiler, les réclame à nouveau. Clémence se plie volontiers à ces demandes. D'ordinaire les gens ne sont pas si patients avec les enfants, ils ne leur accordent pas une réelle attention. Clémence dit à Julia qu'elle met toujours des gants pour travailler, mais pas comme ceux-là, des gants blancs, comme Mickey, comme des gants de communiante. Firmina traduit. Julia demande ce que c'est une communiante. Clémence comprend la question, elle explique : comme des gants de petite mariée, si on veut. Elle regarde les dessins de Julia. Julia dessine des mariées. Clémence dit encore que les gants servent à ne pas abîmer ce qu'on touche, à ne pas laisser de traces, à garder ses mains propres. Il faut que les mariées aient des mains propres. Ensuite elle écoute l'exposé de Fernet. Elle l'écoute et le regarde attentivement, c'est un regard difficile à définir, mais on dirait quand même qu'elle pense à autre chose.

Ce qui est frappant, c'est qu'avec Julia elle se conduise comme avec une personne, sans attendrissement ou mièvrerie, sans condescendance.

Quand elle propose de conduire Julia dehors pour chercher une boisson, l'enfant accepte aussitôt; elle a dû sentir que cette dame s'intéresse à elle, qu'elle lui est favorable, prête à se plier à ses exigences, sans agacement du moins. Firmina ne s'est pas inquiétée du tout, même quand elles ne sont pas revenues au bout d'un moment. Elle ne remarque pas le temps exact qui s'est écoulé parce que la conclusion l'intéresse. C'est un peu égoïste, mais elle pense que Julia a dû faire la comédie pour ne pas rentrer dans la salle, que Clémence a pu céder au caprice de l'enfant et l'emmener faire un tour dans le hall. Au fond, elle a trouvé commode de déléguer la corvée à la jeune femme, elle s'en excusera auprès d'elle plus tard, elle pense même que cela doit convenir à Clémence Fernet d'avoir eu cette occasion de sortir, parce qu'elle ne s'intéresse pas vraiment au congrès.

A une heure de l'après-midi, le bruit est tel dans le hall qu'il faut crier pour échanger deux mots. Les haut-parleurs donnent des consignes inaudibles, on annonce des modifications de numéros de salles et de noms pour l'après-midi, des lieux d'affichage où elles seront confirmées, mais la rumeur monte si fort que des gens secouent la tête en riant, se font signe qu'ils n'entendent plus, qu'on se parlera plus tard, ailleurs. La foule reflue lentement vers le buffet d'honneur, certains se dirigent directement vers la cafétéria. Dehors un embouteillage s'est formé à la sortie du parking, on perçoit le bruit des klaxons. A ce moment-là Firmina est au stand des éditeurs, elle est sortie parmi les premières personnes, pendant les applaudissements, pour rejoindre Clémence Fernet et l'enfant. Elle n'a pas beaucoup cherché, elle vient juste de retrouver sa petite fille et elle l'interroge. Pour la première fois, elle pose la question :

« Où est Mme Fernet ? Où est la dame ? »

Au représentant, elle demande :

« Il y avait bien une dame avec la petite fille ? »

L'homme dit qu'il ne sait pas, qu'il n'a rien vu.

Fernet reste encore quelques instants à la tribune, tandis que la salle se vide. Il range les feuillets de ses notes. Il discute avec quelques personnes qui sont là. Taddeo a quitté la place, se fraie un passage dans la foule, il cherche sa femme qu'il a vue sortir précipitamment parmi les premières.

A son tour, Fernet remonte les marches de l'allée centrale, lentement, en compagnie de Lieutard et d'une jeune logicienne qui préside un des séminaires de l'après-midi. Elle tente de parler français, elle agite beaucoup ses mains chaque fois qu'elle cherche un mot, puis elle renonce, elle finit en italien. Lieutard traduit d'un air amusé, mais Fernet fait signe que c'est inutile. Il hoche la tête, joue à regarder la jeune femme par-dessus ses lunettes. On ne lui a pas encore appris qu'on ne trouve pas Clémence dans la foule. On le lui dira plus tard, dans le hall.

La foule s'est tout à fait dispersée à présent. Taddeo approche avec Firmina et la petite fille. A ce moment-là, il a fait soleil, brusquement. A travers les grandes baies vitrées, on a vu un nuage se déchirer. La lumière a grandi, on a pu la voir croître jusqu'à l'aveuglement. Elle a atteint un tel degré d'intensité que des exclamations de surprise ont fusé, saluant cet insoutenable éclat. Puis l'éblouissement a fait le silence. Ils ont tous cligné des yeux. Firmina se souvient de cela : Fernet ôte ses demi-verres et lève la tête en clignant des yeux, il frotte machinalement ses lunettes sur la manche de son veston. Pendant que la lumière grandit sur eux et les recouvre, leurs formes se décolorent à vue d'œil, les couleurs ont vraiment pâli, vidées d'elles-mêmes, sur leurs faces et leurs corps. Elles sont devenues amères, ligneuses et comme désséchées par une anomalie de nature qu'elles portaient en elles et que révèle soudain la vibration décapante de ce brusque soleil d'hiver. Cela n'a pas duré, pas plus qu'un instant d'irradiation totale. Le ciel s'est éteint, tout est redevenu très sombre. Taddeo a répété :

« Nous ne savons pas où est Mme Fernet. »

Personne ne mesure encore la portée de ces mots. Fernet jette un regard ennuyé autour de lui, dans la foule clairsemée. C'est d'abord cet ennui, à peine contrarié, peut-être, un ennui poli, manière d'excuser le délai, le prolongement de l'attente. Il n'avait pas l'air soucieux, dit Firmina. Peut-être a-t-il l'habitude que sa femme s'attarde, peut-être s'éclipse-t-elle ainsi parfois. Il n'est pas au courant des circonstances, de l'enfant abandonnée dans le hall. Il est encore tout à son entretien avec la jeune Italienne. Il se détourne et achève sa conversation.

Firmina dit que Clémence a peut-être perdu la petite fille, que celle-ci a échappé à sa surveillance, pendant un instant d'inattention, et qu'elle la cherche maintenant, peut-être ? Clémence a pu conduire Julia aux toilettes. Elle y est entrée, a refermé la porte et laissé l'enfant seule – Firmina décrit cette supposition à voix basse à son mari, en italien, elle ne voudrait pas qu'on l'entende, qu'on pense qu'elle accuse Clémence Fernet de légèreté vis-à-vis de l'enfant, elle-même se sent un peu coupable de s'être déchargée de la corvée... cette hypothèse qui se fonde de manière un peu inconvenante sur une inattention de Clémence sera reprise plus tard, celle d'un malaise passager aussi qui excuserait l'éventuel manquement. Pour l'instant, Firmina imagine très bien Clémence occupée par exemple à un raccord de maquillage devant les glaces des toilettes. Elle se hausse au-dessus du lavabo, examine son visage, redessine ses lèvres au rouge, elle se penche encore, encombrée par son manteau qui menace de glisser des épaules, elle poudre ses joues, vérifie ses boucles d'oreilles du bout des doigts – cela dure assez pour que Julia s'esquive, remonte seule l'escalier, débouche sur le hall et se perde vers les stands. Julia a pu faire cela – quelquefois elle s'éloigne, dans les magasins, dans la rue, si Firmina s'arrête, lâche sa main. Elle est hardie, aventureuse, rien ne fait peur à cette petite personne téméraire, dans le jardin de la grand-mère, à Rome, elle ne craint pas de disparaître dans le fouillis des lauriers, la jungle de buissons d'où Firmina enfant redoutait de voir surgir de terribles loups. Julia aime se cacher dans la maison, qu'on la cherche, qu'on l'appelle et qu'on la prie. Julia a pu partir à l'aventure et maintenant Clémence la cherche.

Cette fiction de Clémence se maquillant devant le miroir ne tient pas, on retrouve son sac et ses gants dans la salle, sur la tablette où elle les a laissés. Le tube de rouge, le poudrier sont dans son sac, et ses papiers, d'autres objets, les billets d'avion, une note du restaurant de Bologne.

Entre-temps, Firmina est descendue aux toilettes des dames, par acquit de conscience. Il y a une file d'attente, des femmes bavardent, se lavent les mains et rient entre elles. Firmina attend que toutes sortent des cabines. Elle demande à Julia si elle est venue ici avec la dame. Taddeo les retrouve dans l'escalier, il vient de parcourir le sous-sol, les portes des salles sont fermées à clef, on ne les ouvrira que pour les séminaires, après le déjeuner.

Dans le hall, cette fois-ci, il n'y a presque plus personne. Par les portes grandes ouvertes, on aperçoit les invités du vin d'honneur auquel, sans doute, on attend Fernet. Celui-ci est au centre du hall, avec Lieutard. Ils sont quatre à présent, face à face, et l'enfant, au milieu de leurs jambes, dit qu'elle a faim. Lieutard propose de lancer un appel au micro. La sonorisation se trouve dans une petite pièce au fond de la salle des conférences. Il descend les marches deux à deux, par grandes enjambées athlétiques. Ses chaussures crissent dans le mouvement. Il escalade déjà l'estrade. D'en haut, Fernet voit cette jeunesse véloce, l'aisance des bonds. Il accorde trop d'attention à l'insolence de cette silhouette, note que son propre corps devient lourd. C'est d'abord l'ennui et cette lourdeur qui commencent. Et il a vu, en même temps que Lieutard, sur la tablette, en bas, le sac et les gants de Clémence.

Il est beaucoup plus tard quand Fernet voit la figure de ces deux hommes louches dans la clarté grise du hall désert. Firmina n'est plus là, elle a emmené l'enfant qui a faim. Ces deux hommes ont des yeux de plâtre, une peau poudrée d'acteurs de théâtre. Ils articulent faiblement un texte faux. Leurs paupières froides battent lentement et voilent le globe blanc exorbité, ils ont l'air de regarder par-delà soudain, à travers les yeux de Fernet, un paysage nouveau, quelque précipice dantesque, un vertige de rochers aigus, des égorgements d'hiver en forêt – vingt mille crucifiés sur la plage au soleil, ils mentent mal. Ils échangent entre eux des regards d'entente, tandis que leur bouche mâche une sale glaire de mots. Ils se taisent enfin. Fernet dit :

« Ma femme à dû rentrer à l'hôtel. »

Personne n'a dit : le sac et les gants sont restés sur la tablette, elle n'a pu partir sans son sac. La Feria est loin du centre. Elle ne connaît pas la ville. Elle a pris un taxi. Elle n'a pas suffisamment d'argent pour un taxi. Personne n'a dit : il n'y a pas de station de taxi dans ce quartier. Quoiqu'il ait pu arriver qu'il en passe un, en chasse. Ou bien : elle a rencontré quelqu'un, une connaissance, un très grand hasard, cela peut se produire. Elle est allée prendre un verre en ville avec quelqu'un qu'elle connaît, qui l'a emmenée en voiture, ils ont eu un empêchement, une roue crevée, un accrochage, cela arrive, ils ne vont pas tarder, ou ils téléphoneront. Quelqu'un l'a ramenée à l'hôtel en voiture. Sans laisser de message? Elle ne parle pas italien. Elle a laissé un message, mais le messager ne comprend pas, oublie, est empêché, se trompe de destinataire. Personne n'a dit : il faut une raison pour partir comme ça, si brusquement, ne pas ramener l'enfant à sa mère. Laisser le sac, les gants. Elle a marché vers le centre, c'est simple il n'y a que cette avenue, c'est tout droit, jusqu'au chemin de fer, la mer est au bout. Quelques kilomètres. Elle rentre à l'hôtel à pied. Elle a laissé l'enfant toute seule, c'est incroyable. Trois ou quatre kilomètres. Elle a la migraine, ou bien un malaise. Personne ne demande si Clémence Fernet a quelquefois des malaises subits, si elle est malade. C'est une question qu'on ne pose pas encore. Une maladie dont on ne parle pas, qui oblige à se retirer sans délai, une crise aiguë de quelque chose, son mari doit savoir, qui est cachée, une maladie apparaissant par crises, d'un instant à l'autre. Elle a dû confier l'enfant à quelqu'un, c'est impensable! Elle ne parle pas italien, mais anglais, espagnol... l'enfant n'a pas compris ce qui se passait. Si Julia a été confiée à quelqu'un, qui? Et comment aurait-elle été abandonnée une deuxième fois? Julia ne peut rien dire. Il semble qu'elle soit allée aux toilettes, mais ce n'est pas sûr. Il s'est remis à pleuvoir. L'eau coule en tresses étincelantes, blessantes d'inutile beauté sur les vitres des baies où les plaque le vent qui arque, noue, déchire et renoue les torsades perlées, éclaboussures en argent pur, en nacre. La coulure s'épate, s'écrase. Personne n'a rien dit.

Au téléphone, le réceptionniste de l'hôtel, Viale Vespucci, observe que la clef est toujours au tableau. Il essaie quand même d'appeler la chambre. Le poste ne répond pas.

Lieutard revient vers Fernet et Taddeo. Il traverse le hall à grandes enjambées. De loin il fait signe que non, pas de nouvelles. Tout ce temps il a gardé le sac et les gants de Clémence, il les porte comme des reliques, il ne sait qu'en faire. Il n'ose pas les tendre à Fernet. Personne ne parle encore d'une fugue – d'une dispute ? C'est cet ennui qui commence dans le silence, la lourdeur se localise au ventre, aux cuisses. Et l'absence de faim.

« Je n'ai pas faim, dit Fernet. Je vais rentrer à l'hôtel. Je pense que vous m'excuserez. »

« Je vous raccompagne », propose Lieutard, précipitamment.

Taddeo les regarde s'éloigner. Ils courent sous la pluie, pesamment, jusqu'à la voiture.

La chambre est carrelée de blanc, d'une esthétique moderne et fonctionnelle, reposante. Il y fait très chaud. Derrière les rideaux, on aperçoit, au-delà d'une frange d'arbres nus et noirs, la promenade du front de mer et la plage déserte, l'alignement des cabines de bain, que l'éloignement rend semblables à des jouets, petits cubes rayés de rouge et blanc, bleu et blanc, vert et blanc; la ligne écumeuse des vagues, puis, loin, du gris doré, gris mauve, du gris très doux qui confond ciel et mer, sans horizon, et la ligne blanche des vagues sur le sable.

Juste en face de l'hôtel, la pancarte peinte, à l'entrée de la plage, se balance au vent : Bano San Isidro. Il a pensé soudain : c'est ici, à Rimini, que Fellini a tourné ce film – comment s'appelle-t-il, ce film ? – dans les années cinquante.

Les bagages sont déposés sur la banquette, non défaits. Une trousse de toilette ouverte est restée renversée sur le lit. Fernet a cherché un cachet d'aspirine ce matin avant de redescendre rejoindre Lieutard. La chaleur suffocante du train, dès le départ de Bologne, lui avait donné un peu mal à la tête. Il dépose le sac de Clémence et les gants près de la trousse. Il reste debout assez longtemps à côté du lit où le poids des objets, quoique faible, creuse une légère dépression autour de laquelle rayonnent sillons et plis dont le bosselage s'atténue mollement plus loin, fondus dans la plage lisse, parfaitement tirée de la couverture en coton blanc, aveuglant.

Il reste debout. Son corps a pris un poids effroyable, une densité de marbre. Sans tenter un mouvement, il sait, s'il le tentait, qu'il ne parviendrait pas à ébranler le mastodonte qu'est devenu son corps. Il respire, cependant, il accompagne d'un effort sa respiration, le volume de son buste enfle, s'affaisse, aussi régulier que le ressac des vagues. S'il ne l'accompagnait pas de sa volonté, sa respiration cesserait, s'il suspendait sa vigilance, il cesserait de respirer, il en est sûr, aussi attire-t-il l'air à lui comme l'agonisant agrippe le drap, et tire. A ses tympans, l'air sourd froisse des échos de foule mugissante, mêlés aux abois des haut-parleurs, à des appels d'enfants, le vent tourne au large, rabat des bribes de musiques lointaines, de cirque ou de fanfare, accordéon, harmonicas, une rumeur de plage ensoleillée, en plein été, à Rimini. Il est là-bas, sur le sable échoué, à découvert, mortellement blessé. Puis cela s'est tu. Et il a compris, d'un seul coup.

Je n'ai pas compris, au sens de l'entendement du moins. Cela demande beaucoup de temps, je suppose. Je me suis trouvé à ce moment-là devant une totalité pleine, accomplie, saturée par rien de raisonnable, qui est l'évidence simple. Quelque chose vous crevait les yeux, vous défonçait le crâne – indolore, parce qu'on ne comprenait pas, le crime avait eu lieu, sans qu'on le sache. Comme quand vers vingt ans on réalise qu'on est vivant, et donc qu'on va mourir, tôt ou tard. Ensuite c'est devenu un moment de paix absolue. Je n'ai pas souffert de cette paix. Elle n'est pas raisonnable. J'ai dû devenir fou d'un seul coup de tant de paix, dans la place béante de paix qui s'ouvrait. Je suppose que les mathématiciens connaissent cela. A un niveau d'abstraction très grande, très rare. Non pas l'intuition de la réponse. Quelque chose qui serait la révélation exacte du problème. En un seul instant, violemment, la révélation du problème. La perfection de la question. C'est très beau, très pur, un instant de grâce. Un don simple, d'un dépouillement extrême. On n'a pas mal du tout. J'ai eu mal ensuite, quand ils se sont mis à la chercher, à espérer. Ils voulaient tous la retrouver, trouver la solution.

Le téléphone a sonné brusquement dans la chambre de l'hôtel de Rimini. Fernet n'a pas décroché tout de suite, parce qu'il ne comprenait pas ce bruit. Il a pensé d'abord à une étoffe qui se fend, une grande pièce de tissu que le marchand déchire à la main, d'un geste sec, au fond de la boutique, mais cela n'avait pas de sens ici, ne le concernait pas. Il a fallu un moment pour qu'il décroche le combiné. C'était Lieutard. Il appelait d'une cabine publique. Fernet a répondu à sa question.

« Non. Elle n'est pas revenue. »

Lieutard a demandé :

« Qu'en pensez-vous ? Est-ce qu'il faut attendre ? »

Puis après un silence :

« Est-ce que c'est inquiétant ? Fernet, êtes-vous inquiet ? »

Inquiet ? Fernet a réfléchi à cette question mais c'était proprement incompréhensible. Le silence a duré encore. Il a laissé tomber sa main qui tenait le combiné, et très loin, il entendait : Allô ? Allô ?

Il s'est retourné, il a examiné la chambre au repos, le paysage gris de la mer, voilé par les rideaux. Très loin à la ligne d'horizon imperceptible de brume, là-bas, sur un plan reculé infiniment, il a vraiment tenté de répondre à cette question de l'inquiétude, passionnément tenté dans la nébuleuse obscurité de l'hébétude, et il ne pouvait trancher, inscrire ou effacer la réponse, l'étouffement et la respiration, il ne pouvait trancher, il ne pouvait que rester dans l'indiscipline grise de l'horizon perdu, dans la poussière d'eau qui divise sans cesse les lignes.

«Je ne sais pas. »

Il crie : je ne sais pas, il tremble de colère. Sa voix crie très loin, hors de la chambre silencieuse, contre cette question insensée.

« Allô! »

« Oui, dit-il. Je pense que oui. »

« Je viens. J'arrive! » dit Lieutard.

La nuit tombe très vite. La chambre s'emplit de gens. Lieutard est le premier avec Taddeo. Fernet a ouvert lui-même aux deux hommes. Ils paraissent graves, leurs visages sont des figures effrayantes de visiteurs, ils entrent dans une chambre de malade, ils viennent d'apprendre son état auprès d'un chef de clinique, du chirurgien. Ils feignent le calme, mais l'effarement du couloir persiste sur leurs traits, ils ne peuvent déguiser, alors ils prennent l'air de fausses grandes personnes. Fernet a peur de leurs visages, de ce qu'ils lui enseignent. Ils sont mécontents de ce malade qui bavarde avec insouciance, de ce manque de sérieux, mais ils n'osent pas intervenir encore, ils écoutent, avec une expression de sévérité navrée, ils se composent une attitude de bienveillance. Clémence vient de finir un montage difficile, dit Fernet, le film d'un jeune cinéaste, son premier long métrage. Elle est fatiguée comme chaque fois, c'est un travail passionnant mais harassant. Il n'y a pas d'heure qui compte, et tout le temps dans l'obscurité, elle dit que le temps de la réalité, la vie n'existent plus. Hors de la vie, des bruits de la vie, la nuit, le jour, on ne sait plus l'heure, c'est sans mesure, dans le temps des images, une sorte de voyage de nuit, dévorant. Chaque fois, elle a du mal à reprendre pied dans la vie ordinaire, elle flotte, épuisée, excitée. Ce colloque tombe bien. Elle a envie de se détendre, de voyager et voir des gens différents. Dans l'avion, elle lit une revue, un article sur les quartiers gays de San Francisco et leur mise en quarantaine à cause du SIDA, ils ne pensaient pas qu'il ferait si froid, à Ravenne ils ont acheté un parapluie. Elle ne connaît personne ici, à part Lieutard, elle n'est pas malade. Seulement un peu fatiguée, c'est tout. Ni malade ni dépressive. Il est impossible qu'elle soit allée – où voulez-vous qu'elle aille, comme ça, sans prévenir qui que ce soit? Elle n'a ni son sac ni ses papiers d'identité, rien. Les mains dans les poches, où va-t-on, alors? Les mots ne tiennent pas, s'évaporent. Ils ne font aucun bruit. Alors Fernet se tait.

Taddeo explique méthodiquement qu'ils ont sillonné les bâtiments de la Feria dans tous les sens, les alentours immédiats aussi, et le quartier, en voiture. Ils ont demandé aux gens s'ils avaient vu quelque chose, s'ils avaient remarqué cette femme, aux garçons de la cafétéria, aux représentants, et aux chauffeurs de car. Personne, personne n'a rien à dire. A croire que Clémence s'est volatilisée sur place! Maintenant ils s'emparent du téléphone, ils appellent des gens dans d'autres hôtels. Et il y a des appels, des gens se renseignent. La nouvelle commence à se répandre, dit Taddeo. Ils attendent quelque chose de plus, une confirmation, que Fernet doit donner, qu'il avoue ce qu'il doit savoir, ce qu'il ne peut manquer de savoir et qu'il dissimule encore. Ils ne toléreront pas plus longtemps sa réserve, qu'il avoue, enfin! Cela a trop duré maintenant, le retard s'aggrave, accuse.

« Voyons, dit Lieutard, cherchez! Il s'est bien passé quelque chose. Vous avez bien une idée. »

C'est une voix sans anxiété, une voix d'interrogatoire, froide, altérée de menace, plus qu'une injonction. Ils vont en venir très vite au pire maintenant, parce que cet homme aux yeux à peine étonnés, immobile et tourné vers la nuit, ne répond pas. Il soutient d'une main blanche le rideau, le soulève rêveusement comme pour découvrir un angle inconnu qu'offrirait la vue du balcon – ce geste suspendu, le drapé harmonieux des plis, ils ne supportent pas la théâtralité, déplacée. Il se tait. On peut vraiment dire qu'il y met de la *mauvaise* volonté.

Il pense à mourir, laisse l'idée l'effleurer, l'envelopper de délicate pression, d'un bras persuasif le prendre, la séduction de cette idée lisse, suave, il la laisse traîner, le front collé à la vitre. Il regarde la chaussée en bas, loin de ces vivants assommants, mais les états d'âme du mourant sont affaire privée, Dieu merci, et on ne sait jamais quand notre idée de la mort est la bonne. En tout cas cette idée grossissait, palpitait comme un organe supplémentaire, grosseur indolore, molle, souple de forme, et solide, c'est un roucoulement très persuasif que cette palpitation en moi de la mort, mais la rue ne se transforme pas, elle ne me rejoint pas. Je la regarde, nous restons à distance, le monde tourne sans avoir besoin de moi. L'idée de la mort ne change pas la réalité, ne me console pas de vivre, ne modifie rien. Un accident, suggère Lieutard. Un malaise, sur la voie publique. Il trouve un annuaire, appelle l'hôpital Settembrini, le Pronte Socorso. Les admissions d'urgence, le centre de traumatologie. Clémence n'a pas de papiers d'identité sur elle, elle ne parle pas italien, comment auraient-ils pu prévenir qui que ce soit ? Mais nulle part, non, personne qui ressemble – il y a aussi les dispensaires de quartiers... Des gens sont arrivés, pour savoir. Ils restent dans le couloir, cela devient intenable. La chambre est pleine de monde, on dirait. Firmina est là, avec la petite fille, qu'on interroge à nouveau. Pour la dixième fois, les mêmes questions. Le père articule lentement, comme pour un enfant sauvage, qu'il faut rassurer, apprivoiser.

« Est-ce que tu veux bien raconter ce que tu as fait avec la dame, ce matin ? Tu te souviens de la dame ? »

L'enfant est au milieu du cercle des grandes personnes. Ils se sont mis à genoux, accroupis devant elle, ils se penchent au-dessus d'elle, ils la prennent aux épaules, ils ont des gestes affectueux pour relever ses cheveux, ils lui tiennent les mains, cherchent à retenir ses yeux. Elle observe leurs visages, elle écoute. Son regard vacille, fuit à l'oblique, elle s'ennuie du jeu, s'alarme de l'importance qu'on lui accorde et de cette question, des réponses qu'on lui propose. Tu t'es promenée. Tu es allée sur le parking avec la dame. Elle t'a emmenée quelque part ? Elle a parlé à quelqu'un ?

Par-dessus les têtes, Fernet regarde la petite fille, la dernière personne au monde qui... Elle a un visage de bel ovale, encore alourdi aux joues, au menton, par l'inachèvement de l'enfance. Au milieu des corps épais des adultes, elle a l'air d'une miniature anachronique, sa carnation de lait prend à l'ombre blonde des cheveux une teinte d'ivoire, veinée précieusement de bleu à la tempe. Dans ses yeux si clairs, si pâles, d'intense bleu, s'amenuise la pupille d'un noir aigu – imposture de pureté, front d'ignorance obtuse – insondable débilité enfantine.

« Vous allez l'effrayer », proteste tout bas Firmina.

« Écoute-moi, insiste le père – il la prend sur ses genoux, à l'écart. Julia, mon chéri, réfléchis bien. C'est très important. Tu voulais boire un jus de fruits. Tu avais envie de sortir, n'est-ce pas ? »

L'enfant fait oui de la tête. Elle a trouvé les yeux de Fernet. Elle ment.

A travers la chambre, elle soutient le regard de l'homme qui est debout devant les rideaux blancs, comme au fond du théâtre. Tu es sortie de la grande salle où tu t'ennuyais. N'est-ce pas ? Vous avez descendu l'escalier jusqu'aux toilettes ? Ensuite ? Tu es allée aux toilettes, toute seule, comme à la maison ? L'enfant dit oui à tout, oui. Elle ne cille pas. La dame t'a attendue. Tu t'es lavé les mains, oui ? Elle t'a aidée à te laver les mains ? Oui ? Elle dit oui, oui, bouche close, en hochant du menton, bravement. La pupille faiblit encore, fond dans le bleu liquide, il n'y a plus que deux disques clairs, absolument vides. Ensuite vous êtes remontées dans le hall, oui ? Ensuite, dis-moi, ensuite ?...

Ils attendent, pendus à ces lèvres scellées, le silence est palpable, ou bien on croit entendre loin le froissement des vagues, du sable, dans la nuit.

« Julia! » supplie le père.

« Laissez-la! » tonne Fernet, d'une voix étranglée, sans quitter les yeux d'eau. Alors, l'enfant lui a souri. Une science exquise du sourire de secret, définitive bouche close, comme celui qui étire les lèvres adorables de l'ange des martyres, y cisèle la cruelle félicité, sourire sans compassion. Ce sourire, il l'a vu aux anges des tableaux primitifs. Fernet a fermé les yeux, de terreur. Parce que dans ce visage aux yeux lumineusement vides et au sourire de silence, il vient d'identifier, il en est sûr, le visage de Clémence. Laissez-la.

Quelqu'un a dit :

« Vous devriez prévenir la police, maintenant. »

Quelle imprévoyance, la vie jusqu'alors, la vie récente, ce matin-là. Presque physique, la réalité de ce qui constituait juste avant la vie ordinaire. Ce qu'ils ont vu ensemble, et fait, les musées, les églises visités, et les spectacles vus, les journaux, les livres lus, les gens qu'ils ont rencontrés, destinés à nulle œuvre future en gestation – nulle somme en chantier, nul avenir dans ce que nous vivions, cherchions. Veilleur catatonique, au visage de carton bouilli, yeux étoupés sous la visière, assoupi sur ta lance, et bouclier au coude, tu fais le figurant posté pour compléter l'illusion du décor. Ce vieil artiste qui tirait les ficelles, immobilisait les comédiens sur un froncement de sourcil, ou les jetait d'un index impétueux, d'une foudroyante injonction de la main, dans l'action salvatrice, il t'a oublié dans un coin du rempart comme un mannequin de son, ou bien tu n'as pas vu le signe. Imprévoyance mortelle, inattention à la vie. A présent, il faut improviser, inventer à la hâte un texte dans le désordre, répertorier l'ensemble des localités probables du mal. La carte n'existe pas.

Déflagration de sable. Grands dieux! vite, inventer un territoire à la catastrophe. Où sont les signaux, les bifurcations annoncées, les coudes, les voies – quel sentier, quel repli de terrain, la dépression. Faute d'avoir songé – pas un seul instant, à la posture de combat pour affronter le fortuit, l'accidentel – mais quel accident de terrain, quand terre et eaux n'offrent plus de franche frontière, ni eau ni air, ce sont eaux dormantes ou sables mouvants, quand l'eau prend corps, quand le sable se fait fluide et la brume solide, alors plus de carte ne s'écrit nulle part. Il y a au bord du fleuve une pensée avec laquelle il a rendez-vous. Parfois, l'étendue d'estuaire miroite comme un lac, offre en mirage la fuite royale de son ampleur océane, margée de berges et d'îles, eaux et ciels en regard – mirage! Car la vraie nature de ce paysage est aux heures opaques, quand la brume ocre confisque toute percée, au moment du jusant quand le paysage proche hésite à l'infime partage des marées – l'herbe grise inclinée sur la vase que la luisante caresse couche, refoule à rebours d'eau – ne décide nulle direction – offre la répulsive, désirable succion secrète, le tiède et charnel baiser des vases reposées, qui appellent l'endormissement, chute atroce et lente dans le mol enveloppement plastique, voluptueuse étreinte de méduse, viens, viens, susurre la voix dormeuse, laisse-toi aimer, et prendre, ensevelir, le temps d'un délice, l'enlisement, assiste à la *disparition.* Alors, plus un seul bruit, surface étale de vase, à peine ridulée, pluie de cendres là-dessus, en l'absence du ciel, et sur la berge, une petite fille aux yeux clairs aiguise sa promesse de sourire.

Une salive aigre englue sa bouche – lait caillé aux commissures des nourrissons morts-nés – pas eu le temps d'appeler, de geindre, la bouche déjà bondée régurgite, en pleine nuit, dans un lieu de limbes sans recours, ni ombres ni lignes. Ni destination. Clémence, vagit-il en langue déjà morte.

Il y a une première fois soudaine quand il rentre dans la chambre vide de l'hôtel, Viale Vespucci. A peine la porte est-elle refermée, l'exclusion du monde extérieur produit la sensation bouleversante de *première fois.* Il ne s'attendait pas à ce que cela revêtît une telle nouveauté, que son corps lui signalât si puissamment la primeur, l'effroi de cet instant. Il tend la main vers l'interrupteur, et c'est la première fois. Le contact communique à ses doigts une décharge glacée, qui est toute cette lumière de clinique sur l'entrée déserte, saturée d'objets et cependant déserte. Si pénible éclairage de morgue qu'il s'est arrêté dans le mouvement, pour essayer de voir ce qui est apparu ici, à ses yeux, mais la sensation s'efface – il défait son pardessus, chaque boutonnière résiste, il tend le bras, et pour la première fois se voit, inconnu dans le miroir au fond de la salle de bains, novice de la solitude, qui dessine son apparence dans le miroir, corps massif et sinistrement sobre, il sent l'air se nouer sur sa peau, un rétrécissement de rejet, l'espace en constriction nauséeuse autour de lui pour l'écraser, son poil, ses cheveux se hérissent, un long frisson de bête, aussi primitif que la peur de naître, d'être expulsé du ventre. Il se voit, Simon Fernet, avancer seul dans la chambre froide – chaque fois il fait la lumière et pour la première fois il pénètre, il fait la lumière, les objets surgissent, lui montent à la tête, un ordre incompréhensiblement distribué se substitue au même, rien n'indique le changement, et tout est différent, tétanique métamorphose, figée dans l'écroulement, il écoute cette nudité sans nommer davantage, ne peut battre en retraite, il avance, atteint des régions que son énorme corps matériel illumine de blanc électrique, il fait la lumière partout pour la première fois. Le jeune inspecteur de Rimini lui conseille le calme, il a donné tous les coups de téléphone nécessaires, enregistré les dépositions, photocopié les papiers d'identité, et il a dit de rester calme, de rentrer à l'hôtel, calmement. Il est trois heures du matin, pour la première fois. Il n'a pas sommeil. Il s'endort brusquement. Elle ne fait rien, elle ne bouge pas. Elle pose sous la pluie, au bord d'une route sablonneuse. C'est la nuit mais il fait très clair, tous les détails sont présents, particulièrement les grains de sable et les brins d'herbe ciselés et les plis de la robe, et les traits émaciés, cernés de noir contre un ciel étoilé, parsemé de cristaux, de rosaces et de fleurs bleues. Il reconnaît la voûte du Mausolée de Galla Placidia, mais naturelle, un ciel naturel, tellement vaste et bas d'une proximité terrifiante, qu'il peut le toucher, contre quoi il ne peut rien d'autre que résister parce que c'est aussi bien au-dehors qu'au-dedans que la voûte se ferme, il est assiégé et occupé à la fois, du dedans et du dehors il résiste à l'écrasante pression de la constellation de pierre, bien qu'il n'y ait pas d'autre issue que souffrir la pose hiératique de cette femme, délibérément stylisée, et les mots ne voulaient rien dire jusqu'à cet instant où résistant de façon épuisante et claquant des dents, il se réveille.

Il est réveillé mais garde les yeux fermés. Il se souvient qu'il doit partir, il a dû décider quelque chose comme ça, avant de dormir. Au milieu du fracas intérieur, cette idée ne pèse pas lourd, elle hésite sous ses paupières dans un espace mou, palpite faiblement en eau trouble, gluante d'imprécision. Il regarde sa montre, trois heures. Il a pris un retard considérable sur l'horaire, aussi est-il prêt en quelques secondes, dehors, il se met à courir.

L'itinéraire est de rues vides, immeubles bas, maisons fermées, grilles et rideaux tirés sur les devantures de magasins rares, profondeurs noires de vitres, d'un pas pressé il va de l'avant dans un dédale large d'avenues fuyantes, il se retourne une ou deux fois, vérifie par-dessus son épaule la perspective inversée de la même rue, étirée vers un point de fuite aveugle. Il croise de rares voitures qui éblouissent son visage au passage. Ce qu'il laisse derrière lui achève de se taire.

La gare paraît au loin, elle ressemble à un jouet d'autrefois à cause de l'éloignement, à ces maquettes minutieuses des vitrines de Noël, garages ou fermes dont l'artisan soignait les détails de peinture pour simuler à l'angle des portes l'ombre portée, et le reflet des vitres que rien derrière n'habite. Sous les néons de la place, se détachant contre le ciel nocturne délayé par les nuages bas, la gare n'accède pas encore à la réalité. C'est comme une providence qu'elle se trouve justement où ses pas le conduisent, mais ce qu'il voit avec netteté maintenant c'est cet homme qui s'éloigne de lui vers le bâtiment vitré, illuminé de tous ses feux. Ce qu'il laissait faire, laissait s'éloigner de lui, c'était l'histoire en marche, tandis qu'il avançait, titubant un peu, le long du trottoir parsemé des dernières feuilles fanées pas encore mortes, on aurait dit, bien qu'arrachées; la saison finissait – il dérivait entre les arbres et chaque fois s'ouvrait devant lui une perspective sensiblement différente.

Selon qu'il applique ses pas à épouser le découpage aléatoire des bordures de rue à l'aplomb vertigineux des caniveaux, ou bien qu'il frôle le mur des maisons, de l'autre côté de la rangée de platanes, son regard se jette en avant, accroché au plus loin, moins par songerie que par étude positivement sérieuse de l'avenir, on peut dire *déplacée,* en la circonstance, car la dérive de ses pas en perturbe la ligne d'axe, à tout instant le corps est déporté, ou plutôt embarqué, de droite à gauche – comme si la charge d'angoisse, ballottée en lui à ce rythme, là où elle pesait l'entraînait. Renvoyé d'un bord vers l'autre, au milieu de toute cette histoire, il avance quand même, on croirait conduit par une autre, fraternelle et miséricordieuse compagne de route, prête à chercher l'indication pour lui, le droit fil du chemin, Clémence, celle qui disait à sa place les elliptiques récits, atermoiements récents au sujet de l'amour ou de la perte, cette femme disait : « Vois comme en dehors de toi tout est demeuré le même, ici comme ailleurs, en dehors de toi les immeubles se dressent, la nuit s'étend sur les campagnes, la mer poursuit ses marées – vois la rectitude des lignes du paysage, dépouillées de toute approximation menteuse, en vertu de l'application des lois physiques et humaines – donnant le vertige, de tant de rectitude!

Vois la netteté de ce dessin parfaitement tracé en cerné byzantin, mosaïque polychrome taillée au stylet d'artiste, et quadrillé jusqu'au point de fuite où convergent trottoirs et toits à la pliure d'horizon maritime impeccablement maintenu au droit fil de l'hiver – comme en dehors de toi tout demeure tandis que tu t'obstines à poursuivre le méchant petit ouvrage de mort! »

Alors il entrevoit – un banc municipal arrête providentiellement sa chute –, il voit la terrible marge rouge d'un cahier d'écolier, bien verticalement tirée au fond du paysage, à hauteur de la gare de Rimini, dont les lumières quadrillées clignotent à travers la pluie. Aussi explore-t-il d'un regard courroucé la marge où il se trouve, identifie bientôt – par prudence détourne une fois les yeux, y revient, vérifie, car en l'absence de repère tangible comment ne pas risquer l'illusion optique? – avait-il jamais connu cet endroit? Il reconnaît la gare, singulière fortune que se trouver fortuitement là où, à cet instant précis, la plus simple nécessité l'attendait.

L'employé de la gare de Rimini dit que cet homme a pris un billet pour le premier train.

Il dort longtemps. A Bologne, un contrôleur le secoue au terminus de la ligne. Il attend sur le quai une improbable correspondance pour quelque part. Le vent glacé le chasse dans les passages souterrains. Un grondement de caverne, tumulte de voix et de chocs métalliques, monte en échos interminables entre les murs. A cinq heures, en gare de Bologne, il erre dans des couloirs, il achète un sandwich au buffet. Le bar que veille une lumière rouge est désert. La femme tape le ticket du sandwich dans sa cabine rouge et reprend son tricot.

En bout de quai, il dévore, loin des yeux, loin des voix, du pain sec et des lamelles de fromage cireux. Plus tard il est dans la salle d'attente. L'endroit est soudain bondé de gens, une foule immobile de dormeurs prostrés, un suint d'ammoniaque lustre le sol jonché de sciure humide, de papiers gras, de journaux éparpillés qu'encombrent des corps allongés dans l'entassement de ballots ficelés, sacs et chariots, monceaux de hardes grises, il enjambe de volumineux obstacles, se fraie un chemin dans le brouillard de tabac, de vapeur blême en suspens qui pâlit la clarté grise des cônes de lumière. Ces gens le regardent passer, leurs yeux sont bons, cernés de rouge, ils songent, s'égarent avec une bienveillante indifférence vers ce coin où il fait sa place entre des corps agglutinés de jeunes gens pâles que le sommeil dénude. Il fait chaud et bon, et silence.

Il s'endort, mais dans la nuit une femme s'est mise à crier, subitement, tout près. Il la voit calée à l'extrémité d'une banquette, elle roule sa tête contre le mur, une sorte de grand-mère très petite dont les pieds ne touchent pas le sol, juchée qu'elle est sur son perchoir nocturne. On voit qu'elle s'adresse à quelqu'un qui n'est pas là et pourtant qu'elle voit très précisément, quelqu'un de trop proche, car elle se tasse et recule, elle est acculée au mur, elle résiste, car elle a peur, à la folie, de quelqu'un qui se tient là, devant elle, qu'elle insulte dans une langue ordurière sans doute, elle en a des choses à dire, à mordre, à cracher, pour se défendre, pied à pied, car elle crie de haine, de terreur, le cri n'en finit pas de retrousser ses lèvres grises sur ses dents, ses gencives – grimace des suppliciés, rire des chiens et des mourants – sa voix est devenue si aigre ensuite, menue, une voix d'enfant malade, impossible d'arrêter ce cri, ce n'est pas sa peur qu'on voit, c'est elle en train de lutter avec sa peur, de toute la torsion de son corps arc-bouté, de la vocifération de sa bouche et de ses cris, de ses yeux élargis. Elle a fini de crier. Elle a passé le seuil, elle est seule à présent là où elle est entrée. Elle contemple, stupéfiée, la chose sans nom que personne ne verra jamais hormis elle, elle seule. Cette vision fige sa face en un masque de si pure extase, il voit le masque obscène de sa peur mais personne ne peut rien pour elle. Peut-être essuyer la salive qui sourd de sa bouche béante, ces larmes pauvres. Il faudrait savoir faire cela, sans doute – c'est tout ce qu'on peut faire, vraisemblablement. De ces actes qu'en toute impunité refuse le passant, sans que rien n'advienne de différent dans l'ordre du monde. Fernet se sentait sur le point d'atteindre un instant infiniment désiré, et qui, justement parce qu'il était enfin proche et sur le point d'être connu, perdit tout son sens, cessa d'être désiré – il ouvrit les yeux, la vit encore comme une faute obsédante, un oubli trop tard réparé, son visage stupéfié d'absence, cela il le crut, jusqu'à ce que, d'un seul coup, la femme tournât vers lui sa tête, et son regard, précisément vers lui. Cela fut d'une douceur fulgurante et la vague rumeur de la salle orchestra ce que disaient ces yeux.

Il oblitéra cette image équivoque d'un clignement rapide pour échapper à ce qui, d'une façon ou d'une autre, allait avoir lieu et qu'il ne pouvait déterminer, ayant renoncé à y *penser.* Malgré tout la salle ne s'écroulait pas, les gens ne se mettaient pas à se débattre et trépigner, en fin de compte le chaos mental répugnant stabilisé, il considéra la situation : l'enfer pas pire que le reste, quel qu'il fût, même si maintenant se lever, fendre la foule – pour aller où ? était devenu impossible et dans un moment, il le savait, ce serait semblablement le pire, il restait là, à attendre quoi, mais qu'attendait-il, Simon Fernet, dans cette gare dont aucun train ne partait plus ? Il fut presque soulagé quand les flics envahirent la salle.

Le flic se tient contre lui, trop près pour qu'il distingue son visage. Il sent l'odeur de tabac et de lessive moite que dégage son linge, le frôlement râpeux du drap militaire contre sa peau. L'homme le fouille, sans conviction, d'un geste lent il lui tâte les flancs, remonte aux aisselles. Fernet laisse la caresse rude atteindre sa ceinture, les mains glissent sur ses hanches, à l'entrejambe. Personne ne l'a jamais touché de cette manière. Son champ de vision, par-dessus l'épaule du jeune homme, comprend la porte aux vitres aveuglées de buée, un pan de mur badigeonné jusqu'à mi-hauteur, et au plafond le tube de néon resté allumé bien qu'il fasse presque jour à présent. Lorsque le jeune homme se baisse pour palper ses mollets, la salle se découvre, dégagée de la foule des gens qu'on a rassemblés contre le mur du fond et dont le sépare une étendue de sol carrelée encombrée d'un dépotoir de papiers et mégots, boîtes de bière et immondices de la nuit. Certains de ces gens se taisent, encore abrutis de sommeil, d'autres rient, lancent des invectives, des protestations goguenardes aux jeunes exécutants nonchalants de l'ordre public. Juste à côté un jeune type est soumis à la même fouille approximative, le flic vide les poches de son blouson d'un incroyable nombre d'objets qu'il pose sur la banquette au fur et à mesure, et réclame sans cesse quelque chose de plus, tandis que le garçon se laisse faire, un jeune Grec, ou Turc, qui mâchonne du chewing-gum et commente sarcastiquement l'inventaire en jetant du côté de Fernet des œillades de connivence. Fernet baisse les yeux sur la nuque de celui qui le fouille, il a honte de ce jeune homme à genoux devant lui, qui n'en finit pas, qui se relève enfin, les oreilles et les joues rouges à cause de la position qu'il a gardée trop longtemps. Il tend la main, Fernet s'exécute, tend son portefeuille, au hasard. Son voisin l'insulte sans doute maintenant, encouragé par les quolibets qui montent du fond de la salle, dans l'indifférence des hommes de police.

« Mon nom est Fernet, Simon Fernet », dit-il avec l'impression d'un profond gaspillage. Il croise le regard réprobateur du flic, se tait. Avec le recul il peut voir son visage, sa peau imberbe, les cernes las, et le pli en haut du nez, sillon de sévérité légale qui partage en deux son front juvénile. Il lui semble que cette scène a lieu trop tard, qu'une méprise irrattrapable confond la succession des plans tandis que le menaçant voisin se tait soudain, écumant et grondant dans sa direction.

« Français ? » demande le flic en feuilletant les papiers. Il fait signe à un autre qui se tenait près de la porte.

« C'est ça, dit Fernet. Français. »

Il se sent extrêmement faible tout à coup, il voudrait s'asseoir, se coucher par terre, de tout son long, et dormir, dormir. Il jette un coup d'œil vers son voisin que le flic découragé maintient au mur d'une main molle en attendant de savoir quoi en faire, il croise le regard rouge, voit les gouttelettes de sueur perlant autour des yeux furieux. C'est un gradé qui examine les papiers de Fernet maintenant, il le considère des pieds à la tête, adopte un ton conciliant finalement.

« Vous voyagez ? Vous êtes venu passer Noël en Italie ? demande-t-il en français. Vous n'avez pas vu qu'ici ça sert d'asile de nuit ? Qu'est-ce que vous faites là ? Vous avez un billet ? »

Fernet aspire l'air avec une sorte d'effroi mais ne répond pas, il cherche un billet quelque part, surpris d'en trouver un – où a-t-il perdu l'exacte notion de continuité ? – le raccord – il se disait qu'il connaissait ce train, étrangement lent, qui se traîne d'une ville à l'autre, la voie étirée sous les poteaux électriques dont les inclinaisons varient contre le ciel d'un bleu de vitrail, de mosaïque, dessinant dans la fuite de leur alignement perspectif une hachure capricieuse, amenuisée à l'horizon flou dans les brumes – un chemin de fer d'Algérie – ou bien au Canada, en automne, il fallait remonter plus loin, la vieille ligne du Médoc, les pins, la maison abandonnée près du fleuve et le rendez-vous avec Régis sous un hangar qui s'effondre – cela finira par un coup de fusil en plein front – la déflagration d'un coup de feu orange et bleu – il persista, malgré l'évidente impatience du flic polyglotte – il voulait établir précisément – ou bien c'était un train de cinéma –, établir l'image en un lieu de fixation provisoire.

« J'ai dû manquer une correspondance, finit-il par articuler faiblement, j'ai dû m'endormir. »

Depuis la veille, tente-t-il de récapituler, sans manger, ni dormir, ou bien il ne faisait que dormir, les yeux grands ouverts, le manque de sommeil, le sommeil ne vient pas, voilà ce qu'il faut établir : où se situe la frontière de sommeil – pour que deviennent claires les circonstances de l'interrogatoire.

« Suivez-moi », dit le flic en le prenant par le coude, semble-t-il, car, cherchant à ses pieds dans la sciure et les détritus l'éventuel éclaircissement du malentendu, n'en trouvant ni l'origine ni le principe, du coin de l'œil en même temps Fernet vit la petite grand-mère si menue en ses habits fripés, ratatinée et froissée comme un vieux nouveau-né, lui sourire de mince et triste sourire, comprenant que rien n'arrêtera le fou d'à-côté bondissant lentement, il songe paresseusement à dégager son coude pour se garder au moins, mais de plomb, de sable – alors que la vieille hoche vainement la tête de compassion, il tombe sous le choc en dedans qui appelle à lui le sol violemment, sous une pluie de constellations glacées, il happe de sa bouche de poisson mort des morceaux d'étoiles, ou bien c'était ailleurs, sur le seuil d'un mausolée d'ombre, les carreaux des vitres trépidaient au passage d'un tonnerre de ferraille, lancé à un train d'enfer – le train passa longuement, tandis qu'il restait par terre avec de la sciure rouge dans sa bouche. Quelque chose de chaud et humide coulait entre ses cuisses. Il regardait avec un étonnement sans fin le ciel de mosaïques bleues mystiquement étoilé.

Il y a une solution, une réponse à la question de l'absence. Il y en avait trois, quarante, ou mille. Ils s'y mettent tous pour la chercher. Les amis, ces gens, les carabiniers, le jeune inspecteur de Rimini, toute la nuit, ceux de Bologne, de Milan, de Paris, tous. Dans la ville, tard, en pleine nuit, les voitures de police sillonnent les rues. Ils posent des questions dans les cafés, les hôtels, les restaurants, dans les gares routières. Des phares éclairent la plage de faisceaux blancs, dans les campagnes, des téléphones sonnent. Signalement dans les gares, les aéroports, aux frontières. Il y a des chantiers dans la nuit, des fossés, il y a des villas désertes, des hangars, dans le noir, à vingt mètres des routes où passent les gyrophares, des greniers, des garages, au fond des cours, des entrepôts, un cinéma désaffecté, il y a des puits, des rivières, des ponts, des décharges publiques – berges instables, ports de plaisance, zone industrielle, les cheminées et les rougeoiements de fumées chimiques sur le ciel de Ravenne, des caboteurs, tous feux éteints – un itinéraire nocturne parmi des milliers d'autres, aussi absurdes, insensés.

Que sont-ils devenus, tous ces gens ? On peut dire qu'ils se sont bien agités. Ils ont regardé sous les coussins, derrière les rideaux, entre les livres. Ils ont vidé les poubelles, fouillé les décombres. Ils ratissent large et petit. Les machines à écrire et les télex crépitent, signalement : Clémence Fernet, née en 1952, 1,60 mètre, cheveux bruns, yeux gris, vêtue d'un pull-over de laine bleu, jeans, bottes noires, manteau de cuir noir, sans papiers d'identité. Signe particulier : néant. Ils demandent les bijoux, les sous-vêtements, les cicatrices. Ils demandent les radios, les fiches dentaires. Ils ratissent large et petit, dans les hôpitaux, les asiles, les hôtels borgnes, chez les fous et les putes. Chacun construit son système d'hypothèses : fugue, liaison, l'amnésie, l'enlèvement, le meurtre. Ils font les acteurs. Chacun s'acquitte de sa tâche sur le théâtre en pleine répétition, scrupuleusement mauvais acteurs, de ceux qui croient que la sincérité suffit pour donner sens au spectacle, rendre crédible la représentation, ânonnent avec conscience les répliques. Chacun y va de sa petite histoire, de son intime conviction, parce que, tout d'un coup, cette femme leur importe ! Sa disparition dérange quelque chose de majeur dans leur vie du moment, un brouillage, une perturbation soudaine dont ils ne savent que faire. Ils sont devant un désordre. C'est insupportable. Clémence disparaît de leur vie, produit un cahot, une dépression imprévue, qu'il faut corriger, mettre à niveau. Ils inventent les systèmes de supposition logique, ils interrogent des professeurs, des enfants, des épiciers, des dentistes, des chauffeurs de taxi, des pères de famille, les journaux diffusent la photo. Ils disent : le terrorisme ordinaire, les jambisations, c'est fini, maintenant, il y a les procès, les repentis, mais l'enlèvement crapuleux, au hasard, rarement une rançon – le principe de l'otage, à Bologne, à Milan, ils sont encore actifs, vous savez, mais c'est pas le style, vous savez. Ils enquêtent large, ces histoires, ces relations bizarres de cinéma, voyons, ce film en Espagne, dans les milieux de l'ETA, il y a quelques années, ce cinéaste roumain réfugié, on perd sa trace. Ils cherchent. Chacun à sa façon fait le ménage, met au net, installe sa logique, aligne les cadavres. Les morgues sont pleines, on attend que la mer rende le corps, plus au sud, vers Ancône souvent, surtout l'hiver, à cause des courants. Suicide, séquestration – viol collectif qui tourne mal, la délinquance ordinaire et extraordinaire, mais Rimini est calme à la morte saison – seulement dans les campagnes, quelquefois, un fou, un excité, à la hache ou au fusil, contre ses voisins, comme dans toutes les campagnes.

Œdipe a dû les voir s'agiter ainsi autour de lui, démangés jusqu'au sang du féroce prurit de vérité, pas question de donner sa langue au chat, c'est à qui trouvera le premier la possible, la probable réponse. Il a dû les voir s'acharner, blêmes d'irritation avec leur bonne volonté méchante et leur colère, le chagrin au bord des yeux, au ras des gorges, tremblants de peur et enragés de leur peur, rivaux et unis, ils ont collaboré à l'œuvre d'explication, de toute leur intelligence, de tout leur amour humain, ils ont fait l'addition et la soustraction de tous les indices, en l'absence de preuves pour construire la preuve.

Que vont-ils devenir, ces gens qui posent les questions ? Ils se disperseront, emportés, fondus dans l'anonyme masse de ceux qui continuent à vivre, manger et dormir. Ils vont peut-être garder des coupures de presse, la photo du congrès, agrandie, sur laquelle elle ferme les yeux, déjà, le visage penché dans la ferveur d'un sommeil de refus, tout entière livrée à la contemplation d'un objet intérieur qui est son inaliénable vérité. Chacun ira vaquer à sa vie, à ses affaires, besogner son petit ouvrage. Certains vont mourir entre-temps, dans la désolation familiale, la stupeur des proches, salués par de vraies larmes, qu'autorise un vrai cadavre. Ils auront des cercueils, des fleurs, des embrassades navrées sur leurs tombes. Ceux-là ont une vraie mort qui ressemble à quelque chose, avec enterrement, état civil classé, coup de tampon définitif du fonctionnaire.

Il ignore ce que vont devenir ces gens, ce qu'ils pourront faire ensuite, dans leur vie, de leur figuration dans la disparition de Clémence Fernet. Ce moment de leur vie reflue, c'était il y a quelques mois, il y a un an, c'était quelle année, vous vous souvenez ? Qu'en font-ils de la question ?

Il y avait mille réponses. Autant que d'éclats de mosaïques sur les murs des églises, autant que de figures humaines, que de grains de sable sur toutes les plages et tous les déserts du monde, autant que de planètes dans l'univers. Autant que l'esprit humain peut concevoir de successives ou simultanées combinaisons d'opérations mentales, d'infinie probabilité. Il y en avait une : qu'elle soit là, soudain, il ne demande pas pourquoi, ni comment. Elle est là.

Soudain, une averse. Il écrase un mégot sous son pied, pour être prêt, comme si quelque chose devait commencer. En effet, une rafale de vent passe, plus ample, dans les grands arbres du jardin des Plantes. Il remarque un frisson d'herbe fine, très verte, précisée d'un pinceau primitif. La petite fille du métro, qui ne sait pas, tient écartées ses cuisses marbrées de bleu, entre ses cuisses les hommes enfilent leur regard de travers. De même le tranchant d'une pelle heurte le caillou clair, glacé, aussitôt quelqu'un racle sa gorge, crache, trois pas plus loin, dans la terre noire du chantier, l'eau noire d'une flaque que ride un retour de vent bas – une femme turque et ses enfants écrasés par un train de marchandises dans le tunnel de Fréjus – l'autre, c'est à coups de hache qu'elle achève son mari dans la cave, épousé par annonce, détestant la soupe brûlante – de même les rideaux soulevés comme une voile de gloire, de même Clémence à demi nue ouvre en ciseaux ses jambes noires, viens, viens, elle cache son visage des mains jointes, écarte le ciseau de ses doigts – le tangage du train de nuit la jette à genoux, mains jointes – au bord de ses ongles rouges, la langue, les lèvres en prière, baisent à l'excès la soie renflée de son sexe d'homme, ourlé d'eau, baise à la fleur de ses ongles le bulbe vernis vif, rutilante colonne admise à sa bouche. De même, la vieille, subitement cassée aux reins, rafle le biscuit – rapt, arrêtez l'image du trottoir! – aux pigeons qui en grand nombre piétinent dans la nuit, au feu rouge, la voiture a de puissants phares blancs dans laquelle éructe l'homme en colère, il engueule le rétroviseur, il démarre, le chien jaune renifle le macadam, de même celle qui cherche dans les couloirs du métro un objet plutôt petit qui tiendrait dans ses mains et qui crie « Parisiens! Parisiens! », sa morve elle la mange, elle mange ses poings dans lesquels tiendrait l'objet, marmotte des menaces candides à l'angle des carreaux de céramique blancs : sans reflet, de même, c'est dans un café de Ravenne, en hiver, que – rouge, bas rouges, chaussures, et gants et joues rouges, lèvres rouges, celle qui fait la guerre aux étoiles sur l'écran vidéo d'une machine à sous, tandis que tombe une sale pluie sur les graviers, les pavés, les allées et les toits de Ravenne, le tombeau de Dante, tandis que tombe la nuit d'hiver à Ravenne, tandis que les trains partent, tandis qu'au tombeau Galla Placidia – sa légende – repose, sous la coupole en mosaïque d'étoiles, c'est dans un café de Ravenne, ferme les yeux. De même, la vieille pousse du pied les crottes dans le caniveau, racle au fond de son sac les restes de biscuits pour les nombreux pigeons, la Chinoise avisée qui porte sous son bras un trop grand cadeau fusille du regard les lions de pierre à Denfert – il voit tout, rien ne lui échappe désormais. Intacte la ciselure de réalité, sa coupure de tranchant net, sans bavure, raccord à vif, à temps saisi dans le mouvement, tout ce qui est à voir, foisonnant, d'une blessante limpidité, même d'en haut, quand le garçon à scooter fonce à une heure du matin contre une voiture stationnée en double file, sa tête coule sur la chaussée, le moteur de sa machine tourne rondement, plus fort, il se casse un ongle au coin du mur, la petite queue violette de celui qui pisse derrière les bancs du square, si furtive qu'à deux doigts il la tient, la secoue et la rentre. Sur un ciel d'orage orange et bleu le feu illumine le dôme du Panthéon qui très sérieusement dressé ruisselle, il perd la mémoire, mais il peut tout voir, sous un angle bien plus précis, et chaque image en appelle une autre à sa suite, d'autres succèdent, la boule de feu du soleil levant, le chemin des fourmis, la coupure du rasoir – que pour toujours les passerelles de fer soient jetées au-dessus de la gare, le coup de frein strident, pour laisser passer ceux qui sont capables de se mettre à marcher avec les images jusqu'à ce qu'on les oublie tout à fait, jusqu'à ce que la neige, la boue, la vase effacent les traces du départ – car il voit une banque, une église, comme un hôpital, de même la turbine de la locomotive, le décollage d'un avion comme un bombardement, cette fois dans l'axe d'atterrissage les feux, le croissant de lune, le tambourinage des pas de celle qui court derrière, descend les escaliers mécaniques, la poupée du tiroir aux yeux morts, une clinique comme une chaîne de montage, on y répare les ventres de femmes, les organes coutures très délicates, curetage profond. Clémence dort, elle est pâle, elle gémit dans son sommeil chimique, un type vend des mimosas, station Jaurès, la chaleur de la chambre les fane aussitôt, les lumières du pont de Brooklyn, les jets de vapeur entre les taxis jaunes, les échelles de secours contre les murs de brique, elle fait tous les clichés possibles, les jets d'eau illuminés devant le Metropolitan Museum, Central Park noir derrière les grilles, derrière les vitres du taxi, derrière sa main gantée haut, elle prend toutes les photos et jette les rouleaux de pellicule dans une bouche d'égout, des petits bouts de partout, traces, gestes, silences surexposés, soudain ébloui, marchant sous la pluie le long du jardin des Plantes, il fait le compte, il peut tout recenser sans mémoire, il peut revoir, sous l'averse, tranquillement, le désordre absolu, car, maintenant, il lui appartient.

Il cherchait – enfin seul! – une pensée de Clémence qui fût générale, qui comprendrait le début, le principe et la fin, une pensée globale d'identité depuis le début, pour faire le compte, au pis, dans le désordre. Mais le total, jamais : une addition d'images, et soudain, la peur, à deux pas devant, ronde, pâle, et pleine comme la lune – une peur blanche, une peur bleue, on dit – magnétique. Plutôt mourir que cette trouée de peur, horriblement stupéfiante : le compte n'y sera pas, jamais. En dépit de la beauté du crépuscule et du ballet de fusées rouges, les feux des voitures, au carrefour du pont d'Austerlitz, chevelures sanglantes, traînées d'or liquide dans l'enfilade du quai, striées de pluie, en dépit de l'admirable observatoire pour faire le guet au carrefour, pour voir venir de toutes les directions, il s'arrêta net, car à Florence, une fois, dans le chœur de Santa Maria Novella, tout en haut de la fresque du Ghirlandaïo, il y a, appuyés au rempart de la ville, et penchés sur les toits et clochers, deux jeunes vigies nonchalantes, dont Clémence disait : ils voient ce que nous ne verrons jamais venir, ni toi ni moi.

Au milieu du pont d'Austerlitz, à l'aplomb du fleuve, il ne trouvait rien d'autre à vivre, mais que quelqu'un entende, que quelqu'un comprenne l'incrédule constat, la stupéfiante beauté d'accueil du fleuve étoilé dans la nuit.

BABEL

Extrait du catalogue

363. NANCY HUSTON
Tombeau de Romain Gary

364. THÉODORE MONOD
Terre et ciel

365. FÉDOR DOSTOÏEVSKI
Les Carnets de la maison morte

366. FREDERIC PROKOSCH
Le Manège d'ombres

367. MICHÈLE LESBRE
Que la nuit demeure

368. LEIBNIZ
Réfutation inédite de Spinoza

369. MICHEL TREMBLAY
Le Premier Quartier de la lune

370. JACQUES POULIN
Jimmy

371. DON DELILLO
Bruit de fond

372. GUSTAV REGLER
Le Glaive et le Fourreau

373. INTERNATIONALE DE L'IMAGINAIRE N° 10
Nous et les autres

374. NAGUIB MAHFOUZ
Récits de notre quartier

375. FRANCIS ZAMPONI
Mon colonel

376. THIERRY JONQUET
Comedia

377. GUY DARDEL
Un traître chez les totos

378. HANAN EL-CHEIKH
Histoire de Zahra

379. PAUL AUSTER
Le Diable par la queue *suivi de* Pourquoi écrire ?

380. SIRI HUSTVEDT
L'Envoûtement de Lily Dahl

381. SAND ET MUSSET
Le Roman de Venise

382. CHARLES BERTIN
Les Jardins du désert

383. GEORGES-OLIVIER CHÂTEAUREYNAUD
Le Héros blessé au bras

384. HENRY BAUCHAU
Les Vallées du bonheur profond

385. YVES DELANGE
Fabre, l'homme qui aimait les insectes

386. YING CHEN
L'Ingratitude

387. INTERNATIONALE DE L'IMAGINAIRE N° 11
Les Musiques du monde en question

388. NANCY HUSTON
Trois fois septembre

389. CLAUDE PUJADE-RENAUD
Un si joli petit livre

390. JEAN-PAUL GOUX
Les Jardins de Morgante

391. THÉODORE MONOD
L'Emeraude des Garamantes

392. COLLECTIF
Triomphe de Dionysos

393. B. TRAVEN
Dans l'Etat le plus libre du monde

394. NORBERT ROULAND
Les Lauriers de cendre

395. JEAN-MICHEL RIBES
Palace

396. ZOÉ VALDÉS
Café Nostalgia

397. FRANÇOISE MORVAN
La Douce Vie des fées des eaux

398. BERNARD ASSINIWI
La Saga des Béothuks

399. MICHEL TREMBLAY
Les Vues animées

400. FÉDOR DOSTOÏEVSKI
Le Rêve de l'oncle

401. ANDRÉ THIRION
Révolutionnaires sans Révolution

402. GÉRARD DE CORTANZE
Les enfants s'ennuient le dimanche

403. RENCONTRES D'AVERROÈS
La Méditerranée, frontières et passages

404. RUSSELL BANKS
Affliction

405. HERBJØRG WASSMO
La Véranda aveugle

406. DENIS LACHAUD
J'apprends l'allemand

407. FÉDOR DOSTOÏEVSKI
Nétotchka Nezvanova

408. REZVANI
Le Vol du feu

409. JEAN-JACQUES ROUSSEAU
L'Etat de guerre

410. SERGE QUADRUPPANI
Colchiques dans les prés

411. JEAN-PAUL JODY
Stringer

412. FRANCINE NOËL
Nous avons tous découvert l'Amérique

413. DAVID HOMEL
Il pleut des rats

414. JACQUES POULIN
Chat sauvage

415. MICHEL TREMBLAY
La Nuit des princes charmants

416. ALBERTO MANGUEL
Une histoire de la lecture

417. DANIEL ZIMMERMANN
Les Virginités

418. CAMILO CASTELO BRANCO
Amour de perdition

419. NIKOLAJ FROBENIUS
Le Valet de Sade

420. DON DELILLO
Americana

421. GÉRARD DELTEIL
Dernier tango à Buenos Aires

422. FRANCIS ZAMPONI
In nomine patris

423. INTERNATIONALE DE L'IMAGINAIRE N° 12
Jean Duvignaud

424. INTERNATIONALE DE L'IMAGINAIRE N° 13
Jeux de dieux, jeux de rois

425. CLAUDE PUJADE-RENAUD
Le Sas de l'absence *précédé de*
La Ventriloque

426. MICHEL LIS
Le Jardin sur la table

427. MICHEL LIS ET PAUL VINCENT
La Cuisine des bois et des champs

428. FÉDOR DOSTOÏEVSKI
Le Crocodile

429. FÉDOR DOSTOÏEVSKI
Le Petit Héros

430. FÉDOR DOSTOÏEVSKI
Un cœur faible

431. NANCY HUSTON
L'Empreinte de l'ange

432. HELLA S. HAASSE
La Source cachée

433. HERBJØRG WASSMO
La Chambre silencieuse

434. FRANÇOISE LEFÈVRE
La Grosse

435. HUBERT NYSSEN
Le Nom de l'arbre

436. ANTON TCHEKHOV
Ivanov

437. ANTON TCHEKHOV
Les Petites Pièces

438. GÉRARD DE CORTANZE
Les Vice-Rois

439. ALICE FERNEY
Grâce et dénuement

COÉDITION ACTES SUD – LEMÉAC

Ouvrage réalisé
par l'Atelier graphique Actes Sud.
Achevé d'imprimer
en mars 2008
par Normandie Roto Impression s.a.s
61250 Lonrai
sur papier fabriqué à partir de bois provenant
de forêts gérées durablement (www.fsc.org)
pour le compte
d'ACTES SUD
Le Méjan
Place Nina-Berberova
13200 Arles.

Dépôt légal
1re édition : août 2000
N° impr. : 080687
(Imprimé en France)